Lisa Jewell est née à Londres en 1968, d'une mère secrétaire et d'un père ouvrier dans le textile. Après avoir grandi dans la banlieue nord avec ses deux sœurs, elle abandonne le lycée à l'âge de seize ans pour s'orienter vers l'art et le design. C'est finalement dans les relations presse qu'elle décroche son premier emploi, avant de devenir réceptionniste et assistante de direction, une activité qui ne lui permet pas vraiment de laisser libre cours à sa créativité. Lisa Jewell se promet de vivre de sa plume à partir de l'âge de cinquante ans, mais un pari propulse sa carrière plus tôt que prévu. Son premier roman, *Ralph's Party*, paru en 1998, connaît un succès fulgurant. Elle se consacre désormais à plein-temps à l'écriture, et s'oriente depuis quelques années vers le noir féminin dont elle est devenue une figure incontournable. Ses romans sont traduits partout dans le monde. Elle vit à Londres avec son mari et ses deux filles, et deux merveilleux chats tigrés, Jack et Milly.

De la même autrice :

On se reverra
Comme toi
Tous tes secrets
Ils sont chez nous
Je serai ton ombre

Ce livre est également disponible
au format numérique

www.editions-hauteville.fr

Lisa Jewell

JE SERAI TON OMBRE

Traduit de l'anglais (Grande-Bretagne) par Adèle Rolland-Le Dem

Hauteville

Hauteville est un label des éditions Bragelonne

Titre original : *Invisible Girl*

ISBN : 978-2-38122-196-0

Bragelonne – Hauteville
60-62, rue d'Hauteville – 75010 Paris

E-mail : info@editions-hauteville.fr
Site Internet : www.editions-hauteville.fr

À Jack, Sonny et Cocoa, à tous les animaux adorables
que j'ai aimés et perdus cette année.

Nuit de la Saint-Valentin – 23 h 59

Je baisse la tête et rabats ma capuche devant mes yeux. Devant moi, la fille aux cheveux roux accélère. Elle sent que je la suis. Je presse le pas. Je veux lui parler, rien de plus, mais je vois bien à sa démarche qu'elle a peur. Je ralentis en entendant quelqu'un arriver derrière nous. Je me retourne et j'aperçois une silhouette qui approche.

Pas besoin de voir son visage, je sais que c'est lui.

Lui.

Mon cœur s'emballe, mon sang ne fait qu'un tour. Je sens palpiter la plaie sur ma jambe. Je me tapis dans l'ombre et j'attends que l'homme me dépasse. Il tourne au coin de la rue, et son attitude change subitement lorsqu'il remarque la femme devant lui. Je reconnais sa silhouette, son allure, et je sais pertinemment ce qu'il va faire.

Alors je sors de l'ombre et je m'élance vers lui, vers le danger, vers la vengeance. Mon destin m'appartient.

Avant

1

Saffyre

Je m'appelle Saffyre Maddox. J'ai dix-sept ans.

J'ai des origines galloises du côté de mon père et, du côté de ma mère, j'ai des racines trinidadiennes, malaisiennes et même un peu françaises. Les gens essaient parfois de deviner d'où je viens, mais ils se plantent tout le temps. Quand on me pose la question, je réponds que je viens des quatre coins du monde, sans entrer dans les détails. Personne n'a besoin de savoir qui a couché avec qui.

Je vais au lycée à Chalk Farm. Je suis en première option « maths, physique et bio », et je suis plutôt du genre intello. Je ne sais pas vraiment ce que je vais faire après. Tout le monde veut que j'aille à l'université, mais parfois je me dis que j'ai envie de commencer à travailler tout de suite, peut-être dans un zoo ou dans un salon de toilettage, pourquoi pas.

J'habite à Alfred Road, dans un T3 au huitième étage d'une tour, en face d'un lycée. Ce n'est pas mon bahut, j'étais déjà scolarisée ailleurs quand il a été inauguré.

Ma grand-mère est morte juste avant ma naissance, ma mère juste après, mon père ne veut pas entendre parler de moi, et mon grand-père nous a quittés il y a quelques mois. Je vis seule avec mon oncle.

Il n'a que dix ans de plus que moi et il s'appelle Aaron. Il s'occupe de moi comme si j'étais sa fille. En semaine, il bosse dans un PMU de 9 heures à 17 heures, et le week-end il est jardinier. C'est le meilleur être humain de la planète. J'ai un autre oncle, Lee, qui réside dans l'Essex avec sa femme et leurs deux filles. C'est super qu'il y ait enfin d'autres enfants dans la famille, mais mes cousines sont trop jeunes pour qu'on traîne ensemble.

J'ai grandi auprès de deux hommes et, de ce fait, je ne me débrouille pas très bien avec mes semblables. Ou disons que je suis plus à l'aise avec les mecs. Quand j'étais petite, je n'avais que des copains, et on me répétait que j'étais un garçon manqué, mais je crois que ça n'a jamais été le cas. Puis j'ai commencé à changer et je suis devenue « jolie » (c'est ce qu'ils prétendent, pas ce que je pense). Les garçons ne voulaient plus être mes copains, ils se comportaient bizarrement avec moi, et j'ai compris que j'avais intérêt à me faire quelques copines. Ça m'a plutôt réussi. On n'est pas très proches, et je ne les verrai sans doute plus après le lycée, mais on s'entend bien. On se connaît toutes depuis longtemps maintenant, c'est cool.

Voilà, pour que vous puissiez vous faire une première idée. Je ne suis pas quelqu'un de super heureux. Je n'explose pas de rire et je ne serre pas les gens dans mes bras comme les autres filles. J'ai des passe-temps un peu chiants : j'aime lire et cuisiner. Je ne suis pas une fêtarde dans l'âme. Je bois un peu de rhum avec mon oncle le vendredi soir devant la télé, mais je ne fume pas d'herbe, je ne prends pas de drogue ni rien de ce genre. La vie des jolies filles est souvent d'un ennui mortel. Personne ne le remarque. Quand vous êtes jolie, les gens ont tendance à imaginer que vous avez une vie exceptionnelle. Ils sont vraiment aveugles, parfois. Franchement débiles, même.

J'ai une histoire triste et des idées noires. Parfois, je fais des trucs flippants et je me fais peur. Toutes les nuits, je me débats. Avant de me coucher, je borde ma couette de façon très serrée sous le matelas, le lit est tellement tendu qu'on pourrait faire rebondir une pièce dessus. Mais le lendemain matin tous les coins sont défaits, et je suis entortillée dans mes draps. Je ne sais pas ce qui s'est passé. Je ne me souviens jamais de mes rêves et je suis toujours épuisée au réveil.

Quand j'avais dix ans, une chose horrible m'est arrivée. Atroce. Je ne vais pas m'étendre là-dessus, mais j'étais encore petite, et aucune gamine ne devrait vivre ce genre de trucs. Ça m'a changée. Je me suis mise à me faire du mal. Sur mes chevilles, sous mes chaussettes pour que personne ne puisse le voir. C'était de l'automutilation, je le savais (tout le monde sait ce que c'est de nos jours), mais je ne comprenais pas pourquoi je le faisais. Tout ce que je sais, c'est que ça m'empêchait de trop penser à certaines choses.

Quand j'avais douze ans, mon oncle Aaron a remarqué les coupures et les cicatrices. Il a compris et m'a emmenée chez le docteur, qui nous a conseillé d'aller au centre Portman pour consulter un psychologue.

C'est comme ça que j'ai rencontré Roan Fours.

2

Cate

— Maman, tu m'entends ?

La fille de Cate a le souffle court, la panique est palpable dans sa voix.

— Oui. Qu'est-ce qu'il se passe ?

— Je suis sortie du métro et j'ai l'impression que…

— Quoi ?

— Il y a un mec derrière moi, murmure sa fille. Il me colle.

— D'accord, reste en ligne, ma chérie. Continue à me parler.

— Et je fais quoi là, à ton avis ? lui répond sèchement Georgia.

Cate ignore la rebuffade de l'adolescente.

— Tu es où exactement ?

— Je remonte Tunley Terrace.

— Bien, tu es presque arrivée.

Cate écarte le rideau et scrute la rue plongée dans l'obscurité de ce soir de janvier, attendant de voir apparaître la silhouette familière.

— Je ne te vois pas, dit-elle avec angoisse.

— J'arrive. Moi, je te vois.

Et Cate distingue enfin sa fille. Les battements de son cœur ralentissent. Elle lâche le rideau et va ouvrir la porte. Elle croise les bras pour se protéger du froid en regardant Georgia avancer. De l'autre côté de la rue, une ombre disparaît dans l'allée menant à la maison d'en face. Celle d'un homme.

— C'était lui ? demande-t-elle.

Georgia se retourne, les poings serrés dissimulés dans les manches trop longues de sa doudoune.

— Ouais.

Elle frissonne quand sa mère referme la porte derrière elle et se jette dans ses bras.

— Quel pauvre mec !

— Qu'est-ce qu'il a fait, précisément ?

Georgia hausse les épaules et retire son manteau avant de le lancer négligemment sur une chaise. Cate le ramasse pour le suspendre à une patère.

— J'sais pas. Il était flippant, quoi.

— Comment ça ?

Elle suit sa fille dans la cuisine et la regarde ouvrir le réfrigérateur puis refermer la porte.

— Genre il marchait juste derrière moi. C'était… trop *bizarre*.

— Il t'a dit quelque chose ?

— Non, mais je pense qu'il allait le faire.

Elle fouille dans un placard et sort une boîte de Pim's qu'elle déchire. Elle enfourne un biscuit entier dans sa bouche. Elle mâche, avale, puis frissonne de plus belle.

— Il m'a trop fait flipper.

Ses yeux se posent sur le verre de vin blanc de sa mère.

— Je peux boire une gorgée ? Pour me calmer.

Cate lève les yeux au ciel, mais lui tend son verre.

— Tu serais capable de le reconnaître si tu le revoyais ?

— Je pense que oui.

Georgia s'apprête à avaler une troisième gorgée de vin quand Cate lui prend le verre des mains.

— Ça suffit.

— Mais j'ai vécu un choc traumatique !

— Pas vraiment. En tout cas, c'est la preuve que, même dans un voisinage soi-disant sûr, il faut rester sur ses gardes.

— Je déteste ce quartier. Je ne vois pas ce qui peut donner envie aux gens de vivre ici.

— Moi non plus. J'ai hâte de rentrer.

Ils louent cet appartement depuis que leur maison, située à deux kilomètres de là, a été endommagée par un affaissement de terrain. Ils pensaient que ce serait une expérience intéressante d'habiter quelque temps dans les beaux quartiers. Ils n'avaient pas anticipé le fait que les beaux quartiers sont peuplés de gens riches qui n'ont aucune envie d'avoir des voisins moins fortunés qu'eux. Ils n'avaient pas songé aux maisons dissimulées derrière de hauts murs d'enceinte, ni au silence inquiétant de ces rues arborées qui tranchait avec la vie foisonnante de Kilburn. Ils ne s'étaient pas imaginé que ces rues désertes étaient autrement plus angoissantes que les avenues bondées des quartiers plus populaires.

Un peu plus tard, Cate retourne vers la fenêtre de sa chambre pour observer la rue. L'ombre des arbres nus balaie le haut mur en face de chez eux. Derrière ce mur se trouve un terrain en friche depuis qu'on y a démoli une vieille bâtisse afin de construire un bâtiment neuf. Cate voit de temps en temps des camionnettes et des remorques s'engouffrer par le portail puis réapparaître une heure plus tard, chargées de gravats. Voilà un an qu'ils vivent ici, et elle n'a toujours pas vu un seul architecte sur le chantier pour y reconstruire quoi que ce soit. Un espace vacant est pourtant une rareté au cœur de Londres.

Elle repense à sa fille marchant dans la rue, à la peur dans sa voix, aux bruits de pas sur ses talons, au souffle si proche de l'inconnu. Il serait tellement facile, se dit-elle, d'ouvrir ce portail de fortune, d'y entraîner une jeune fille qui passe par là, de lui faire du mal, de la tuer, peut-être, et de dissimuler son corps dans ce terrain vague. Combien de temps faudrait-il pour qu'on la retrouve ?

3

— Il y a eu un incident avec Georgia hier soir.

Roan lève ses yeux bleu pâle de son écran d'ordinateur, l'air inquiet.

— Quoi ?

— Elle a été suivie entre le métro et la maison.

Roan était rentré tard la veille. Cate avait passé un long moment seule dans le lit, incapable de s'endormir entre l'inquiétant ballet des ombres qui lui faisaient l'effet d'une foule de zombies sur les rideaux, et le glapissement des renards près du terrain vague.

— Il ressemblait à quoi, l'homme qui t'a suivie ? avait-elle demandé à sa fille.

— Il était normal.

— C'est-à-dire ? Grand, gros, maigre, Noir, Blanc ?

— Blanc. De taille et de corpulence moyennes. Des vêtements classiques. Des cheveux lambda.

Cette description sans relief avait mis Cate sur les nerfs, bien plus que si l'inconnu avait mesuré deux mètres de haut et que son visage avait été aisément reconnaissable par un tatouage ou quelque autre signe distinctif.

Pourquoi se sent-elle si vulnérable dans ce quartier ? L'assurance avait proposé un budget de mille deux cents livres par semaine pour les reloger pendant les travaux. Avec cette somme, ils auraient pu louer une jolie maison avec jardin dans leur rue, mais ils avaient jugé préférable de changer de vie pendant quelque temps. En feuilletant la rubrique « immobilier » du journal, Cate avait trouvé une annonce pour un appartement spacieux dans une grande demeure de Hampstead. Les enfants allaient à l'école à Swiss Cottage, et Roan travaillait à Belsize Park. En s'installant à Hampstead, ils pourraient s'y rendre à pied au lieu de prendre le métro.

— Regarde, un T4 avec terrasse à Hampstead ! avait-elle dit à Roan d'un ton enjoué en lui tendant le journal. Dix minutes à pied de l'école, cinq de la clinique. En plus, Freud en personne a vécu dans cette rue ! Qu'est-ce que tu penserais d'habiter dans ce quartier en attendant la fin des travaux ?

Cate et Roan ne sont pas originaires de Londres. Elle est née à Liverpool et a grandi à Hartlepool, lui à Rye, près de la mer. Ils étaient déjà adultes quand ils ont découvert la capitale et n'avaient pas toujours conscience de la répartition démographique de la ville. L'une des amies de Cate avait toujours vécu dans le nord de Londres et lui avait déconseillé le quartier de Hampstead qu'elle jugeait froid et impersonnel, mais Cate avait déjà signé le bail à ce moment-là. Elle n'avait vu que la situation géographique idéale, la proximité avec le bourg de Hampstead, tellement photogénique, et la fameuse plaque sur la demeure de Sigmund Freud à quelques mètres de chez eux.

— Peut-être que tu devrais aller la chercher quand elle rentre seule le soir ?

Cate imagine sans peine la réaction de Georgia si elle apprend que dorénavant sa mère l'accompagnera dans tous ses déplacements nocturnes.

— Roan, elle a quinze ans ! Elle n'acceptera jamais…

Il lui lance une fois encore ce regard, celui qui semble vouloir dire : « Bien, puisque tu refuses la solution que je te suggère, tu devras désormais assumer seule toutes les conséquences, y compris en cas d'agression, du viol ou du meurtre de notre fille. »

Cate soupire et se tourne vers la fenêtre. Elle y voit son reflet et celui de son mari, le tableau brumeux d'un mariage parvenu à mi-parcours. Vingt-cinq ans de vie commune, et probablement vingt-cinq ans devant eux.

Derrière la vitre, il neige. De gros flocons qui tournoient comme autant d'interférences brouillant la vue. À l'étage, elle entend les pas étouffés des voisins, un couple d'Américains d'origine coréenne dont elle a oublié le nom bien qu'ils se sourient et se saluent chaleureusement chaque fois qu'ils se croisent. Au loin, elle reconnaît le bruit d'une sirène de police. À part ça, rien. Leur rue est habituellement silencieuse, mais la neige l'a rendue tout à fait muette.

— Regarde, lui intime Roan en tournant vers elle son ordinateur portable.

Cate descend ses lunettes sur son nez.

— « Une femme de vingt-trois ans victime d'une agression sexuelle à Hampstead Heath. »

Cate inspire profondément.

— Oui, mais c'est le parc, ça. Je n'autoriserai jamais Georgia à aller là-bas toute seule le soir. Josh non plus, d'ailleurs.

— Apparemment, c'est la troisième agression en un mois. La première, c'était à Pond Street.

Cate ferme les yeux un instant.

— C'est à moins d'un kilomètre d'ici.

Roan ne relève pas.

— Je vais lui dire de faire attention. Et de m'appeler quand elle rentre à la maison de nuit.

— D'accord, concède Roan. Merci.

4

— Je sais qui c'était ! s'exclame Georgia en s'engouffrant dans la cuisine, Tilly sur les talons.

Il est 16 h 30, et elles sont toutes les deux en uniforme. Le vent d'hiver et la panique s'engouffrent avec elles dans l'appartement.

Cate se retourne et dévisage sa fille.

— Qui était qui ?

— Le mec chelou qui m'a suivie l'autre soir. On vient de le voir. Il vit dans la maison bizarre en face. Tu sais, celle avec le fauteuil dégueu dans l'allée.

— Tu es sûre que c'est lui ?

— Absolument certaine. Il était en train de sortir les poubelles. Il nous a vues.

— Il vous a regardées ?

— Ouais, avec un air trop bizarre.

Tilly se tient derrière Georgia et hoche vivement la tête.

— Bonjour, Tilly, finit par dire Cate.

— Bonjour.

Tilly est une fille toute menue avec de grands yeux globuleux et des cheveux noirs brillants. On dirait un personnage de Pixar. Georgia s'est récemment liée d'amitié avec elle alors qu'elles fréquentent le même établissement depuis cinq ans. C'est la première vraie amie de sa fille depuis l'école primaire, et même si Cate n'arrive pas très bien à cerner Tilly, elle encourage vivement cette nouvelle relation.

— Il m'a reconnue, reprend Georgia. Il savait que c'était moi, l'autre soir. Il m'a regardée de travers.

— C'est vrai ? demande Cate à Tilly.

La jeune fille acquiesce à nouveau.

— Ouais, il était pas content de la voir, c'est clair.

Georgia déchire un paquet de petits-beurre alors qu'il y en a déjà un d'entamé dans le placard, puis elle le tend à son amie qui refuse poliment. Elles vont s'enfermer dans sa chambre.

La porte d'entrée s'ouvre à nouveau, et Josh apparaît. Cate sent son cœur s'alléger. Alors que Georgia arrive toujours à la maison avec les nouvelles du jour, ses états d'âme, ses déclarations et ses coups de sang, son petit frère revient comme s'il n'était jamais parti. Il ne s'épanche pas sur ses problèmes, quand il en a, ils se racontent leur journée en douceur, au bon moment.

— Bonjour, mon chéri.

— Salut, maman, dit-il en s'approchant d'elle pour la prendre dans ses bras.

Josh lui fait un câlin chaque fois qu'il rentre à la maison, mais aussi tous les soirs avant de se coucher, le matin en se réveillant, et quand il s'absente pour quelques heures. Il fait ça depuis qu'il est tout petit. Cate s'attendait à ce que ces manifestations d'affection cessent, ou du moins qu'elles se raréfient, mais Josh a désormais quatorze ans et ne semble pas vouloir abandonner cette habitude. Cate se dit parfois que c'est pour lui qu'elle n'a pas repris de travail durant toutes ces années, alors même que ses enfants n'avaient plus besoin d'avoir leur mère à la maison à plein-temps. Il lui donne encore l'impression d'être si vulnérable, d'être toujours au fond de lui le petit garçon qui pleurait quand elle le déposait à la crèche, et qui était toujours inconsolable, des heures plus tard, quand elle venait le récupérer.

— Tu as passé une bonne journée ?

Il hausse les épaules.

— Ça va. Notre prof de physique nous a rendu les copies du dernier devoir : 18,5 sur 20. La deuxième meilleure note.

— C'est super, Josh ! s'exclame-t-elle en le serrant brièvement contre elle. Bravo ! Et en physique, en plus ! Je ne sais pas d'où tu tiens ça.

Josh prend une banane et une pomme, puis se sert un verre de lait. Il s'assied un moment à la table de la cuisine.

— Et toi, ça va ? lui demande-t-il au bout de quelques minutes.

Elle lui jette un regard surpris.

— Bien sûr.

— Vraiment ?

— Oui, confirme-t-elle avec un petit rire nerveux. Pourquoi ça n'irait pas ?

— Pour rien.

Il attrape son verre, son sac et sort de la cuisine.

— On mange quoi ce soir ? lance-t-il depuis le couloir de l'entrée.

— Un poulet au curry.

— Cool, un truc épicé, ça me tente bien.

Puis le silence retombe, laissant Cate seule, livrée aux ombres derrière la fenêtre et aux pensées incertaines qui déambulent lentement dans les ruelles de son esprit.

5

C'est ce soir-là que cela se produit. Que se cristallisent toutes les angoisses diffuses de Cate à propos de Hampstead.

Tilly, l'amie de Georgia, est agressée en sortant de chez eux.

Cate lui avait proposé de rester dîner, mais l'adolescente avait décliné l'invitation, arguant que sa mère l'attendait. Peut-être qu'elle n'aime pas le curry, s'était-elle dit. Quelques minutes après son départ, Cate avait entendu frapper à la porte, puis sonner. Elle était allée ouvrir, et c'était Tilly, livide, visiblement en état de choc.

— On m'a touchée. Il m'a touchée.

Cate l'entraîne dans la cuisine, tire une chaise, lui sert un verre d'eau et lui demande de tout lui raconter.

— J'ai traversé, et j'étais là, juste de l'autre côté, près du chantier. Il y avait quelqu'un derrière moi. Il m'a attrapée. Ici, précise-t-elle en désignant ses hanches. Et il me tirait.

— Il voulait t'emmener quelque part ?

— Non, il m'attirait vers lui.

Georgia assied Tilly sur la chaise et lui prend le bras.

— Oh, mon Dieu. Tu l'as vu ? Son visage ?

Tilly a les mains qui tremblent.

—Pas vraiment. Juste un peu. Je ne sais pas… Ça s'est passé si vite… Trop, trop vite.

—Il t'a fait mal ?

—Non, répond Tilly en haussant la voix, comme si elle n'était pas sûre. Non. Ça va. Mais…

Elle regarde ses mains.

—J'ai peur. C'était… c'était horrible.

—Il avait quel âge, en gros ? intervient Cate.

La jeune fille hausse les épaules.

—Je sais pas, bredouille-t-elle en reniflant. Il avait une capuche sur la tête et il portait une sorte d'écharpe.

—Il était grand ?

—Plutôt, oui. Et mince.

—Je devrais appeler la police, non ? l'interroge Cate tout en se demandant pourquoi elle pose cette question à une gamine de quinze ans qui vient de se faire agresser.

—Bah oui, putain ! lâche Georgia. Bien sûr que tu préviens la police !

Avant même que Cate ait le temps d'attraper son téléphone, Georgia a déjà composé le numéro.

Les policiers arrivent juste avant la mère de Tilly, et la soirée se déroule dans une dimension parallèle que Cate n'aurait jamais pu imaginer, dans laquelle des officiers s'entassent dans sa cuisine avec une mère éplorée qu'elle rencontre pour la première fois. La tension la maintient éveillée plusieurs heures après le départ des agents, bien après que Tilly et sa mère sont reparties en Uber, bien après que le calme est revenu dans la maison. Cate sait que cette nuit personne ne dormira paisiblement ; il s'est passé quelque chose de grave. Quelque chose qui n'est pas étranger à sa famille, à ce lieu et, surtout, à une part indéfinissable d'elle-même, une part sombre, à une faute qu'elle a commise parce qu'elle n'est pas une bonne personne. Elle a bien essayé de se convaincre qu'elle n'y était pour rien, mais ce soir, allongée dans son lit, l'implacable vérité la rattrape, l'écorche, la met à nu.

Le lendemain matin, Cate ouvre les yeux quelques minutes avant que son réveil ne sonne, après trois heures et demie de sommeil. Elle se tourne vers Roan, étendu paisiblement sur le dos, ses bras bien rangés sous la couette. C'est un homme séduisant, son mari. Il a perdu presque tous ses cheveux et se rase le peu qui reste, ce qui révèle la forme étrange de son crâne, qu'elle n'avait jamais remarquée en trente ans de relation. Elle imaginait une surface lisse, comme le dessous d'une poterie, mais c'est en réalité une succession de collines et de vallées, avec la boursouflure d'une petite cicatrice. Des veines gonflées courent de ses tempes à son front. Un nez proéminent. Des paupières lourdes. C'est son mari, et il la déteste. Sans aucun doute. C'est sa faute, d'ailleurs.

Elle se glisse hors du lit et s'arrête devant la grande fenêtre de leur chambre. Le soleil vient à peine de se lever, il éclaire timidement les arbres et le chantier d'en face. Ce dernier ne lui paraît plus dangereux. Son regard s'attarde sur la droite, vers la maison dans l'allée de laquelle gît un vieux fauteuil. Elle songe à l'homme qui vit là, au pauvre type qui a suivi Georgia depuis le métro, qui les a reluquées, Tilly et elle, quand il sortait ses poubelles, à ce voisin qui correspond au signalement de l'agresseur.

Cate trouve la carte que le policier lui a donnée la veille. L'inspecteur Robert Burdett. Elle lui téléphone, mais il ne répond pas. Elle laisse un message.

— J'appelle à propos de l'agression de Tilly Krasniqi hier soir, commence-t-elle. Je ne sais pas si c'est important, mais je dois vous parler du voisin de la maison d'en face, au numéro 12. Ma fille pense qu'il l'a suivie dans la rue il y a quelques jours. Elle dit qu'il les a regardées avec insistance quand Tilly et elle sont rentrées de l'école. J'ignore comment il se nomme. Il a entre trente et quarante ans. C'est tout ce que je sais. Désolée. Je voulais juste vous le signaler. Au numéro 12. Merci.

— Tu as parlé à Tilly aujourd'hui ? demande Cate à sa fille un peu plus tard dans la matinée tandis qu'elle se prépare à partir au lycée.

— Non. Elle répond pas, ni à mes messages ni à mes appels. J'ai l'impression que son portable est éteint.

— Mince, soupire Cate.

Elle ne supporte pas ce sentiment de culpabilité, la désagréable impression que tout cela est arrivé par sa faute. Elle imagine Georgia, sa petite fille candide, agressée par un homme alors qu'elle revient de chez une amie. C'est insupportable. Puis elle pense à Tilly, si traumatisée qu'elle ne répond plus à sa meilleure copine. Elle cherche le numéro que la mère de l'adolescente a enregistré dans son téléphone la veille et appelle.

Elona finit par décrocher à sa sixième tentative.

— Bonjour, c'est Cate. Comment va Tilly ?

S'ensuit un long silence, et Cate entend qu'on passe l'appareil. Il y a des voix étouffées en arrière-plan.

— Allô ?

— Elona ?

— Non, c'est Tilly.

— Ah ! Tilly. Bonjour, ma belle. Comment tu te sens ?

Nouveau silence gêné. Cate reconnaît la voix de sa mère au loin.

— J'ai quelque chose à vous dire, annonce Tilly.

— Oui ?

— Hier soir, ce qu'il s'est passé…

— Oui ?

— Ça n'est pas vraiment arrivé.

— Pardon ?

— Il ne m'a pas touchée. Il marchait juste derrière moi, mais j'ai eu hyper peur à cause de tout ce que Georgia raconte sur votre voisin, et je pensais que c'était lui, mais c'était pas le cas, c'était quelqu'un d'autre et… Je me suis réfugiée chez vous et…

Cate entend à nouveau des bruissements, puis la voix d'Elona.

— Je suis absolument confuse. Je lui ai demandé de te le dire en personne. Je ne comprends pas. Je sais que de nos jours les ados sont sous pression avec les examens, les réseaux sociaux et tout ça. Mais ce n'est pas une excuse.

Cate ferme les yeux un instant.

— Elle n'a pas été agressée ?

Elle ne peut pas le croire. Le visage blême de Tilly, ses yeux écarquillés, ses tremblements, ses pleurs…

— Non, lui confirme Elona d'une voix blanche, comme si elle n'en revenait pas elle-même.

Par la fenêtre, Cate voit l'inspecteur Robert Burdett monter dans une voiture de police garée de l'autre côté de la rue. Elle se souvient du message qu'elle lui a laissé quelques heures auparavant à propos de leur inquiétant voisin. La culpabilité lui noue la gorge.

— Vous avez prévenu la police ? demande Cate.

— Oui, bien sûr. Je viens d'appeler. Il ne faut pas qu'ils perdent leur temps, ils ont bien assez à faire comme ça. Enfin, elle s'apprête à aller au lycée, là, la queue entre les jambes. Je suis vraiment désolée.

Cate raccroche et suit des yeux la voiture de l'inspecteur, qui s'éloigne et tourne au bout de la rue.

Pourquoi Tilly aurait-elle menti ? Cela n'a aucun sens.

Cate travaille à la maison. Elle était kinésithérapeute, mais elle a arrêté de pratiquer quinze ans plus tôt quand Georgia est née, et elle n'a jamais repris les consultations. Aujourd'hui, elle écrit des articles pour la presse spécialisée ou des magazines d'entreprise et, de temps en temps, elle loue une salle dans le cabinet d'une amie à St John's Wood pour recevoir des patients qu'elle connaît de longue date. Elle est donc une travailleuse à domicile ou, comme dit Georgia, une femme au foyer équipée d'un ordinateur portable. Dans la maison de Kilburn, elle dispose d'un petit bureau sur la mezzanine. Dans l'appartement de Hampstead, elle se réfugie sur la table de la cuisine. Ses dossiers sont rangés dans une bannette à côté de son ordinateur portable, mais le désordre la menace en permanence, et elle doit se battre pour que ses affaires ne disparaissent pas dans le chaos de la vie familiale. Elle ne retrouve jamais son stylo et elle découvre parfois des notes d'une autre main que la sienne au dos de sa correspondance professionnelle. Encore un aspect qu'elle n'avait pas anticipé en déménageant ici.

Cate regarde par la fenêtre. Cette maison. Elle baisse à nouveau les yeux vers son écran et démarre son navigateur.

Apparemment, aucun appartement n'a été mis en vente au numéro 12 de la rue depuis dix ans, ce qui semble incroyable pour un emplacement aussi demandé. Le terrain appartient à une entreprise écossaise nommée BG Properties. Elle ne trouve aucune autre information sur ce lot ni sur ses habitants. C'est le manoir aux mystères, se dit-elle, un lieu où les gens s'installent et dont ils ne repartent jamais, où l'on accroche d'épais rideaux

aux fenêtres sans jamais les ouvrir, où l'on laisse ses meubles pourrir dans l'allée.

Elle tape « lignes de faille » avec le nom de leur rue. Elle ne connaît pas vraiment la théorie de l'alignement des sites, mais il y a peut-être quelque chose à cet emplacement qui expliquerait l'absence totale de présence humaine le soir, le fait que des terrains restent en friche, que les renards s'y rassemblent la nuit, que les adolescentes sont suivies et agressées, quelque chose qui justifierait son incapacité à s'intégrer, le profond malaise qu'elle éprouve.

6

Depuis le soir où Tilly a affirmé avoir été agressée, Cate prend garde de ne plus passer devant la maison au fauteuil dans l'allée.

Leur appartement est situé au milieu de la rue. Elle peut partir à gauche ou à droite pour rejoindre la route principale ou remonter vers Hampstead Village. Désormais, elle prend systématiquement à gauche. Elle ne veut pas tomber malencontreusement sur l'homme qu'elle a dénoncé à la police, trois jours plus tôt, suite à l'agression imaginaire d'une adolescente. Il ignorait ce qu'elle avait fait, mais Cate, elle, le savait.

Elle évite même de poser les yeux sur cette maison. Cependant, quand elle sort pour se rendre à la poste où elle doit retourner les colis des achats en ligne qui ne conviennent pas, ses yeux sont irrésistiblement attirés par cette façade. Une femme se tient devant la porte. Elle n'est pas beaucoup plus âgée que Cate. Elle a de quoi susciter la curiosité avec son long manteau gris, son écharpe à motifs, ses bottines, sa chevelure acier ramassée dans un chignon perché sur le haut de son crâne qui semble sur le point de s'affaisser. Ses paupières sont soulignées d'un trait d'eye-liner. Elle tire une petite valise et tient des sacs de courses sur lesquels on distingue le logo d'un aéroport. Cate la voit fouiller dans son sac et en sortir un jeu de clés avant de s'approcher de la porte. La femme entre et s'arrête devant la console du vestibule pour regarder le courrier. La porte se referme derrière elle.

Cate se rend compte qu'elle est seule dans la rue, les yeux rivés à une porte close. Elle se retourne rapidement et poursuit son chemin jusqu'aux rues commerçantes.

Après avoir déposé ses colis à la poste, Cate reprend le chemin de la maison. Un itinéraire très agréable, songe-t-elle. Certes, elle a commis une erreur en choisissant cet appartement, mais elle compte bien profiter au maximum de Hampstead Village. Kilburn, c'est un quartier vivant, bruyant, sale, authentique, et Cate l'aime plus que tout. Mais Kilburn n'a pas de centre à proprement parler ; ce n'est qu'une succession de petites rues perpendiculaires à la route principale. Hampstead a ses ruelles, ses recoins, ses portillons, ses cottages, ses contre-allées, ses cimetières cachés, et s'étend sur plus d'un kilomètre, jusqu'au parc situé au nord, jusqu'aux grandes avenues au sud et à l'ouest. C'est le plus pittoresque des quartiers de Londres, et Cate s'en émerveille toujours.

Aujourd'hui, elle s'aventure un peu plus loin que d'habitude dans le parc, se perd dans les sentiers, dans un bosquet bruissant, puis elle descend une rue sinueuse bordée de vieilles demeures géorgiennes, jusqu'à ce que soudain elle se retrouve face à un paysage complètement différent : plat, bas, découpé par des maisons blanches, si modernes qu'elles semblent tout droit sorties d'un film de James Bond. Elles s'enchevêtrent comme les tuiles d'un toit, reliées par des allées en béton et des escaliers en spirale. Chacune de ces maisons est dotée d'une vaste terrasse avec vue sur les bois de Hampstead Heath. Elle sort son téléphone pour en savoir plus sur ce lieu qu'elle découvre pour la première fois. Elle se trouve devant les HLM les plus chers jamais construits dans le monde entier, une expérience utopiste du gouvernement travailliste des années 1970 qui visait à loger les pauvres comme s'ils étaient riches. À l'achat, le terrain avait coûté un demi-million de livres. Chaque maison, soixante-douze mille livres. Le projet avait capoté quand le gouvernement avait voulu rentabiliser cet investissement en instaurant des loyers nettement supérieurs au loyer moyen des logements sociaux. Cela s'était soldé par un scandale retentissant.

Désormais, ces maisons font la joie des architectes. Cate déniche même une annonce pour un T3 évalué à plus d'un million. Qui pourrait se douter qu'un petit bout de monde futuriste se dissimule là, tapi derrière un grand manoir edwardien ?

Elle prend soudain conscience qu'elle est complètement seule. La rue est déserte. Le vent lui murmure à l'oreille les mots des arbres qui cernent cette étrange enclave. Ils lui recommandent de partir. Maintenant. Elle n'a rien à faire ici. Elle se remet en marche, presse le pas, se met presque à courir sur cette vaste esplanade, dépasse les maisons, dévale la colline et rejoint la rue principale, ses salons de beauté, ses enseignes qui vendent à prix d'or des objets et des vêtements dont on n'a aucun besoin.

En arrivant à hauteur du métro, son regard est attiré par la une du quotidien local, *The Hampstead Voice* : « ELLE SE FAIT AGRESSER EN PLEIN JOUR ».

Elle s'arrête et fixe ces mots, abasourdie. Elle se demande un moment si cette une ne provient pas d'un univers parallèle, d'une réalité dans laquelle elle serait restée trop longtemps alors qu'on ne voulait pas d'elle, et si, en lisant l'article, elle ne risque pas de s'apercevoir que c'est elle, Cate Fours, cinquante ans, mère de deux enfants, qui a été agressée devant ces HLM déserts, et qui se trouve incapable d'expliquer ce qu'elle faisait là, toute seule, au milieu de l'après-midi.

Puis elle repense à Tilly. Voilà quatre jours qu'elle l'a découverte sur le pas de sa porte, et cette vision la hante. Elle se demande s'il pourrait y avoir un lien entre la série d'agressions sexuelles de Hampstead et celle dont la jeune fille a prétendu avoir été victime jeudi dernier, avant de revenir sur ses déclarations.

En continuant son chemin, elle passe devant un kiosque. Elle achète *The Hampstead Voice* et retourne chez elle.

Une fois de plus, Roan rentre tard. Il est pédopsychiatre et travaille au centre Portman à Belsize Park. Être mariée à un pédopsychiatre n'est pas aussi utile qu'on pourrait le penser. Apparemment, son époux est capable d'empathie seulement envers les enfants qui souffrent de maladies mentales, tout particulièrement les psychopathes ; c'est sa spécialité. Les enfants comme Georgia et Josh, dont l'attitude est parfois étrange mais qui sont parfaitement normaux la plupart du temps, le déroutent complètement. Dès qu'ils ont un comportement typiquement adolescent, Roan réagit comme s'il n'en avait jamais rencontré de sa vie, comme s'il n'en avait jamais été un lui-même.

Cela énerve Cate, car elle a l'impression de n'avoir jamais aussi bien compris l'adolescente qu'elle était que depuis qu'elle partage son toit avec deux spécimens de cette espèce. C'est comme si, après toutes ces années à élever ses enfants, elle se retrouvait enfin.

— Tu as passé une bonne journée ? s'enquiert-elle de la voix qu'elle emploie pour lui signifier qu'elle veut se montrer gentille.

Si elle arrive à amorcer la discussion du soir sur une note positive et que la situation se gâte par la suite, il ne pourra pas lui coller ça sur le dos. Elle se demande si Roan est capable de détecter les moments où elle en fait trop. Quoi qu'il en soit, il répond d'un ton chaleureux.

— Plutôt, oui ! Et toi ?

Le voilà dans la cuisine, son mari, un bonnet sur le crâne, emmitouflé dans une épaisse doudoune matelassée pour se protéger du froid mordant de janvier. Il retire son bonnet et le pose sur la table. Il enlève ses gants, découvrant ses longues mains osseuses. Il se déleste de sa sacoche et l'abandonne sur une chaise. Il ne la regarde pas. Ils ne se regardent plus. Ce n'est pas grave. Cate n'a pas particulièrement envie qu'il la voie.

Il prend le journal posé sur la table et lit la une.

— Encore une agression ?

— Oui. Juste à côté, cette fois.

Il hoche la tête et se met à parcourir l'article.

— En plein jour.

— Je sais, c'est horrible. La pauvre… Elle allait faire ses courses, une journée ordinaire, jusqu'au moment où elle croise le chemin d'un taré qui se croit tout permis.

Elle frissonne en pensant à nouveau à la petite Tilly, à la terreur qui se lisait dans son regard.

Georgia entre dans la cuisine.

Elle porte une tenue d'intérieur décontractée, short en jersey et sweat à capuche. Cate n'avait pas cela quand elle était ado. Elle avait ses vêtements, son pyjama, et rien entre les deux.

Roan lui tend *The Hampstead Voice*.

— Lis ça, Georgia. Un agresseur sévit dans le quartier. La dernière fois, ça s'est passé à deux pas d'ici, en plein jour. Il faut que tu fasses attention. Et, s'il te plaît, arrête de te balader avec tes écouteurs dans les oreilles.

Georgia prend un air excédé.

— Je fais toujours attention. Je suis jeune, moi, j'ai encore tous mes réflexes. À mon avis, c'est ce mec, poursuit-elle en tapotant le journal. Le voisin d'en face. Le taré. On dirait grave un violeur.

Cate frissonne en pensant au voisin, puis elle rougit de confusion. Elle s'est bien gardée de dire à Roan et aux enfants qu'elle avait alerté la police et que des agents s'étaient présentés à son domicile pour l'interroger. Elle s'en veut terriblement. Cet acte de délation lui donne à présent l'impression d'être la concierge de service.

— Comment va Tilly ? demande-t-elle. Elle t'a raconté autre chose à propos de lundi soir ?

Georgia secoue la tête.

— Non. J'ai essayé, mais elle se ferme complètement dès que j'aborde le sujet. Elle dit qu'elle a honte.

— Tu en penses quoi, toi ? Qu'elle a tout inventé ?

Sa fille réfléchit un moment.

— Peut-être, ouais. Elle est carrément du style à raconter des histoires. En fait, elle est un peu mytho. Elle a déjà menti sur d'autres trucs avant.

— Sur quoi, par exemple ?

— Des petits trucs, genre dire qu'elle connaît, je sais pas, un rappeur, ou un YouTubeur, et quand tu lui demandes des détails, tu finis par capter qu'elle en sait rien. Elle dit des trucs pour paraître cool, pour s'intégrer, pour être comme les autres. Elle fait une tronche trop bizarre quand elle découvre qu'on l'a grillée, et après tu te sens trop mal d'avoir détecté ses mensonges.

— Mais mentir pour quelque chose d'aussi grave, tu penses qu'elle en serait capable ?

— J'sais pas, répond-elle en haussant les épaules. Peut-être. Parfois, elle s'emballe un peu. Peut-être que cette fois elle est allée trop loin.

Cate hoche la tête. Il n'est pas impossible que l'histoire ait été inventée de toutes pièces. Puis elle relit la une du journal, et l'ombre du doute s'immisce en elle.

7

La veille de la Saint-Valentin, Cate cherche une carte pour Roan dans le centre commercial de son quartier. Elle ne veut rien de particulièrement romantique. Sur les trente années qu'ils ont passées ensemble, elle a dû lui écrire une dizaine de fois. Ça n'a jamais vraiment été leur truc. Cette année pourtant, Cate pense qu'une carte est nécessaire pour marquer le coup ; ils ont réussi à tenir jusqu'au 14 février malgré les difficultés de l'année précédente.

Elle prend une carte sur laquelle sont dessinées deux silhouettes qui se tiennent la main, et au-dessus desquelles figure l'inscription : « C'est super, on a encore envie d'être ensemble ! »

Elle la repose sur le présentoir comme si le papier l'avait brûlée.

Elle n'est pas sûre qu'ils aient encore envie d'être ensemble.

Elle choisit une carte sur laquelle on peut lire « Je t'aime » avec un gros cœur rouge. Ça, c'est vrai. Elle l'aime encore. C'est la partie facile de leur relation. Tout le reste est si compliqué.

À cette période-là, un an auparavant, ils ont failli se séparer. C'était juste avant les congés d'hiver. La situation était devenue si tendue qu'ils avaient failli annuler leurs vacances à sept mille livres.

C'était sa faute.

Entièrement.

Elle pensait que Roan la trompait. Non, elle ne le pensait pas, elle le *croyait* dur comme fer, sans aucun doute, même sans l'avoir vu avec une autre femme, même sans avoir lu de messages suspects dans son téléphone, même sans avoir trouvé la moindre petite trace de rouge à lèvres sur ses cols de chemise. Cela l'avait rendue complètement folle.

Pendant six mois, elle s'était infiltrée dans les espaces les plus privés de la vie de son mari : sa boîte mail, ses textos, sa messagerie WhatsApp, ses photos et même ses dossiers professionnels. Elle avait disséqué l'existence douloureuse d'une jeune fille brisée psychologiquement mais vraiment très belle, certaine que Roan couchait avec cette patiente. Ce faisant, elle n'avait pas hésité à violer l'intimité d'une adolescente persuadée que ce qu'elle confiait à son psy restait confidentiel.

Au début du mois de février, Roan avait fini par découvrir ses indiscrétions. À vrai dire, elle n'avait eu d'autre choix que de tout lui avouer. Un jour, il était rentré du travail en affirmant que sa secrétaire fouillait dans les dossiers de ses patients, consultait ses courriels et ses messages… Il l'avait à l'œil, il la mettrait au pied du mur dès qu'il aurait une preuve.

Effrayée par la perspective d'une enquête officielle, elle avait paniqué et s'était dénoncée. Elle avait fondu en larmes et s'était lancée dans des explications, mais tout ce qu'elle disait semblait délirant ; cela faisait plusieurs mois qu'elle se comportait de façon insensée.

Elle avait espéré qu'il la prendrait dans ses bras après cet aveu et que, de sa voix si réconfortante, il lui susurrerait que ce n'était pas grave, qu'il comprenait, qu'il lui pardonnait, que tout irait bien.

— C'est la chose la plus pathétique que j'ai jamais entendue, avait-il finalement conclu.

Bien sûr qu'il ne la trompait pas. Il travaillait tard, il était sous pression, confronté quotidiennement à des situations épouvantables. Il avait une nouvelle secrétaire inexpérimentée, et son père était malade. Il voulait rester en forme en allant courir et se sentait particulièrement frustré de ne pas toujours trouver le temps. C'était une période vraiment difficile pour lui, avait-il affirmé. Et elle, comme une sombre idiote, avait fouiné dans ses affaires, mettant en péril le secret médical, son emploi, et elle s'était laissée aller à imaginer le pire scénario. Les pires soupçons le concernant.

— Mais pourquoi ? Pourquoi est-ce que je te tromperais ? lui avait-il demandé, implorant.

Question légitime, mais elle n'y avait jamais réfléchi. Pourquoi aurait-il eu envie de coucher avec une autre femme ?

— Parce que je suis vieille.

— Moi aussi, je suis vieux.

— Oui, mais tu es un homme. Tu n'as pas de date de péremption.

— Toi non plus, Cate. Pas pour moi, en tout cas. Ce que nous partageons, ça ne se périme pas, merde ! C'est nous. C'est tout…

Après cette conversation, il avait quitté la maison pendant quelques jours. C'était l'idée de Cate. Elle avait besoin de faire le point. Quand ils s'étaient revus, il lui avait dit :

— Je crois qu'on a perdu le fil. On avait trouvé notre équilibre, et quelque chose s'est cassé entre nous. Je ne sais pas comment recoller les morceaux.

— Moi non plus.

Avaient suivi plusieurs jours de crise existentielle, d'angoisse, et de nombreuses discussions sur l'annulation de leurs vacances hors de prix à la montagne, sur la façon dont les enfants réagiraient, sur les assurances annulation (il n'y avait pas de clause « désaccord marital irréconciliable »). Deux jours avant le départ, ils avaient bu une bouteille de vin, couché ensemble, et avaient convenu de profiter de ces vacances pour voir s'ils pouvaient se retrouver.

Et, d'une certaine façon, c'est ce qui s'était produit. Les enfants avaient été ravis, le temps avait été splendide, et l'hôtel qu'ils avaient choisi était charmant et peuplé de clients sympathiques. De retour à Londres, une semaine plus tard, ils avaient tacitement décidé de poursuivre leur vie ensemble et d'oublier ce qui s'était passé.

Mais cela n'était pas possible. Elle avait dépassé les bornes, brisé leur relation de confiance, et, un an plus tard, elle s'en voulait toujours. En devenant mère, elle avait pris les rênes de leur couple, mais après six mois de descente aux enfers, elle avait finalement renoncé à ce pouvoir et s'était mise à redouter les regards de Roan, terrifiée qu'il puisse voir son âme inquiète et tourmentée sous sa carapace. Alors elle préfère qu'il ne la regarde pas, qu'il ne la voie pas. S'il ne la remarque pas, il ne peut pas la détester. Et pourtant il la hait. Elle le sait bien.

Saffyre était le prénom de la patiente dont elle avait lu le dossier. Saffyre Maddox. Elle avait quinze ans à l'époque et se mutilait depuis qu'elle en avait dix.

Durant cet hiver paranoïaque, Cate était allée jusqu'à se rendre devant son lycée pour l'épier. Elle l'avait enfin sous les yeux, cette adolescente qui couchait avec son mari. Grande, svelte, plate, ses boucles brunes attachées en chignon, les mains dans les poches de sa veste noire, ses yeux vert pâle scrutant la cour d'un air hautain. Pas du tout ce à quoi Cate s'attendait.

Elle avait vu un garçon l'approcher, essayer de la taquiner. Le regard de Saffyre s'était perdu au-dessus de son épaule, et le garçon avait battu en retraite et réintégré son groupe d'amis, toujours jovial, comme si la réaction de la lycéenne avait été prévisible.

Deux filles avaient ensuite rejoint Saffyre, et elles étaient rentrées toutes les trois dans un bâtiment.

Saffyre n'avait pas l'air d'une fille qui se scarifiait avec des trombones. Elle ressemblait à la reine du lycée.

Cate l'avait revue quelques mois plus tard, à Finchley Road, alors qu'elle s'était déjà installée à Hampstead avec sa famille. Elle marchait à côté d'un vieil homme et tirait un cabas à roulettes.

Elle les avait suivis un moment, le cœur battant, redoutant d'être démasquée. Le vieil homme boitait, et Saffyre s'arrêtait régulièrement pour l'attendre. Ils avaient fini par entrer dans une cité de Finchley Road, vers Swiss Cottage, et avaient disparu derrière la porte métallique d'une des tours.

Une fois qu'ils furent hors de vue, Cate s'était immobilisée, avait repris son souffle et elle s'était soudain rendu compte de ce qu'elle venait de faire. Elle était retournée à la maison au pas de course, espérant laisser derrière elle le mal qui l'habitait.

8

Le lendemain matin, dans la cuisine, Roan tend à Cate une enveloppe rouge avec un sourire timide.

— Ne t'en fais pas si tu n'as pas… C'est juste… Enfin, tu vois.

Elle sourit et sort sa propre enveloppe rouge de son sac à main.

— On est trop forts, commente-t-elle d'un ton léger.

Ils ouvrent à l'unisson, maladroitement. La carte que Roan lui offre reproduit une œuvre de Banksy. C'est un ballon rouge en forme de cœur recouvert d'un pansement peint sur un mur de Brooklyn. On ne peut plus pertinent.

Elle la déplie et déchiffre son écriture de médecin :

Prête à enlever le sparadrap ?

Elle le regarde. Un petit rire nerveux lui échappe. Elle sent son ventre se détendre agréablement.

— Et toi ? demande-t-elle.

Il hoche la tête en souriant.

— Complètement. Depuis longtemps, mais…

Il baisse les yeux vers la carte qu'elle lui a donnée, avec son petit mot impersonnel :

Mon cher mari,
Je te souhaite une joyeuse Saint-Valentin !
Baisers, C.

— J'attendais, conclut-il.

Elle acquiesce. Pendant un moment, elle ne sait plus très bien lequel d'entre eux avait ce pansement sur le cœur, lequel guérissait et lequel attendait l'autre. Elle avait toujours pensé que c'était elle qui l'avait blessé.

— Tu veux aller boire un verre ce soir ? propose-t-il. Dans un bon vieux pub, sans doute. J'imagine que les meilleures adresses affichent déjà complet.

— Oui. Je m'occupe de nous trouver ça !

Après le départ de Roan, Cate allume son ordinateur portable et se met au travail. Elle est légèrement troublée par cette discussion avec son mari. Elle se sent tellement à côté de la plaque depuis qu'ils ont déménagé, et même leurs problèmes de couple lui échappent. Elle se surprend à regretter les mois qui ont suivi ses aveux, quand tout était blanc ou noir. Roan le gentil. Cate la méchante.

Depuis qu'ils vivent à Hampstead, elle n'est plus sûre de rien. Son mari s'était bel et bien comporté étrangement pendant des mois. Il rentrait à la maison plus tard, il avait la tête ailleurs et n'avait aucune patience ni avec elle ni avec les enfants. Il avait annulé des repas de famille à la dernière minute, sans véritable explication. Elle l'avait entendu répondre à des coups de fil en chuchotant derrière des portes closes ou dans la rue. Il s'était passé quelque chose, elle en était certaine. Mais quoi ?

Elle regarde à nouveau sa carte, la décrypte. Il semble admettre qu'elle avait des raisons d'être blessée. Par ? Par la façon abrupte dont il avait condamné ses indiscrétions, ou par autre chose ? Elle referme la carte et la pose à la verticale sur la table. Pendant qu'elle travaille, ses yeux reviennent inexorablement se river sur elle.

Elle n'arrive pas à se concentrer, alors elle ouvre son navigateur et recherche des pubs à proximité. Tandis qu'elle fait défiler les résultats, elle entend le claquement métallique de la boîte aux lettres et le bruit étouffé du courrier qui atterrit sur le paillasson. Elle se lève d'un bond, se réjouissant de cette diversion bienvenue, et sort de l'appartement pour prendre le courrier qui est déposé dans le hall de l'immeuble. Elle met de côté les lettres destinées aux voisins et rapporte les leurs dans la cuisine. Elles ont toutes été redirigées depuis leur adresse de Kilburn, à l'exception d'une enveloppe manuscrite à l'intention de Roan.

Elle l'observe un moment. L'écriture est féminine, le code postal est incomplet, le contenu de l'enveloppe est rigide, comme s'il s'agissait d'une carte. Cela pourrait être tout et n'importe quoi : un bon de réduction pour un pressing du quartier, le prospectus d'une société de nettoyage. N'importe quoi.

Elle pose la pile de lettres sur la table de la cuisine et reprend sa recherche.

Son téléphone s'allume. Un message de Georgia.

MAMAN ?

Comme si elle l'appelait depuis l'entrée.

Cate soupire.

Oui ?

Tu peux m'apporter l'autorisation pour le voyage scolaire ? Genre vite ?

Cate lève les yeux au ciel.

Elle est où ?

Je sais pas. Dans la cuisine.

Cate passe la pièce au peigne fin, fouille dans ses propres affaires, et finit par mettre la main dessus dans la poubelle à papier. Elle la défroisse et répond à sa fille.

Bon sang, je l'ai trouvée. J'arrive.

Elle est contente d'avoir une bonne raison de quitter l'appartement. Il fait beau dehors, et elle pourra en profiter pour faire les courses au retour. Et c'est toujours une expérience singulière de pénétrer dans l'établissement où sont scolarisés ses enfants, de s'aventurer un moment dans le monde mystérieux où ils évoluent huit heures par jour.

Sur le chemin du lycée, elle passe devant la tour où elle a vu Saffyre entrer avec un cabas à roulettes, plusieurs mois auparavant. Elle ralentit et scrute le haut du bâtiment. Le soleil miroite dans les fenêtres des étages supérieurs. Cate pense à la carte adressée à Roan qu'ils ont reçue ce matin, à cette écriture féminine, et elle sent remonter à la surface cette démangeaison, cette brûlure qui l'a fait basculer dans la folie un an plus tôt.

Elle se remet en marche rapidement vers le lycée aux murs bordeaux. Une jeune femme lui ouvre la porte à distance et lui adresse un sourire encourageant, comme si Cate allait lui demander quelque chose de gênant.

— Est-ce que vous pourriez transmettre ce document à Georgia Fours, en seconde G, s'il vous plaît ? lâche-t-elle en tendant le papier plié.

— Bien sûr, je vais le lui apporter.

Le regard de Cate s'attarde dans le hall, espérant reconnaître un élève, se forger un petit souvenir de l'univers de ses enfants à ramener chez elle. Mais les cours ont commencé, et les couloirs sont déserts. Elle sort du bâtiment et prend une profonde inspiration. Son cœur bat très vite, et tout autour d'elle semble intensifié, électrifié, comme si ses sens étaient en alerte.

Au supermarché, elle achète des avocats pour Georgia, des bâtonnets de poulet et une baguette pour Josh, un litre de jus de pomme et de mangue qui sera avalé en trente secondes quand les enfants rentreront à la maison. Elle prend également des bouillons cubes et du sel – une chance qu'elle y ait pensé, cette fois –, du beurre, du lait et une boîte de gâteaux au miel nappés de chocolat. Elle se rend aux caisses automatiques. Il n'y a personne derrière elle. Elle scanne les articles lentement, les yeux rivés sur la borne de taxi, à l'extérieur du magasin, où les mêmes chauffeurs tiennent salon sur un bout de trottoir, se rejouant tous les jours la même scène. Son regard se pose finalement sur l'entrée du métro et voit s'y engouffrer une silhouette familière. Grand, fin, crâne chauve, un sac en bandoulière, cette démarche bondissante reconnaissable entre toutes.

— Roan, murmure-t-elle.

Son mari, en train de vivre un moment de vie secrète, inconnue. Elle a eu la même impression en entrant dans l'école des enfants. Elle attrape son téléphone et l'appelle. La tonalité se répète une dizaine de fois dans le vide. Elle l'imagine sortir le portable de sa poche, lire son nom sur l'écran, et le ranger sans se donner la peine de répondre.

Il est midi. D'après ce qu'elle sait, il ne prend pas de rendez-vous en dehors de la clinique. Peut-être va-t-il déjeuner avec quelqu'un ?

Elle se souvient que c'est la Saint-Valentin. Elle imagine Roan dans un restaurant prisé de Soho, assis à une table ornée d'une rose, un serveur versant du champagne dans la flûte de la belle jeune fille installée en face de lui.

Cate secoue la tête pour faire disparaître cette vision.

Non, elle ne redeviendra pas cette femme-là.

9

Roan rentre à la maison juste avant 19 heures. Cate l'observe à la dérobée pendant qu'il passe en revue le courrier. Quand ses yeux aperçoivent l'enveloppe manuscrite, elle voit un éclair dans son regard, comme une légère décharge électrique. Ses doigts hésitent un instant avant de passer à l'enveloppe suivante. Sans un mot, il repose le courrier sur la table de la cuisine.

— Toujours partante pour un verre ce soir ? demande-t-il.

— Tout à fait. J'ai cherché sur Internet, mais tous les restaurants sont pris d'assaut.

— On n'a qu'à se mettre en quête du pub le moins romantique possible.

— D'accord. Vers 20 heures ?

Roan hoche la tête.

— Parfait. J'ai le temps d'aller courir un peu avant. On mange à quelle heure ?

Cate lance un regard vers le four où le poulet de Josh est en pleine cuisson. Elle n'a pas pensé à préparer un repas pour Roan, ni pour elle.

— Tu ne veux pas qu'on dîne au pub ?

— Si, si tu veux. Ça me va. Je n'ai pas très faim, de toute façon.

Elle ouvre la bouche pour dire : « Ah, peut-être parce que tu es allé déjeuner en ville ce midi, avec une jeune femme, pour une raison que j'ignore. » Mais elle ne veut pas que leur soirée débute ainsi.

— Super ! Bon footing, conclut-elle avec un sourire.

Quelques minutes plus tard, Georgia entre dans la cuisine. Elle se dirige vers la corbeille à pain et s'empare du pavé de seigle au levain hors de prix que Cate achète spécialement pour elle. Elle fait griller deux tranches et ouvre le réfrigérateur. Elle fouille un moment dans le bac à légumes, en sort un avocat qu'elle découpe au-dessus de l'évier, extrait le noyau avec la pointe de son couteau, le fait tomber dans la poubelle, écrase en purée les tranches d'avocat dans le bol qu'elle utilise toujours à cet effet, ajoute du sel, puis étale la mixture sur les tartines qu'elle pose sur la table avec un grand verre de jus de pomme et de mangue avant d'y planter les dents.

Elle remarque que sa mère l'observe.

— Ça va, maman ?

Cate acquiesce, tirée de ses réflexions.

— Oui, oui, très bien.

Sa fille attrape la carte avec le cœur de Banksy et l'examine.

— Trop mignon, papa t'a offert une carte. Ça veut dire quoi ?

— Eh bien…

Cate déchire une feuille du rouleau de papier absorbant pour nettoyer un peu de thé qui s'est répandu sur le comptoir.

— Je ne sais pas. Il pense sans doute que je suis encore sur mes gardes après ce qui s'est passé l'année dernière.

— Votre *crise*, tu veux dire ?

— C'est ça.

— C'était trop bizarre, franchement, commente Georgia, la bouche pleine. Trop chelou. C'était pour quoi, déjà ?

Ils n'en ont jamais parlé aux enfants. Ils ne leur ont jamais dit qu'ils avaient frôlé la séparation. Ils leur avaient seulement avoué traverser un moment un peu plus difficile, ce qui était tout à fait normal après tant d'années ensemble, et qu'ils allaient passer quelques jours l'un sans l'autre pour faire le point. Mais personne n'avait vraiment pris la peine de faire le point. Roan était rentré à la maison. Ils étaient partis au ski. La vie avait continué.

Cate secoue la tête.

—Je ne sais pas exactement. Rien de spécial. Ça arrive à tous les couples, j'imagine.

—Et maintenant, ça va mieux entre papa et toi?

—Oui, tout va bien. D'ailleurs, on va au pub ce soir.

—Oh! Je peux venir?

Cate hausse un sourcil.

—Pourquoi diable? s'étonne-t-elle d'un air amusé.

—J'aime bien les pubs.

—Ça va pas la tête?

—Quoi? Qu'est-ce qu'il y a de mal à aimer les pubs?

—Rien, dit Cate dans un sourire. Rien du tout. Tu as reçu des cartes pour la Saint-Valentin?

—Maman, c'est hyper vieux jeu de me poser cette question. Tu devrais plutôt me demander si j'ai déclaré ma flamme à quelqu'un. Je suis pas une petite chose passive du genre à attendre que les garçons me remarquent.

—C'est bon à savoir. Alors, tu as donné une carte à quelqu'un?

—T'es folle! T'as vu les mecs de mon bahut? Merci, mais non merci.

Georgia repose la carte.

—Il est où papa?

—Parti courir.

— Quel grand malade…

Georgia et Cate détestent autant courir l'une que l'autre. Leurs corps ne sont pas faits pour cela. Elles ont immédiatement des points de côté. Le sol sous leurs pieds est trop dur. Et elles trouvent toutes les deux Roan ridicule dans sa tenue de joggeur en Lycra.

Josh entre dans la cuisine avec son air perdu, en traînant un peu la patte, comme s'il cherchait vaguement quelque chose. Il se plante devant Cate et la serre dans ses bras. Il sent l'école et le déodorant. Il tire de sa poche arrière une enveloppe froissée.

— Joyeuse Saint-Valentin, annonce-t-il.

Cate ouvre l'enveloppe et y découvre une carte qu'il a confectionnée lui-même dans un bristol noir, sur laquelle il a accroché un cœur en papier rouge à l'aide d'un trombone. À l'intérieur, il a écrit :

« Pour la meilleure maman du monde. Je t'aime très fort. »

Depuis qu'il est tout petit, il lui offre tous les ans une carte de Saint-Valentin. Josh est l'un de ces garçons qui adore sa mère plus que tout au monde, qui la met sur un piédestal. Ce qui, d'une certaine façon, est formidable. Mais Cate a peur de le blesser terriblement si elle prend une mauvaise décision ou si elle se montre trop dure envers lui.

— Merci, mon chéri, dit-elle en l'embrassant sur la joue.

— De rien. On mange quoi ce soir ?

Cate éteint le four et sort ses bâtonnets de poulet. Elle pose la carte à côté des deux autres sur la table. Et son sang ne fait qu'un tour.

Georgia a ouvert l'enveloppe blanche destinée à Roan. Elle a sorti la carte et s'apprête à la lire.

— Georgia, qu'est-ce que tu fabriques ! s'exclame-t-elle en arrachant la carte des mains de sa fille.

— Maman ! Pourquoi tu réagis comme ça ? C'est juste une carte.

— Pour ton père, oui ! Tu ne peux pas ouvrir le courrier des autres ainsi.

— Tu ouvres bien mes lettres !

— Tu n'es pas une adulte, c'est différent. Et je n'ouvrirais jamais quelque chose comme ça, qui a l'air personnel.

Cate attrape l'enveloppe, espérant pouvoir y glisser la carte, mais comme d'habitude Georgia l'a complètement déchirée en sortant son contenu.

— Merde, Georgia. Pourquoi tu as fait ça ? Je n'en reviens pas…

Sa fille hausse les épaules.

— Je voulais savoir qui envoie une carte de Saint-Valentin à papa.

Cate range la carte dans ce qui reste de l'enveloppe et la fourre dans un tiroir. Elle ne veut pas penser à ça maintenant.

— Tu ne vas pas regarder qui l'a envoyée ?

— Non. Ça ne me regarde pas.

— Bien sûr que si ! C'est ton mari. Des cartes de Saint-Valentin postées par des inconnues, j'estime que ça te concerne à cent pour cent.

— Ça vient probablement d'une patiente. Donc ça ne me regarde pas du tout.

— Si c'est une patiente, tu peux m'expliquer pourquoi elle connaît cette adresse ?

— Je l'ignore, se défend Cate. C'était peut-être écrit quelque part dans son bureau. J'en sais rien.

— Mouais, réagit Georgia, en fronçant ostensiblement les sourcils, avec une moue désapprobatrice. Passez une super Saint-Valentin au pub, alors ! conclut-elle sur un ton sarcastique.

Elle attrape son assiette et la pose lourdement dans l'évier, comme toujours.

— Y a un truc pour le dessert ?

Cate lui tend la boîte de gâteaux au miel et se tourne vers la fenêtre. Elle se retrouve nez à nez avec son reflet, celui d'une femme plus vieille qu'elle mais qui lui ressemble énormément, celui d'une femme dont la vie avance sur un chemin sombre et tortueux qu'elle ne veut pas emprunter.

Ses doigts se tendent par réflexe vers le tiroir où la mystérieuse carte est cachée. Ils l'ouvrent, puis le referment d'un geste vif. Elle quitte la pièce.

Roan rentre de son footing bien après 20 heures. Cate essaie de l'appeler à trois reprises entre 20 h 05 et 20 h 15, sans succès. Quand il revient enfin à la maison à 20 h 20, en sueur, l'air hagard, il file directement sous la douche.

— J'arrive dans cinq minutes ! lui lance-t-il en passant.

Cate soupire et attrape son téléphone. Elle l'attend en faisant défiler machinalement les posts Facebook. La carte est toujours dans le tiroir. Elle ne l'a pas lue.

À 20 h 40, Roan est enfin prêt, ils peuvent sortir.

Ils souhaitent une bonne soirée aux enfants qui sont chacun dans leur chambre et font leurs devoirs, ou du moins font quelque chose sur leur ordinateur qu'ils font passer pour des devoirs.

Dehors, la nuit est humide, épaisse. Le temps du trajet jusqu'au bourg, Cate sent sa peau devenir moite. Elle aimerait prendre la main de Roan, mais elle n'ose pas. Ces derniers temps, se tenir la main, se faire un câlin au lit, coucher ensemble ou s'embrasser sur la bouche lui apparaissent comme des récompenses, des marques d'approbation qu'il faut mériter. Tenir sa main signifierait qu'ils sont encore les mêmes personnes qu'ils étaient il y a vingt-cinq ou trente ans, que ses sentiments pour lui sont intacts, mais elle n'arrive pas à oublier tout ce qu'il s'est passé depuis. Elle ne peut pas faire comme si cela n'existait pas.

— Tu as couru longtemps aujourd'hui.

— Oui, j'ai un peu trop mangé au déjeuner. Je voulais être sûr d'avoir faim.

— Tu as mangé quoi ce midi ?

— Un plat de pâtes assez costaud avec une sauce à la crème. Je ne m'attendais pas à un truc aussi gras, mais j'ai tout englouti.

— Au bureau ?

— Non, non. Je suis allé en ville.

Son ton est enjoué. Aucune trace de quoi que ce soit d'équivoque à propos de ce déjeuner. Sa voix à elle n'est pas aussi assurée, elle monte légèrement dans les aigus.

— Ah, pourquoi ?

— J'ai vu Gerry. Tu sais, il bosse à l'université. Il voudrait que je donne un cours aux premières années sur les psychoses infantiles. Trois heures par semaine. Cent livres de l'heure.

— C'est super ! s'exclame-t-elle en sentant son inquiétude s'estomper. Tu vas le faire ?

— Bien sûr ! Ça fera mille deux cents livres en plus par mois. On pourra se payer une ou deux semaines de vacances sympas. Et des nouveaux canapés quand on retournera à Kilburn. Puis j'aime vraiment bien Gerry. Et il m'a invité au resto. C'est une proposition qui ne se refuse pas !

Il la regarde avec un sourire radieux, sincère, un sourire qui ne dissimule rien. Il a simplement déjeuné avec quelqu'un pour discuter d'une proposition intéressante qui leur permettra de s'offrir de belles vacances et d'acheter des meubles neufs. Elle lui rend son sourire sans aucune retenue.

— C'est génial, bravo !

Elle voudrait lui demander pourquoi il ne lui avait pas parlé de ce rendez-vous ce matin. Si elle avait un déjeuner professionnel, elle l'en informerait. Elle chasse ce reproche et s'accroche à leurs sourires.

Ils arrivent au sommet de la colline et avancent dans les rues de Hampstead Village qui lui font l'effet d'un décor de cinéma ou d'un rêve. Ils dénichent un pub dans une ruelle pavée. Les cheminées sont allumées, et des chiens somnolent sur le parquet ancien. Même s'ils étaient supposés faire une anti-Saint-Valentin, Roan revient du bar avec une bouteille de champagne et deux flûtes. Ils trinquent à son nouveau poste. La flamme dansante d'une bougie éclaire leurs visages par intermittence. La main de Roan trouve la sienne, il la caresse, et cette sensation est tellement agréable que pendant quelques heures Cate oublie la carte au fond du tiroir.

10

Saffyre

J'avais douze ans et demi quand j'ai rencontré Roan Fours.

À ce moment-là, ça faisait déjà plus de deux ans que je me scarifiais.

Je venais d'entrer en cinquième, et les garçons commençaient à m'embêter.

Je ne supportais pas leurs regards, j'avais horreur de m'imaginer ce qu'ils pensaient, ce qu'ils racontaient sur moi (ayant passé la majorité de mes jeunes années entourée de garçons, j'en avais une idée assez précise). Tout ça commençait à me fatiguer, à me miner, à me déprimer. J'aimais le concept de la thérapie, de passer une heure dans une pièce calme avec un homme calme à parler calmement de ce que je vivais.

Je m'étais imaginée face à un binoclard aux cheveux en pétard, probablement vêtu d'une veste en tweed, peut-être avec un monocle. Je ne m'étais pas préparée à rencontrer un type décontracté aux yeux très bleus, au visage anguleux, aux longues jambes arachnéennes moulées dans un jean noir qui se croisaient, se décroisaient, se recroisaient jusqu'à vous donner le tournis. Dès qu'il voulait m'expliquer quelque chose, ses mains prenaient leur envol comme d'étranges oiseaux exotiques. Et il avait toujours des pompes incroyables. Enfin, des super belles baskets pour un vieux comme lui. Et cette odeur de vêtements fraîchement lavés, mon odeur préférée, ce parfum d'arbre, d'herbe, de nuage, de soleil.

Bien entendu, je n'ai pas décelé tout ça la première fois que je l'ai vu. J'étais encore une enfant et je m'étais dit qu'il avait l'air plutôt cool, un peu comme Doctor Who.

Il avait regardé son carnet pendant un bon moment avant de lever les yeux vers moi.

— Saffyre. Quel nom extraordinaire !

— Merci. C'est ma mère qui l'a choisi.

C'est bien le genre de prénom qu'une nana de dix-neuf ans choisirait pour son bébé, non ?

— Alors, Saffyre, parle-moi un peu de toi.

— Comment ça ?

Tout le monde sait qu'il ne faut pas poser de questions ouvertes aux enfants. Ils ne savent pas comment y répondre.

— Tu pourrais me parler de ton collège par exemple. Comment ça se passe ?

— Bien. Ça va bien.

Voilà, ai-je songé, un type qui coche des cases, qui remplit des formulaires, qui rentre chez lui pour regarder *Game of Thrones* en mangeant une salade de quinoa ou je ne sais quoi avec sa femme. Je m'étais dit que ça n'allait pas le faire.

— Saffyre, est-ce que tu peux me dire quelle est la pire chose, la chose la plus difficile qui te soit arrivée ? avait-il repris.

À ce moment-là, j'ai compris qu'on allait quelque part. Je ne savais pas encore où, mais j'étais arrivée à un moment de ma vie où j'avais besoin que quelqu'un m'interroge sur la pire chose qui me soit arrivée, plutôt que de me demander si leurs sourcils étaient symétriques ou si je préférais du poulet ou du poisson pour le dîner.

J'étais restée silencieuse un instant. Mon cerveau prenait l'eau. D'abord, j'ai pensé au truc évident. À ce qui m'est arrivé quand j'avais dix ans. Mais je ne voulais pas lui raconter ça. Pas tout de suite. Il a attendu une bonne minute avant que je réponde.

— Tout.

— Tout ?

— Oui, tout ça. Ma mère est morte avant que j'aie la chance de la rencontrer. Ma grand-mère aussi. Mon grand-père a élevé tout seul ses trois enfants et moi, puis il est tombé malade, et mon oncle a pris le relais pour s'occuper de nous quand il avait genre mon âge. Il n'a jamais eu sa vie à lui. Jamais. On avait une perruche. Elle est morte. La voisine qui me tressait les cheveux, elle s'appelait Joyce, elle est morte elle aussi. Ma maîtresse préférée en primaire, Mme Raymond, a eu un cancer et elle est morte juste après son mariage. Mon grand-père a de l'arthrite et il a mal partout, tout le temps.

Je m'étais tue d'un coup, juste avant le plus horrible des événements, celui qui m'avait conduite chez ce psy. J'avais planté mes yeux dans les siens, si bleus, qui me faisaient penser à ceux de ces chiens qui ressemblent à des loups. Je voulais qu'il me sorte : « Oh, ma pauvre petite chérie. C'est normal que tu te scarifies depuis toutes ces années. » Au lieu de ça, il s'était contenté de me demander :

— Maintenant, raconte-moi la meilleure des choses qui te soit arrivée.

Je ne m'y attendais vraiment pas. C'était comme s'il se fichait de ce que je venais de lui dire. Comme s'il ne m'avait même pas écoutée.

Pendant un moment, j'avais refusé de lui répondre. Je ne bougeais pas de ma chaise. Puis un souvenir m'était revenu.

En primaire, il y avait une fille qui s'appelait Lexie. Elle avait plein d'amis et elle était super sympa. Tout le monde l'adorait, les élèves comme les profs. Elle vivait dans une maison magnifique, dans une jolie rue. Il y avait des chandeliers en cristal, des canapés en velours, et pour ses anniversaires elle invitait toujours toute la classe, même moi, alors que je n'étais pas vraiment sa copine.

Une année, elle avait organisé « la fête des animaux ». Un homme aux cheveux blancs était venu avec une camionnette remplie de boîtes et de cages, et à l'intérieur de chacune d'elles se trouvait un animal différent qu'on avait le droit de toucher. Il y avait un chinchilla, un serpent, des phasmes, un campagnol, un furet, des oiseaux, une tarentule. Mais, surtout, une chouette effraie qui s'appelait Harry.

L'homme aux cheveux blancs avait regardé tous les enfants présents et m'avait demandé si je voulais porter Harry.

Il m'avait dit de venir à côté de lui et m'avait donné un gros gant en cuir, puis il avait posé la chouette au bout de mon bras tendu. Je ne bougeais pas, et Harry avait tourné sa grosse tête vers moi et m'avait regardée, et je l'avais aussi regardé, et j'avais senti mon cœur fondre et devenir tout chaud, se dilater à l'infini. C'était comme si j'en étais tombée amoureuse. Ce qui était vraiment débile, vu que c'était juste une chouette.

Alors j'avais levé les yeux vers Roan Fours et je lui avais dit :

— C'était le jour où j'ai porté une chouette à l'anniversaire de Lexie quand j'avais neuf ans.

— Moi aussi, j'adore les chouettes. Ce sont des oiseaux fascinants.

J'avais hoché le menton.

— Comment est-ce que tu t'es sentie quand tu la portais ?

— Comme si je l'aimais de tout mon cœur.

Il avait griffonné quelques notes dans son carnet.

— Et qui d'autre est-ce que tu aimes de tout ton cœur ?

Euh… On n'était pas censés parler de chouettes ?

— J'aime mon grand-père, avais-je fini par répondre. Mes oncles. Mes nièces.

— Tes amis ?

— Non, je ne les aime pas comme ça.

— C'est quoi alors, ce sentiment ?

— C'est comme… comme un besoin.

— Un besoin ?

— Oui, on aime les gens parce qu'ils nous donnent ce dont on a besoin.

— Et s'ils arrêtent de le faire ?

— Alors ce n'est plus de l'amour. Ça devient autre chose.

— Et la chouette ?

J'avais marqué une pause.

— Quoi ?

— La chouette. Tu as dit que tu l'aimais.

— Oui.

— Mais tu n'avais pas besoin d'elle.

— Non, mais je l'aimais quand même.

— C'était le même sentiment que ce que tu ressens pour ton grand-père ?

— Non. C'était… pur, avais-je articulé tout en me rendant compte que ce terme était impropre. L'amour pour mon grand-père est aussi pur. Mais je m'inquiète pour lui, j'ai peur qu'il meure. Qu'il ne puisse pas me donner ce dont j'ai besoin. Ça me fait du mal. Alors qu'avec la chouette je me sentais super bien. C'est tout.

— Tu penses que ces deux types d'amour sont aussi forts l'un que l'autre ?

— Oui, c'est pareil.

Il ne m'avait plus posé de question, il m'avait simplement souri. Je ne m'étais pas attendue à ça non plus. Je pensais qu'il n'avait contractuellement pas le droit de sourire pendant la séance. Pourtant, il l'avait fait. Et peut-être que c'était parce qu'on venait d'en parler, je ne sais pas, mais j'avais ressenti à nouveau la sensation douce et soyeuse que la chouette avait provoquée en moi.

Alors oui, peut-être qu'à ce moment-là, sans même le savoir, j'avais déjà besoin de Roan Fours.

La première fois que j'avais vu Roan en dehors de nos rendez-vous au centre Portman, c'était peut-être un an après le début de ma thérapie. Je rentrais à la maison après les cours, et lui sortait d'un rendez-vous au collège en face de chez moi, où l'un de ses patients était scolarisé. Il était habillé de façon élégante, avec un cartable, une chemise bleue, et il parlait à un autre homme tout aussi élégant qui avait lui aussi un cartable. Ils s'étaient dit au revoir, puis en se retournant pour traverser la rue, il m'avait aperçue.

Je pensais qu'il allait me faire un signe de la main et continuer son chemin. Mais non. Il était venu me saluer.

— Bonjour, Saffyre ! m'avait-il dit, les mains dans les poches, basculant d'avant en arrière sur ses talons.

Il avait l'air d'un prof comme ça, et je m'étais sentie un peu dégoûtée, comme quand on en croise un en dehors du collège et que c'est à peu près aussi choquant que de se les représenter tout nus. Mais j'étais aussi très contente de lui parler.

— Bonjour.

Je me demandais ce qu'il pouvait bien penser de moi.

Ce jour-là, je portais des faux cils (c'était la mode début 2016, tout le monde faisait ça). Je ne me voyais pas ainsi à l'époque, mais j'avais probablement l'air ridicule.

— Tu as fini les cours ?

— Oui, je rentre chez moi, lui avais-je dit en levant les yeux vers le huitième étage de notre tour.

Je reconnais toujours notre appart au premier coup d'œil à cause des horribles rideaux à rayures rouges et vertes des voisins de l'appartement trente-cinq. C'est mon repère.

— Tu habites là-haut ?

— Oui.

— Tu dois avoir une belle vue, non ?

J'avais haussé les épaules. J'aurais volontiers échangé cette vue contre une ou deux chambres supplémentaires.

— Notre prochain rendez-vous, c'est…

— Mercredi.

— À 17 h 30.

— Oui.

— Alors, à mercredi.

— Ouais. À bientôt.

J'avais marché jusqu'à l'entrée de la cité et je m'étais retournée en ouvrant la grille. Je ne sais pas pourquoi, mais j'imaginais que Roan n'avait pas bougé, qu'il me suivait des yeux. J'avais tort. Il était parti.

Roan et sa famille ont déménagé dans un appartement proche du centre Portman en janvier de l'année dernière. Comment est-ce que je suis au courant ? Parce que je les ai vus le jour de leur installation. Je marchais vers le bourg, le long de ces grandes avenues qui remontent la colline depuis ma tour, ces rues où se succèdent les manoirs, les Tesla et les murs d'enceinte.

Un camion était garé en double file avec ses warnings allumés, et des jeunes gens déchargeaient des cartons, des lampes, des chaises et un tas d'autres objets. La porte de la maison était grande ouverte, et j'aime toujours jeter un coup d'œil à l'intérieur lorsque je passe devant une porte ouverte. J'ai vu une femme, mince, avec un jean, un pull rose et des baskets. Elle avait les cheveux blonds et brillants qui lui arrivaient aux épaules. Il y avait aussi un garçon, un adolescent. Ils portaient tous les deux des cartons et disparaissaient par une autre porte au bout du couloir. Un homme est sorti par cette même porte, et c'était lui. Roan, vêtu d'un jean et d'un pull à capuche. Il s'est dirigé vers le camion pour discuter avec les déménageurs. J'allais continuer mon trajet quand soudain une pulsion m'a saisie : il fallait qu'il sache que je l'avais vu. Je m'apprêtais à traverser pour lui dire bonjour quand la nana au pull rose est apparue. Je n'avais encore jamais vu sa femme, mais je me doutais que c'était elle.

Ils ont échangé quelques mots, puis sont montés dans le camion. J'ai inspiré un grand coup et poursuivi mon chemin.

Avant de reprendre ma route, mon œil avait bloqué sur le numéro de leur maison, le dix-sept.

Je ne lui ai jamais dit que je l'avais vu, ce jour-là. On ne parlait pas de ce genre de choses. D'ailleurs, je ne m'étais jamais demandé où il habitait ni à quoi sa vie pouvait ressembler en dehors du centre Portman. Lors de notre consultation suivante, quatre jours après l'emménagement, on a attaqué direct, comme d'habitude. Il ne m'a pas informé qu'il avait changé d'adresse, et je ne lui ai pas dit que je le savais.

Environ deux semaines plus tard, Roan m'a annoncé que le moment était venu de mettre un terme à ma thérapie. Il m'a balancé ça comme si c'était censé me faire plaisir, comme si j'avais hâte de finir nos séances, comme si on parlait du lycée, des cours de natation ou d'un truc du genre. Il m'a dit qu'à son avis, d'ici deux ou trois rendez-vous, on devrait arriver là où on devait arriver.

Étrange, n'est-ce pas ? Je ne suis pas une fille débile, et pourtant j'avais été assez bête pour penser que cette thérapie durerait jusqu'à ce que je décide d'y mettre fin. Ou peut-être même pour toujours.

— Comment est-ce que vous pouvez savoir à quel endroit nous devons être ?

Il m'avait lancé l'un de ses sourires désinvoltes, comme s'il se fichait de mes questions mais qu'il me répondait par gentillesse.

— C'est mon travail, Saffyre.

— Je n'ai pas mon mot à dire ?

— Si, bien sûr. Qu'est-ce que tu en dis ?

Je m'étais tue pour bien réfléchir à ma réponse, parce que je n'étais pas sûre de ce que j'avais envie de lui dire. Au fond de moi, je voulais poursuivre ces rendez-vous dans le bureau de Roan qui ponctuaient mes semaines, et je ne souhaitais pas quitter l'ambiance familière créée par ce plafond suspendu avec ses trois halogènes – l'un jaunâtre, les deux autres trop blancs –, par la fenêtre à double vitrage depuis laquelle je voyais la branche cassée d'un arbre ballotté par le vent d'hiver, par l'ombre découpée d'un réverbère dans la rue, par les deux fauteuils rouges au tissu rêche, par la table basse en bois avec une boîte de mouchoirs et une petite lampe beige, par la moquette marron avec sa tache plus claire près du pied du siège, par les voix étouffées des gens qui passaient dans le couloir. J'avais envie de revoir chaque semaine les pompes de Roan, ses chaussures en cuir, ses baskets blanches stylées, ses horribles sandales à scratch, ses après-skis les jours de neige. J'avais besoin d'entendre encore son timbre grave et mesuré quand il me posait des questions, et son léger raclement de gorge lorsqu'il attendait ma réponse. J'avais envie de continuer à passer devant l'école de théâtre, le métro, le marché et le cinéma en sortant du cabinet, de continuer à sentir les saisons défiler sous mes pieds. Les feuilles humides et glissantes, les pavés brûlants, la neige fondue, les flaques boueuses. Tout ça, tous ces mois et maintenant toutes ces années de Roan Fours, comment cela pouvait-il s'arrêter ? C'était comme s'il m'annonçait qu'il n'y avait plus de jour ni de nuit, ou qu'à partir de maintenant les journées ne dureraient plus vingt-quatre heures. Mon univers était chamboulé.

— Je pense que je ne suis pas encore prête, avais-je fini par lui dire.

— Et pourquoi, à ton avis ?

J'avais haussé les épaules, puis raconté des conneries comme quoi j'avais encore envie de me faire du mal, même si ça faisait plus d'un an que ça ne m'avait pas traversé l'esprit.

Il m'avait clairement signifié du regard qu'il ne me croyait pas.

— Bien. On va continuer pendant deux ou trois semaines, je vais commencer la transition. Il sera toujours temps de faire machine arrière plus tard si tu en éprouves le besoin, mais sincèrement je ne pense pas que ce sera le cas. Tu es incroyable, Saffyre. Le travail que tu as accompli ici est très impressionnant. Tu devrais être contente.

Je ne lui avais toujours pas parlé de ce qui m'était arrivé quand j'étais en primaire. J'avais envie de tout lui balancer pour lui clouer le bec. Je voulais lui dire : « Quelqu'un m'a fait quelque chose d'insupportable quand j'avais dix ans, et toi qui m'écoutes non-stop depuis trois ans, tu ne t'es toujours rendu compte de rien ? Comment tu oses me dire que je devrais être contente ? » Je voulais lui crier : « Tu es un psy de merde », et d'autres insultes du même ordre. Mais j'ai ravalé mes reproches et je suis partie.

Trois semaines plus tard, Roan Fours a mis fin à ma thérapie.

Il a essayé d'en faire un moment important et joyeux.

J'ai fait comme si tout allait bien.
Mais ça n'allait pas.
Pas du tout, du tout.

11

Je vous ai déjà dit que j'étais une tueuse ? Une vraie ninja ?

Bon, pas vraiment. Mais je suis ceinture noire de taekwondo. Il y a une école d'arts martiaux à côté de chez nous, dans le centre sportif. Dans le jargon, c'est ce qu'on appelle un dojo, et j'y vais depuis que j'ai six ans. Alors on pourrait penser que j'aurais dû être capable de me défendre d'un CM2 aux mains baladeuses et à l'esprit pervers. Mais non, j'étais paralysée, je n'ai rien pu faire, et ensuite je me suis punie pendant des années tandis que Harrison John était parti parader au collège, comme si de rien n'était.

Il raconterait sans doute à ses copains que ça m'avait bien plu, parce que j'avais été totalement passive. Mais la vérité, c'est que ça ne m'avait pas plu du tout.

Aux cours de taekwondo, je frappe, je grogne, je sue, et chacun de mes coups atteint Harrison en pleine tête, les murs se maculent de son sang, de morceaux de sa minuscule cervelle de connard, de fragments de son crâne.

Pourtant, à l'école, quand j'étais encore une gamine, je l'ai laissé faire.

Trois fois.

Je vais toujours au taekwondo toutes les semaines, par habitude, et je dois avouer que mes compétences se sont avérées très utiles ces derniers mois. Je ne suis pas petite, je mesure un mètre soixante-dix et, quand mes cheveux sont détachés, j'ai l'air encore plus grande. Je prends de la place. Les gens me voient. Mais je sais aussi me déplacer très discrètement, je vous jure. Comme une ombre, s'il le faut. Je mets ma capuche, je baisse la tête et lève les yeux. Si je m'y prends bien, je pourrais même croiser mon oncle dans la rue sans qu'il me reconnaisse.

La première semaine après la fin des rendez-vous avec Roan ne s'est pas trop mal passée. J'avais déjà manqué des consultations, quand j'étais malade ou en vacances, par exemple. C'est après trois semaines sans le voir que j'ai commencé à sentir une masse froide se former dans mon ventre, comme un lac gelé. J'imaginais Roan assis dans son bureau, dans nos fauteuils élimés, avec un autre ado qui s'épanchait sur ses problèmes à la con, faisant semblant de s'intéresser autant à lui qu'il s'intéressait à moi.

Un après-midi, alors que je rentrais de l'école, j'ai remarqué qu'il était 17 h 20, l'heure à laquelle je me rendais habituellement au centre Portman pour ma consultation.

Soudain, je me suis vue changer de direction, emprunter le chemin si familier qui me menait à lui. Le soleil se couchait, je portais une grosse doudoune noire sur mon uniforme, des chaussures et des collants assortis, mes cheveux étaient attachés, ma capuche relevée. Je me suis faufilée entre les arbres près du parking et j'ai guetté sa fenêtre.

Vous savez combien de temps je suis restée plantée là ?

Au moins une heure.

On était en mars, il faisait froid. Très, très froid.

De temps en temps, je distinguais l'esquisse d'un mouvement, puis j'ai vu les lumières s'allumer dans tous les bureaux et je me suis rendu compte qu'il faisait nuit. Le froid me faisait claquer des dents, mais je n'allais pas abandonner si près du but. Je ne bougerais pas tant que je ne l'aurais pas aperçu.

Vingt minutes plus tard, il est sorti. Il portait un grand manteau noir et un bonnet. De là, je voyais son souffle glacé, ce nuage vaporeux qui s'élevait dans la lumière jaune du réverbère. Il a souri, et j'ai cru un moment qu'il m'avait vue, mais non, il souriait à quelqu'un d'autre, une fille qui arrivait derrière lui. Elle avait l'air d'avoir dix-huit ou dix-neuf ans. Il lui a tenu la porte, la fille a allumé une cigarette, et je les ai regardés la fumer ensemble. Je me souviens de m'être dit : *On ne partage une clope qu'avec les gens dont on est proche.* Et aussi que je n'avais jamais vu Roan fumer, pas une seule fois, alors que j'avais été sa patiente pendant plusieurs années.

Après avoir fini, ils sont rentrés dans le bâtiment. Roan lui a de nouveau tenu la porte, et il s'est approché très près d'elle en la suivant à l'intérieur. Elle s'est retournée pour lui sourire.

J'étais venue à Portman pour assouvir un étrange besoin de le voir, de retrouver quelqu'un de familier. J'avais finalement découvert un autre homme, quelqu'un qui fumait et qui flirtait avec des filles bien plus jeunes que lui.

Je n'étais pas rassasiée. En fait, mon besoin de le voir s'est accentué. Je suis restée dehors une demi-heure de plus, tandis que le parking se vidait, que les derniers employés quittaient le centre et se lançaient des au revoir chaleureux, ou discutaient un moment dans le froid. J'ai reconnu certains visages. Des secrétaires, des réceptionnistes, des infirmières. Enfin, Roan est réapparu. Il était encore avec la même jeune fille. Il lui a tenu la porte galamment, et elle est sortie en passant sous son bras tendu, comme s'ils dansaient, tout en lui souriant. J'ai pris une photo. Je sais, c'est bizarre, mais il fallait que je puisse réfléchir à tout ça à tête reposée, dans l'intimité de ma chambre. Il fallait que j'étudie le langage corporel de cette femme, le sourire de Roan, afin de comprendre ce qu'il se tramait entre eux, ce dont j'avais été témoin.

Je pensais qu'ils allaient partir ensemble, mais ça n'a pas été le cas. Ils se sont dit au revoir dans une accolade rapide, leurs bustes et joues se touchant, puis elle a remonté son sac sur son épaule et s'est dirigée vers le métro. Roan, lui, n'a pas bougé. Il a sorti son téléphone, a tapoté sur l'écran. Je voyais son visage à la lueur de son portable, il paraissait vieux. Puis il a levé la tête, l'air décontracté, et a rangé l'appareil. Il s'est retourné et a rattrapé la fille. Ils étaient maintenant assez proches de moi pour que je puisse les entendre.

— Anna, attends !

Elle s'est arrêtée et a pivoté vers lui. Je distinguais le scintillement de plusieurs anneaux à son oreille.

— J'ai une demi-heure devant moi. Si tu n'es pas pressée, on pourrait peut-être le boire, ce café ? Ou quelque chose de plus fort ?

Il avait un ton gêné, un rictus un peu niais.

Anna lui a souri en hochant le menton.

— Bien sûr ! Je ne suis pas pressée du tout.

— Super ! On pourrait essayer ce nouveau bar qui vient d'ouvrir en face du métro ?

— Bonne idée !

Ils se sont mis en route, le bruit de leurs pas résonnant sur l'asphalte gelé, et ils ont tourné au coin de la rue, pendant que je restais là, entre les arbres, transie de froid, invisible.

12

Owen

Il observe à travers la fenêtre de l'accueil du troisième étage les flocons indolents tomber du ciel gris et lourd de janvier. Il déteste la neige à Londres, cette fausse bonne nouvelle qui ne vaut aux Londoniens que des trottoirs glissants, des bonshommes de neige rabougris, des retards dans les transports et le désordre généralisé.

Owen est professeur d'informatique au lycée professionnel d'Ealing depuis huit ans. Mais, pour le moment, il ne donne pas cours. Il attend d'être reçu dans le bureau du proviseur à la suite d'une convocation vague, mais assez inquiétante. Son estomac se noue quand il pense à la conversation à venir.

Enfin, la secrétaire s'adresse à lui.

— Jed vous attend, annonce-t-elle en reposant le combiné.

Dans le bureau de M. Bryant, Owen découvre avec surprise Holly McKinley, la directrice des ressources humaines, et Clarice Dewer, la CPE. L'ambiance est pesante, l'heure est grave. Clarice ne le regarde pas, elle qu'il considère comme une collègue proche, c'est-à-dire quelqu'un avec qui il discute de temps en temps.

Holly se lève.

— Merci de vous joindre à nous, Owen.

Elle lui tend la main. Owen la serre, gêné par la moiteur de sa paume, et se fait violence pour ne pas s'en excuser.

— Asseyez-vous, l'invite Jed en désignant une chaise vide.

Il s'exécute et regarde fixement les chaussures qu'il vient d'acheter. C'est la première fois qu'il peut les mettre sans qu'elles ne lui fassent mal. Ces souliers en cuir marron, avec un bout pointu et une forme à la mode, ne ressemblent pas à ce qu'il porte d'habitude. Il espère toujours que quelqu'un va les remarquer, le complimenter, mais ce n'est pas encore arrivé. Et maintenant, il se demande bien pourquoi il les a achetées.

— Owen, malheureusement, nous avons reçu une plainte vous concernant, commence Clarice. En réalité, il s'agit de deux plaintes liées au même incident.

Owen plisse légèrement les yeux. Il se creuse les méninges pour se remémorer un événement récent qui pourrait être qualifié d'« incident », en vain.

Clarice étudie le document qu'elle tient dans les mains.

— Cela s'est produit le 14 décembre dernier, pendant la fête de Noël.

Owen hausse les sourcils. La fête de Noël. Il n'avait pas voulu y aller ; d'ailleurs, cela faisait deux ans qu'il ne prenait plus part à ce type d'événements. Il trouvait délicat d'être un prof invité à une fête d'élèves, de trouver le bon équilibre entre une attitude d'observation renfrognée et une participation trop enthousiaste. Si par malheur vous tombiez dans l'un ou l'autre de ces excès, la fête devenait un fiasco. Il avait pourtant fini par accepter devant l'insistance de deux filles de première, Monique et Maisy.

— Allez, monsieur ! (Elles continuaient à l'appeler « monsieur » alors que tous les autres élèves l'appelaient Owen). On veut vous voir sur le dancefloor !

Il avait l'habitude de cette sorte de harcèlement sexuel inversé. Cela lui arrivait souvent, parce qu'il était discret, qu'il ne révélait que peu d'aspects de sa vie privée, qu'il avait un côté un peu bizarre, et qu'il avait besoin de cloisonner domaines professionnel et personnel. Certains élèves se donnaient pour mission de briser sa carapace. En général, c'étaient les filles, et elles avaient recours à leur féminité pour aboutir à leurs fins.

Ces deux-là, Monique et Maisy, n'avaient pas lâché le morceau (« Allez, monsieur, soyez cool… On n'a qu'une seule vie ! ») et avaient réussi à le convaincre.

Il était resté jusqu'à la fin de la soirée. Il avait bu des shots. Il avait dansé. Il avait transpiré – « Monsieur, beurk, vous êtes trempé ! » –, il était rentré en métro à une heure avancée de la nuit, tiraillé entre un sentiment de triomphe et de honte, et s'était réveillé quelques heures plus tard, la tête comme une enclume. Mais il s'était bien amusé, s'était-il dit par la suite. Une soirée digne de son lendemain.

— Deux de nos élèves ont rapporté que vous leur avez fait des commentaires sexuels déplacés, poursuit Clarice sans lever les yeux.

— Que quoi… ? s'insurge Owen en se balançant légèrement sur sa chaise.

— Que vous avez décrit vos préférences sexuelles en détail. Que vous avez eu des contacts physiques inappropriés.

— Je…

— Les épaules, les bras. Vous leur auriez aussi éclaboussé le visage avec la sueur de votre front et de vos cheveux, délibérément.

— Non ! Je…

— En plus de cela, les jeunes filles affirment que vous employez avec elles un ton *condescendant* pendant vos cours.

Owen a les poings serrés sur ses genoux. Il regarde Clarice droit dans les yeux.

— Non, pas du tout. Je m'adresse à tous mes élèves de la même façon. Ces accusations sont complètement infondées. Et, pour la sueur, c'était un accident. J'étais en train de danser, et ma sueur les a peut-être éclaboussées. Ce n'était pas intentionnel. D'ailleurs, je vois très bien de quelles filles vous parlez, elles me cherchent depuis des mois !

— Owen, nous allons devoir ouvrir une enquête interne. Pour l'instant, c'est leur parole contre la vôtre. Ces élèves prétendent que certains de leurs camarades souhaitent également témoigner de votre attitude sexiste en classe et de votre comportement déplacé pendant la fête de Noël.

Owen sent une rage brute monter en lui. Il voudrait l'expulser et la jeter au visage de cette commission disciplinaire, et en particulier à celui de Clarice, qui l'observe avec un mélange de pitié et de dégoût.

— Il n'y a pas eu de « comportement déplacé » lors de cette fête. Je n'ai pas de « comportement déplacé ». Je reste professionnel en toute situation. En classe comme à l'extérieur de l'établissement.

— Je suis désolée, Owen, mais nous devons tirer cette affaire au clair et, à ce titre, j'ai bien peur que nous devions vous mettre à pied pour quelque temps.

— Pardon ?

— Nous ne pouvons pas mener cette enquête alors que vous continuez à intervenir auprès des élèves qui vous accusent. C'est le règlement. Je suis sincèrement navré, explique Jed.

Au moins, il avait l'air vraiment désolé. Probablement parce qu'il va être contraint de remanier tous les emplois du temps et de trouver quelqu'un pour assurer ses cours, ce qui devrait s'avérer assez compliqué, d'autant plus que sa collègue qui enseigne la même discipline s'apprête à partir en congé maternité.

— Mais… Enfin, ça va durer combien de temps ?

— Deux semaines, pour commencer. On vous tiendra au courant. Je ne pense pas que cette enquête nécessite plus d'un mois. Si elle révèle que vous n'avez rien à vous reprocher, bien entendu.

— Donc, je vais…

— Récupérer vos affaires dans votre bureau. Ensuite, vous pourrez rejoindre Holly dans le hall pour prendre congé.

Owen ferme les yeux puis les ouvre lentement. On va l'escorter hors du lycée. Alors qu'il n'a rien fait de mal. Il voudrait attraper la chaise sur laquelle il est assis et la lancer contre la fenêtre, au-dessus de la tête de M. Bryant, la faire voler en éclats, regarder les bris de verre scintiller dans la neige sur le parking. Il voudrait débarquer dans la salle 6D, là où Monique et Maisy suivent un cours sur les micro-services, en ce moment. Il aimerait se planter devant elles et, du haut de son mètre soixante-dix-sept, leur crier dessus un bon coup. Au lieu de quoi, il se lève avec raideur, ravalant toute la rage qui déferle en lui, et quitte le bureau.

Quand il sort du métro à Finchley Road, une heure plus tard, il ne neige plus. Son sac à dos pèse une tonne, avec toutes ses affaires, y compris sa lampe en cristal de sel. Il aurait dû la laisser sur place. Après tout, il sera de retour dans deux semaines. Mais une petite voix dans sa tête lui murmurait : *Et si elles avaient raison ?*

Pour aller du métro jusqu'à la rue où il habite, il faut monter la colline, une pente courte mais raide au sommet de laquelle se trouvent deux écoles privées. En commençant son ascension, il se rend compte qu'il est 15 h 30, l'heure de la fin des cours. De ce fait, la colline pullule de jeunes enfants allant de-ci, de-là, de mères qui les suivent, chargées de petits sacs à dos et de gourdes colorées. Sur le sol, la neige a fondu, mais sur les capots des voitures se trouve encore un épais manteau dont les enfants s'emparent pour en faire des boules et les lancer sur les autres. Ils courent en tous sens, et l'un d'eux se jette devant lui sans le remarquer. Il manque de tomber et doit se rattraper à un mur. Les mères ne font pas attention. Owen déteste ces femmes-là, ces mamans vêtues de leggings étranges, avec leurs brushings, leurs grosses parkas d'hiver, leurs capuches bordées de fourrure, les restes de leur bronzage de Noël, leurs baskets toutes neuves. Qu'est-ce que ces femmes peuvent bien *penser*, se demande-t-il, quand elles sont seules, que les enfants sont au lit, qu'elles tiennent à la main un ballon de vin ? Que font-elles quand elles ne sont pas à la salle de sport, ni à attendre leurs enfants à la sortie de l'école ? Où se situent-elles sur le spectre de l'humanité ? Il n'en sait rien. Ces femmes sont pour lui un éternel mystère, comme toutes les autres d'ailleurs, même les plus ordinaires.

Owen vit dans un appartement caverneux situé au rez-de-chaussée d'une grande maison dans l'une des plus belles rues de Hampstead. L'allée qui mène à la demeure n'est pas entretenue, sauf l'espace réservé aux poubelles. Un fauteuil trône dans l'herbe, abandonné là depuis déjà plus d'un an. Personne ne s'en plaint : les résidents sont des personnes âgées et des ermites.

L'appartement appartient à sa tante, Tessie, et c'est le plus spacieux de la bâtisse, avec le plafond le plus haut, les fenêtres les plus larges, de grandes portes en bois surmontées d'impostes, ce qu'il n'y a pas aux autres étages. La chambre d'Owen se trouve au fond, à gauche. Sa fenêtre donne sur le jardinet dont personne ne s'occupe et sur un terrain vague qui s'étend, derrière un mur, là où se dressait autrefois un manoir. Sa maison est une aberration dans cette rue où se côtoient les nouveaux bâtiments tape-à-l'œil et les manoirs splendides dissimulés par des murs d'enceinte. Le propriétaire du terrain est un mystérieux Écossais que l'on ne connaît que sous le nom de monsieur G., et qui semble avoir fait une croix sur l'entretien de cette maison, jadis magnifique. Tessie lui a écrit plusieurs fois sans jamais recevoir de réponse.

La tante d'Owen n'est pas dans les parages ces temps-ci. Elle a également une maison en Toscane, qui est aussi délabrée que son appartement londonien, mais elle s'exile régulièrement dans sa villa. Quand elle part, elle ferme à clé les portes de toutes les pièces, sauf celles de la salle de bains et de la cuisine. Elle prétend vouloir se prémunir contre d'éventuels cambrioleurs, mais Owen sait bien qu'elle prend cette précaution parce qu'elle est convaincue qu'il profitera de son absence pour fouiller dans ses affaires. D'ailleurs, elle ne procède pas autrement lorsqu'elle est à la maison, bien que Owen n'ait jamais, ô grand jamais, franchi le seuil de son salon.

Owen entre et hume profondément l'air où se mêlent des notes familières de détergent, de l'adoucissant bon marché que Tessie utilise, l'odeur renfermée des vieux coussins et des rideaux poussiéreux, et le fumet doucereux des cendres froides de la cheminée.

Il fait déjà sombre à cette période lugubre de l'année, et Owen allume les lumières, appuyant sur les interrupteurs en bakélite jaunis qui grésillent sous ses doigts de façon inquiétante. Les ampoules sales libèrent une lumière triste et verdâtre. Il fait un froid de loup. Il y a un radiateur mural dans la chambre d'Owen, mais Tessie éteint la chaudière quand elle part, et l'allume très peu même lorsqu'elle est là. Owen a donc également un petit chauffage d'appoint qu'il cache derrière sa commode.

Tessie l'obligerait à s'en débarrasser si elle le découvrait, persuadée que son utilisation décuple sa facture électrique.

Il pose son sac à dos sur le lit et se laisse tomber lourdement dans un petit fauteuil à motif floral. Il attrape le chauffage et l'allume. À cause de la hauteur de plafond, la pièce met longtemps à se réchauffer, mais quand il fait meilleur, Owen se débarrasse de ses nouvelles chaussures qui disparaissent sous le lit. Il ne veut plus les voir, et encore moins les porter. Sans qu'il puisse se l'expliquer, il a l'impression que ces chaussures sont la cause des événements de l'après-midi. Elles ont fait de lui un autre homme, quelqu'un qu'il n'est pas : un prof capable de faire des commentaires déplacés à ses élèves, un homme qu'il faut escorter hors de son lieu de travail.

Il retire son pull-over puis passe ses mains sur ses cheveux chargés d'électricité statique pour les aplatir. Owen a les cheveux fins. Il essaie tant bien que mal de les dompter pour garder une raie sur le côté, mais ils réussissent toujours à revenir se séparer au milieu de son crâne, donnant l'impression qu'Owen a choisi cette coiffure pour ressembler au type bizarre dans *The Office*. Et Owen n'a rien à voir avec ce personnage. Déjà, il est beaucoup plus beau. On ne lui a jamais dit qu'il était beau, mais on ne lui a jamais fait remarquer qu'il était laid non plus.

Par la fenêtre, Owen observe la neige qui tombe du ciel boueux, chaque flocon éclairé momentanément par les réverbères. Il a peur que cette fois-ci elle tienne et qu'il soit difficile demain matin de descendre la colline jusqu'au métro, en se cramponnant aux véhicules stationnés et aux murs pour éviter la chute. Puis il se souvient. De l'« incident ». De sa mise à pied. Il se rappelle que le contenu de son bureau se trouve dans le sac sur son lit. Il n'a nulle part où aller demain. Il y a de quoi manger dans le réfrigérateur, assez pour deux jours. La neige peut tomber, peut tout recouvrir. Il n'a aucune raison de s'en inquiéter.

13

Dans la soirée, Owen allume son ordinateur et tape « fausses accusations de harcèlement sexuel ». Il cherche des conseils, mais tombe sur un article du *Guardian* consacré à des témoignages de l'impact qu'ont eu des accusations de viol infondées sur la vie de plusieurs hommes. Ce qu'on lui reproche semble anodin comparé à ce dont ils étaient accusés. D'abord, ces histoires le choquent, puis son indignation laisse place à une résignation amorphe. Il a toujours su que les femmes agissaient de la sorte. C'est évident. Elles mentent. Elles haïssent les hommes et leur veulent du mal. Et comment pourrait-on plus nuire à un homme qu'en l'accusant de viol ?

Il ferme les yeux et presse l'arête de son nez entre ses doigts. Il sent la rage réprimée pendant l'entretien de l'après-midi remonter en lui comme du mercure. Il pense à Monique et Maisy. Elles ne sont pas particulièrement jolies, mais se comportent comme s'il devrait se montrer reconnaissant de l'attention qu'elles lui portent. D'ailleurs, Maisy est grosse (mais elle doit utiliser le terme de « ronde », plus politiquement correct). Owen, lui, a toujours préféré appeler un chat un chat.

Il se remémore la soirée de la veille, quand cette idiote était sortie du métro en même temps que lui, avait traversé

Finchley Road au même moment, avait tourné dans la même rue et accéléré le pas comme s'il allait l'agresser simplement parce qu'il avait le *culot* d'habiter dans la même rue qu'elle. Il l'avait vue attraper son portable, parler d'une voix saccadée, lui jeter des regards furtifs. Elle avait vraiment cru qu'il la suivait. Comme s'il s'intéressait à elle. C'était une gamine ! Owen ne s'intéresse pas aux filles, il aime les vraies femmes, les adultes qui sont de la même génération que lui, qui travaillent et sont bien habillées, pas avec ces loques que mettent les ados de nos jours.

La mère de cette fille l'attendait sur le seuil. Le visage déformé par l'angoisse, elle l'avait fait rentrer à l'abri, vite, vite.

Pas de méchants hommes ici, ma chérie.

Owen sent ses ongles s'enfoncer dans ses paumes, il ouvre les poings. Il fixe les croissants rouges dans sa chair et les masse machinalement avec son pouce. Il se redresse devant son écran et fait défiler l'article jusqu'à la fin pour lire les commentaires. Owen adore ça, ces espaces caverneux où vivent les trolls. Les gens sont décidément prêts à tomber bien bas pour se nourrir des réactions des autres et obtenir une petite dose d'endorphine. Lui-même se prête parfois au jeu. Cela peut lui donner l'impression d'exister, bien qu'il n'en retire que des remords pathétiques. Qu'a-t-il apporté à la grande soupe bouillonnante qu'est l'humanité ? Absolument rien.

Parmi les commentaires de cet article, Owen trouve un bon nombre d'hommes en colère, mais l'un d'entre eux en particulier attire son attention. Il s'appelle TantPisPourTaGueule, s'exprime clairement, et semble bien informé. Il affirme qu'il a lui aussi été victime d'une fausse accusation.

« Ma collègue, qui, soit dit en passant, n'est vraiment pas une gravure de mode, a estimé que les conseils que je lui prodiguais concernant sa vie amoureuse (et je vous jure qu'elle ne parlait que de ça… Je travaillais dans un petit bureau coincé entre deux femmes qui se racontaient leurs aventures avec des types à longueur de journée) étaient en réalité des avances sexuelles. Et non, bien sûr qu'elle ne me l'a pas dit en face. Ça, ç'aurait été agir de façon civilisée et respectueuse. Donc : direct aux ressources humaines. Ils lui ont proposé un suivi psychologique, et à moi, des regards mauvais et une atmosphère de suspicion nauséabonde. Ils n'ont rien pu prouver, et j'ai gardé mon travail. Cette femme a demandé à être transférée dans un autre service de l'entreprise, et mon autre collègue a échangé son bureau avec un homme barbu qui me toise avec mépris. Il agrémente son café de lait de soja et appelle les homosexuels des LGBTABCDXYZ ou je ne sais pas quelle MERDE. Son esprit a clairement été lobotomisé par les féminazies de son entourage. Le truc le plus con, c'est que je suis en faveur du droit des femmes. Je pense qu'elles devraient gagner autant que les hommes (si elles travaillent autant), qu'elles devraient pouvoir avoir une carrière et partir en congé maternité pour revenir ensuite à leur poste (tant qu'elles ne prennent pas en permanence des jours pour aller voir le spectacle de Noël de la petite Sally en laissant leurs collègues dans la merde jusqu'au cou), qu'elles devraient pouvoir sortir le soir et se bourrer la gueule en minijupe sans se faire violer. Alors oui, je suis un féministe, moi ! Mais je suis aussi réaliste. Le bouchon a été poussé beaaaaaucoup trop loin. L'heure est venue d'inverser la vapeur. Ça ne m'étonne pas que certains hommes deviennent des femmes de nos jours. Quel ado, quand il voit ce que l'avenir lui réserve, ne voudrait pas devenir une gonzesse, avec tous les droits et les privilèges qui vont avec ? Qui protège les hommes ? Personne. Tout le monde est indifférent à notre sort. L'heure est venue, les gars, l'heure est venue… »

Le commentaire de TantPisPourTaGueule se termine ainsi, dans une sorte de suspense. L'heure de faire quoi ? se demande Owen.

Il va dans la cuisine et se prépare une tasse de thé. Il s'adosse au plan de travail pendant que la bouilloire chauffe. Malgré ses chaussettes, il sent le carrelage gelé. D'énormes toiles d'araignée pendent du haut de la fenêtre de la cuisine. Tessie avait une femme de ménage, mais elle est morte il y a trois ans et elle n'a jamais embauché quelqu'un d'autre. Owen fait ce qu'il peut, mais il n'est certainement pas prêt à grimper sur une échelle avec un plumeau.

Il songe au commentaire de TantPisPourTaGueule. Cette lecture l'a exalté. Il se sent proche de cet homme, qu'il imagine avoir le même âge que lui et vivre dans un quartier cossu dans le sud du pays, se débattant avec les conséquences des fausses accusations proférées contre lui par cette harpie. La bouilloire s'éteint, il verse l'eau dans sa tasse. Il ouvre un placard et attrape un des paquets de biscuits italiens de Tessie. Elle ne rentrera que la semaine prochaine, et d'ici là ils seront périmés. Elle lui fera probablement une remarque désobligeante, mais il s'en fiche. Il y a des choses plus importantes dans la vie que ses précieux biscuits.

Mardi matin, tôt. Cela fait cinq jours qu'Owen ne va plus au lycée. Un homme sonne à la porte.

Il est grand, au moins un mètre quatre-vingt-dix. Il le surplombe, et Owen se sent menacé.

— Bonjour, monsieur. Je suis l'inspecteur Robert Burdett. J'enquête sur un incident qui s'est produit hier soir.

Un *incident*. À croire qu'ils n'ont que ce mot à la bouche.

— Vous êtes bien monsieur Owen…

Il baisse les yeux vers son carnet.

— Pick ?

— Oui.

— Très bien. Voilà, il s'agit d'une jeune fille, une adolescente, qui a été agressée hier soir. Juste là, précise-t-il en esquissant un geste vers le coin de la rue. Devant le terrain vague. Avez-vous entendu ou vu quelque chose ?

Owen rougit. Il se sent coupable immédiatement. Pas parce qu'il a fait quoi que ce soit, mais parce qu'il aurait pu. Depuis qu'il est petit, il a l'impression d'avoir fait quelque chose de mal.

Il inspire profondément, espérant chasser ce rougissement inopportun, mais cela ne fait qu'aggraver son cas. Il expire.

— Non, non. Je n'ai rien entendu.

— C'est votre salon ? demande le policier en désignant la fenêtre à la gauche de la porte d'entrée. Ça donne sur la rue. Vous avez peut-être vu quelque chose sans vous rendre compte de ce qu'il se passait ?

— Je ne suis pas allé dans le salon hier soir. En fait, ce n'est même pas mon salon.

— Vous ne vivez pas seul ?

— Non, c'est l'appartement de ma tante, Tessie McDonald. C'est son salon. Je n'y vais jamais, moi.

— Peut-être qu'elle a remarqué quelque chose ?

— Elle est en Toscane. Elle a une maison là-bas, où elle séjourne souvent. Elle n'est pas à Londres.

Il bredouille. C'est l'effet que lui font les hommes plus grands que lui. Et les policiers.

— Je vois. Les faits se sont produits vers 20 h 30. Vous étiez peut-être en train de regarder la télévision ? Peut-être que ça pourrait rafraîchir votre mémoire. Quelque chose d'inhabituel. Un bruit. Un passant qui aurait attiré votre attention ?

— Non, pas du tout. J'étais dans ma chambre toute la journée d'hier. Ça donne sur le jardin derrière la maison. Je n'ai rien remarqué du tout.

— Quelqu'un du voisinage affirme vous avoir vu…

Il jette un nouveau coup d'œil à son carnet.

— Devant la maison vers 16 h 30 hier.

Owen pose sa main sur son front. Il commence tout juste à intégrer les accusations à son travail, et maintenant des voisins anonymes l'épient et rapportent ses faits et gestes à la police dans une affaire d'agression sexuelle.

— Pardon ?

— C'était bien vous, vers 16 h 30 ?

— Je ne sais pas…

La veille, c'était le jour du ramassage des déchets, se rappelle-t-il.

— J'ai sorti les poubelles à un moment, mais je ne sais pas quelle heure il était exactement.

Il se souvient alors des deux filles qui étaient passées. Des lycéennes. L'idiote qui avait eu peur qu'il l'agresse cet autre soir, et une plus petite, brune. Elles l'avaient dévisagé, avaient chuchoté, pressé le pas, puis disparu dans la maison d'en face.

Il s'était dit qu'il se faisait des nœuds au cerveau, et qu'elles ne parlaient certainement pas de lui. Apparemment, si. Il soupire.

— À peu près ?

— Dans l'après-midi. Il faisait presque nuit, déjà.

— À part ça, vous n'êtes pas sorti de chez vous ?

— Non.

L'inspecteur Burdett referme son carnet et le glisse dans sa poche.

— Merci, monsieur Pick.

— De rien, répond-il avant d'ajouter, au moment où le policier tourne les talons : Et la fille ? Elle va bien ?

L'inspecteur se déride un instant.

— Oui, ça devrait aller.

— Bon. C'est déjà ça.

14

Chose curieuse, Owen avait été un très bel enfant. Sa mère lui avait fait passer un certain nombre de castings pour des publicités quand il avait quatre ans. Cela n'avait pas fonctionné, Owen n'était pas à l'aise devant les appareils photo. Il avait un visage d'angelot : des yeux sombres, des lèvres rouges, une fossette.

Ces caractéristiques, qui étaient adorables pour un bambin, ne seyaient pas vraiment à un adolescent. Il était devenu un garçon au visage profondément ingrat. Il ne peut toujours pas supporter de voir des images de lui prises entre ses onze et dix-huit ans.

Aujourd'hui, il a trente-trois ans, et son apparence s'est bien arrangée. Dans le miroir, il se retrouve face à un homme au physique plutôt agréable. Ce qu'il préfère, ce sont ses yeux. Ils sont d'un marron si foncé qu'ils semblent noirs. Il les tient de sa grand-mère maternelle qui était d'origine marocaine.

Il ne fait pas de sport, c'est vrai. Il n'est pas musclé, mais habillé, personne ne s'en rend compte. On ne peut pas deviner que son ventre est rebondi, ni que ses pectoraux s'affaissent un peu. S'il porte les bons vêtements, on pourrait penser qu'il va à la salle.

Les femmes ne le rejettent pas parce qu'il n'est pas assez bien foutu. Ça encore, il pourrait l'accepter. Mais aucune femme ne l'a vu nu. Aucune. Jamais. Apparemment, Owen ne correspond aux critères d'aucune femme célibataire de ce pays. Pourtant, il croise tous les jours des hommes largement moins séduisants que lui avec des femmes qui semblent les trouver beaux, ou avec des enfants, ce qui est la preuve qu'ils ont obtenu les faveurs d'une femme à un moment, ou encore des hommes qui portent des alliances ou qui ont sur leur bureau des photos de belles femmes, ou d'enfants que de belles femmes les ont laissés leur faire, et franchement ça lui en bouche un coin.

Ce n'est pas comme si Owen était difficile. Pas du tout. Il accepterait d'aller dîner avec environ quatre-vingts pour cent des femmes majeures. Peut-être même quatre-vingt-dix pour cent.

Dans la salle de bains de Tessie, chauffée par une résistance qui rougeoie au-dessus de la porte comme le soleil couchant du Sahara et ne respecte certainement pas les normes de sécurité en vigueur, il y a un miroir en pied en face des toilettes. Comment quelqu'un peut bien avoir l'idée de positionner un miroir en face des toilettes ? Enfin, au fil des ans, Owen s'y est habitué. En général, il ne le remarque plus, mais parfois il l'utilise pour se jauger physiquement. Il faut qu'il se regarde de temps en temps, qu'il vérifie que tout va bien, puisque personne d'autre ne le fait. S'il ne se rappelle pas qu'il existe en trois dimensions, il risque de s'évaporer, de disparaître. Il observe son pénis. Il le trouve élégant. Il a regardé cette émission pour créer des couples où des hommes nus sont scrutés par des femmes vêtues, et ils avaient presque tous un pénis moche. Le sien est bien. Objectivement. Pourtant, aucune femme ne l'a jamais vu.

Il soupire, remonte son caleçon puis son pantalon. Il retourne dans sa chambre et retrouve le blog de TantPisPourTaGueule, qu'il a découvert hier en suivant un lien dans son commentaire.

Ce site est la porte d'entrée vers un monde dont Owen ignorait l'existence.

TantPisPourTaGueule est un « incel ». En cliquant sur le mot, Owen atterrit sur une page Wikipédia qui décrit cette communauté de la façon suivante :

> ... membres d'une sous-culture digitale qui se définissent comme étant incapables de trouver un partenaire amoureux ou sexuel, état qu'ils décrivent comme célibat involontaire ou *inceldom*. Ceux qui se proclament *incels* sont en général des hommes blancs et sont presque exclusivement hétérosexuels. Le terme est le mot-valise anglais pour *involuntary celibate*, « célibataire involontaire » en français.

TantPisPourTaGueule a trente-trois ans, comme Owen, et assume clairement de ne pas avoir eu de relations sexuelles depuis ses dix-sept ans.

Owen, lui, n'a jamais eu de relation sexuelle.

Seulement une fois, quand il avait dix-neuf ans, une fille l'a touché sous son pantalon. Cela s'était mal terminé, prématurément, et la fille avait eu un mouvement de recul et s'était précipitée vers l'évier pour se laver les mains. L'un des moments les plus gênants de sa vie. Il s'était rejoué cette scène mentalement pendant des années, et chaque fois, c'était comme s'il s'enfonçait un long couteau dans le ventre. Plus il y pensait, plus il avait peur de se retrouver à nouveau dans cette situation. Il s'en veut continuellement d'être toujours vierge et de ne jamais recevoir les regards ou les caresses des femmes. C'est ta faute à cent pour cent, se dit-il souvent. Mais, en lisant le blog de TantPisPourTaGueule, il avait commencé à changer de perspective.

En effet, TantPisPourTaGueule ne s'en veut pas. Par contre, il en veut au monde entier et il est très énervé.

Il en veut aux « Chad », les mecs qui ont une vie sexuelle. Selon TantPisPourTaGueule, les Chad ne parviennent pas à coucher parce qu'ils sont mieux que les autres, mais parce qu'ils sont *relookés* et *fake*. Ils se gonflent avec des protéines pour devenir plus séduisants que les hommes normaux, ils font des UV, ils se font blanchir les dents, ont recours à la chirurgie esthétique, s'épilent les sourcils et prennent soin de leur peau. S'ils peuvent baiser, c'est parce qu'ils attirent l'attention à eux au détriment des hommes comme TantPisPourTaGueule et Owen. En fait, c'est de la triche.

Surtout, TantPisPourTaGueule en veut aux femmes. Les « Stacy » et les « Becky », comme il les appelle. Les Stacy sont les plus convoitées, des femmes trophée qui peuvent avoir tous les hommes qu'elles désirent. Ces femmes le dégoûtent, car elles savent pertinemment ce qu'elles font. Elles ont conscience de leur pouvoir, de leur valeur, et les utilisent délibérément pour montrer aux hommes comme TantPisPourTaGueule qu'ils ne valent rien. Les Becky sont moins séduisantes, mais elles se permettent tout de même de rejeter les hommes comme lui, qu'elles méprisent.

TantPisPourTaGueule marche beaucoup. Il se promène, puis s'installe sur un banc ou dans le coin d'un pub, où il observe et rapporte ce qu'il voit, les injustices constantes qu'il remarque dans la ville anonyme où il habite.

Owen clique sur un billet intitulé *La neige, cette blague.*

« Aujourd'hui, ma ville est blanche. Il a neigé. Pendant un moment, j'ai l'impression que tout est possible. Tout est caché sous le manteau blanc, et on dirait que le monde est en uniforme. Tout le monde porte ses vêtements les plus chauds et moches, nous sommes enfin égaux.

Mais ce n'est pas vrai, si ? Sous la couche de neige, cette voiture-ci est toujours un coupé Mercedes, et celle-là une Ford Focus, et ça se voit parfaitement, pas besoin d'attendre que ça fonde. La Mercedes garde l'éclat de sa carrosserie rouge, la forme si particulière des pare-chocs, on ne peut pas s'y tromper. Même si nous portons tous nos pires vêtements, on sait bien qui gagne et qui perd. Voilà une pauvre petite Becky qui marche dans la neige avec ses vieilles bottes en daim. Elle ne sait donc pas qu'elles ne sont pas résistantes à l'eau ? Pff, bien sûr que non, elle est trop bête. Et voici une Stacy qui parade dans ses bottes en caoutchouc à la mode – cent livres la paire, eh ouais ! – mais carrément dégueu. Enfin, au moins, la neige ne passe pas à travers. Puis il doit bien exister des fétichistes des bottes en caoutchouc vertes… Elle est toute peinturlurée, bien sûr, ce n'est pas quelques flocons de neige qui vont l'empêcher de se maquiller comme une voiture volée. Il ne faudrait quand même pas trop se laisser aller.

Cette ville, cette putain de ville. Pleine de mecs qui se la pètent. Et si tu te la pètes pas, c'est que tu te la racontes. Et si tu te la racontes pas, t'es un gros loser, même si tu vaux dix mille fois mieux qu'eux.

Je vais au pub gastronomique en face du square. Gastronomique depuis quelques semaines. Avant, c'était juste un pub. Non, c'était une auberge qui s'appelait le

Hunters' Inn. Il y a un éclairage extérieur et une allée pour les coches, un recoin où l'on attachait les chevaux dans le temps. Malgré la gentrification, sous la neige, avec ses réverbères luisants, on se croirait dans un livre de Dickens et, pendant une minute, je suis heureux, j'ai l'impression d'être à ma place, devant ce tableau intemporel. Autrefois, chaque homme pouvait avoir une femme. Si aucune ne tombait amoureuse d'eux, il y avait d'autres façons d'en trouver et d'en garder. Les femmes avaient besoin de nous à l'époque, bien plus qu'on n'avait besoin d'elles. Comment on a pu merder comme ça ?

Je commande une pinte. Je m'assieds près de la fenêtre. Je regarde les canards qui glissent sur la mare gelée, la neige tomber.

Demain, tout aura fondu. »

15

Owen enfile une chemise grise et un jean noir. Il se regarde dans le miroir de son armoire. Pas mal. Il pourrait aller chez le coiffeur, ses cheveux lui tombent un peu devant les yeux. Il est particulièrement pâle, mais en plein mois de février, cela n'a rien d'étonnant. Il est toujours blanc comme un cachet d'aspirine en hiver. Il a un rendez-vous au lycée dans une heure et demie. À part pour aller faire des courses, il n'est pas sorti de chez lui depuis deux semaines. Quand il pense à ce qui l'attend, son ventre se noue. Pas seulement parce qu'il doit prendre le métro, s'asseoir en face d'inconnus et marcher dans la foule, mais surtout parce qu'il appréhende ce qu'on va lui dire. L'établissement a mené une enquête interne pour faire la lumière sur les divers « incidents » relatés par ses élèves. Ils veulent qu'il « passe les voir une trentaine de minutes » pour qu'ils puissent le tenir au courant de leurs avancées.

— On ne peut pas faire ça par téléphone ?

— Non, lui avait répondu Holly. Ce ne sera pas possible. Il faut que vous vous déplaciez.

Il attrape ses maudites chaussures sous son lit, là où il les a envoyées valser d'un coup de pied rageur, deux semaines auparavant. Elles sont décorées par un troupeau de moutons de poussière. Il prend le temps de bien les étudier, après tous ces jours sans les voir. Non, il y a décidément quelque chose qui cloche avec ces chaussures. Il ne peut pas les mettre. À la place, il opte pour des bottines noires à lacets, des chaussures confortables qu'il a déjà rafistolées à deux reprises, car les semelles en caoutchouc se détachaient.

Il prépare son petit déjeuner dans la cuisine : une tartine de pain, du fromage. Tessie fait irruption alors qu'il range le beurre dans le réfrigérateur. Elle est revenue d'Italie la semaine dernière et est d'humeur maussade depuis son retour.

— Tu ne risques pas d'être en retard ? Il est presque 10 heures, tu sais.

— Je commence à 11 heures.

Il ne lui a rien dit. Pourquoi l'aurait-il fait ? Elle le jugerait, lui raconterait des choses qu'il n'avait aucune envie d'entendre sur sa mère, rendrait la situation encore pire.

— Des horaires de tire-au-flanc, lance-t-elle en le frôlant sur son chemin vers l'évier où elle attrape une tasse renversée sur l'égouttoir avant d'en examiner l'aspect, de la rincer et d'allumer la bouilloire.

Tessie est la grande sœur de sa mère, morte quand il avait dix-huit ans. Son père vit dans le sud de Londres avec une autre femme et un autre fils. Il a habité chez eux un mois après le décès de sa mère. Il ne s'est jamais senti aussi seul de sa vie. Tessie, le jour de l'enterrement, lui avait marmonné que, s'il en avait besoin, il serait toujours le bienvenu chez elle, qu'elle avait une chambre pour lui dans son appartement.

Elle s'était sentie obligée de lui tendre la main à l'époque, mais cela faisait quinze ans désormais qu'elle l'avait sur le dos. Elle avait quarante ans quand il s'est installé chez elle.

Aujourd'hui, elle en a cinquante-six, mais elle se comporte comme si elle en avait dix de plus. Tessie ne s'habille jamais en legging et sweat à capuche. Ses cheveux fins et clairsemés sont gris acier, et elle fait les boutiques dans les magasins de Hampstead où elle se procure d'amples tuniques en lin, des pantalons larges et des chapeaux mous.

—J'ai croisé Ernesto hier soir.

Owen hoche la tête. Ernesto est leur voisin du dessus, un vieux garçon.

—Il m'a dit que la police était venue il y a deux semaines. Il t'a vu leur parler. C'était à quel sujet ?

Owen inspire profondément.

—Rien de particulier. Un problème dans le quartier. Ils faisaient une enquête de voisinage.

—Un problème, répète-t-elle, incrédule. De quelle nature ?

Il jette la croûte de sa tartine à la poubelle. Trente-trois ans, et pas fichu de manger la croûte du pain.

—Je ne sais pas. Une agression, un truc de ce genre.

—Une agression sexuelle ?

—Oui, je crois.

S'ensuit une petite pause qui en dit long, et pendant ce silence, il entend sa tante inspirer et voit une pensée traverser son esprit si rapidement que sa tête bascule en arrière. Ses yeux se ferment à moitié, puis l'idée disparaît.

—J'espère qu'ils vont arrêter le coupable. Je ne comprends pas ce qu'il se passe dans ce quartier. On était en sécurité, avant.

Après une attente insoutenable de cinq minutes à l'accueil, on invite Owen à entrer dans le même bureau que la dernière fois. Il y a toujours M. Bryant, Holly et Clarice, mais aussi une autre femme nommée Penelope Ofili. Une médiatrice.

— Pourquoi a-t-on besoin d'une arbitre ?

— Pour des questions de transparence.

De *transparence*. Owen cligne lentement des yeux et se mord l'intérieur des joues.

— Asseyez-vous, lui recommande Jed.

— Comment allez-vous ? lui demande Holly. Avez-vous pu vous reposer ?

— Pas vraiment, non.

Le sourire d'Holly se fige. Elle se détourne aussitôt.

— Bien, merci de vous être déplacé aujourd'hui, Owen. Comme vous le savez, nous avons mené une enquête approfondie sur les allégations de deux élèves concernant votre comportement à la fête de Noël qui s'est tenue au mois de décembre.

Owen gigote sur son siège, croise les jambes, puis les décroise. Il s'est repassé en boucle la soirée dans ses moindres détails depuis qu'il a appris ce qu'on lui reprochait et il ne comprend pas en quoi son comportement festif a pu paraître déplacé. Pourtant, puisque toutes ces personnes se réunissent dans ce bureau, prennent le temps de le recevoir, sollicitent un arbitrage extérieur, elles doivent bien le croire capable d'un tel comportement.

Il décroise les jambes pour la troisième fois. Il sait que cela traduit sa nervosité et son malaise. Ces réactions sont parfaitement compréhensibles vu la situation, mais elles peuvent aussi être interprétées comme un aveu de culpabilité. Il comprend à ce moment qu'il aurait dû parler de ce qui lui arrivait. Depuis leur dernière rencontre, les choses ne se sont pas calmées, bien au contraire.

— Nous avons interrogé plusieurs personnes qui ont participé à cette fête, reprend Holly. Malheureusement, ces nouveaux témoignages vont dans le sens des allégations initiales.

Il hoche la tête, puis baisse les yeux.

— Plusieurs témoins vous ont vu toucher les deux élèves en question. D'autres vous ont vu les éclabousser de votre sueur. Selon eux, ces actes étaient délibérés, et il semblerait que vous ayez agi ainsi de façon répétée, bien que les deux élèves vous aient demandé d'arrêter. De plus, nous avons également reçu des témoignages concernant des comportements problématiques pendant vos cours : les élèves estiment que vous favorisez les garçons tout en rabaissant ou ignorant les filles, en les notant plus durement que leurs camarades masculins, et en ne valorisant jamais leur travail. Vous tiendriez régulièrement des propos inappropriés.

Il la dévisage, atterré.

— Pardon ?

Holly jette un coup d'œil à son carnet.

— Vous auriez dit à certains garçons de se comporter comme de « vrais hommes », vous auriez recours au terme « sexy » pour caractériser certains codes informatiques, vous appelleriez les filles des « nanas ». Certains élèves seraient qualifiés de « fous » ou de « malades ».

— Mais…

— Vous vous moqueriez des élèves qui ont des allergies alimentaires.

— Qui sont intolérants au…

— Et de celles et ceux qui sont végans.

Owen ferme les yeux et soupire.

— Incroyable…, murmure-t-il.

Holly le scrute, le doigt posé sur la dernière ligne de la page de son carnet.

— Et des propos qui peuvent sembler blasphématoires.

— Blasphématoires ? Non mais… Nom de Dieu…

Prenant conscience de sa bourde, il baisse à nouveau les yeux.

— Alors, qu'est-ce qu'il va m'arriver maintenant ?

Pendant un moment, personne ne lui répond. On s'échange des regards. Holly sort un document de sa pochette et le lui tend.

— Nous souhaitons que vous suiviez cette formation, Owen. Cela dure une semaine et vous permettra de travailler tous les sujets dont nous avons parlé aujourd'hui. Si au terme de cette formation nous sentons que vous avez évolué, que vous avez compris ce que l'on peut dire et faire dans un établissement scolaire, ce qui est inapproprié, nous pourrons discuter de votre retour. Mais il faut que vous vous investissiez complètement. À cent pour cent. Lisez cette brochure, dites-nous ce que vous en pensez. Vous êtes un membre important de notre équipe, Owen, et nous n'aimerions pas avoir à nous séparer de vous, conclut-elle avec un rictus.

Owen fixe le document sans le voir. Les mots tourbillonnent sous ses yeux. Il pense au terme « lavage de cerveau ». Une semaine enfermé dans une salle avec des pédophiles qu'il faut reprogrammer afin de les convaincre que les végans sont des êtres supérieurs et que les femmes peuvent avoir un pénis.

Non, pense-t-il. Hors de question. Il rend à Holly sa brochure.

— Merci, mais je préfère encore me faire virer.

Après son départ du lycée, Owen marche sans but pendant un bon moment. Il n'arrive pas à se résoudre à prendre le métro. Il ne peut pas se confronter à sa tante qui le scrutera par-dessus ses lunettes à monture d'écaille et ne manquera pas de lui demander ce qu'il fabrique à la maison si tôt. Il ne supportera pas de passer le reste de la journée assis dans son fauteuil cabossé, devant son écran.

Il pourrait les appeler, dire qu'il a changé d'avis, accepter la formation. Il n'est pas trop tard. Mais, dans le meilleur des cas, il récupérera son boulot et aura en cours tous les jours ces deux élèves, parmi une foule d'adolescents révoltés qui le considèrent comme un pervers fasciste. Est-ce que ça vaut vraiment la peine ?

Owen a des économies. Tessie lui fait toujours payer le même loyer qu'il y a quinze ans, quand il n'était qu'un grand ado en deuil : vingt-cinq livres par semaine. Il n'a pas de vie sociale, pas de passe-temps onéreux, et il ne s'est pas ruiné en invitant des femmes au restaurant. Quelques milliers de livres dorment sur son compte en banque. Pas assez pour louer un bel appartement, mais cela devrait suffire pour vivoter sans revenus pendant quelques mois. Non, il ne veut plus de son travail. Il ne se battra pas pour le garder.

Il sort son téléphone.

— Papa, c'est moi.

S'ensuit une courte pause, le temps dont son père a besoin pour se souvenir de l'existence de son fils.

— Ah, bonjour, Owen. Comment vas-tu ?

— Ça fait un bail qu'on ne s'est pas vus. Des *mois* !

— Je sais, répond son père d'un ton contrit. C'est terrible, le temps file si vite…

— Tu as passé un bon réveillon ? enchaîne Owen rapidement, sans laisser à son père l'occasion de trouver une autre excuse à leur mauvaise relation que l'absence d'intérêt qu'il a pour son fils.

— Tu sais bien, toujours à courir à droite, à gauche. Je suis déso…

— Pas de problème, l'interrompt Owen.

Il ne veut pas entendre encore une fois ce sempiternel refrain : sa femme malade, son autre fils, en bon exemple de la génération Z, perdu dans la drogue et les méandres de son identité de genre. « C'était vraiment compliqué cette année, fiston, on va plutôt rester entre nous. » L'idée que, pour son père, « rester entre nous » impliquait qu'il tienne à l'écart l'un de ses fils l'avait passablement heurté.

— Et t… Enfin, toi, tu… ?

— J'étais tout seul.

— Mince, je pensais que tu serais avec Tessie, ou… ?

— Non, Tessie était en Toscane. Et moi tout seul. Mais pas de problème.

— Je vois. Bon, c'est dommage. J'espère que Noël prochain sera un peu moins…

— Intense ?

— Oui, c'est ça. Et ton travail, ça va ?

— J'ai démissionné aujourd'hui. La direction m'accusait de harcèlement sexuel.

Son père manque de s'étrangler.

— Apparemment, j'ai caressé les cheveux d'une élève à la soirée de Noël et j'utilise un vocabulaire inadapté pendant mes cours. Si tu veux mon avis, être un homme normal n'est plus toléré. Il paraît qu'on doit tous se comporter comme des robots et peser chacun de nos mots. De nos jours, les femmes ne peuvent plus rien supporter, plus rien du tout.

Il vocifère en pleine rue. Il savait que l'émotion allait le submerger. C'est pour ça qu'il a appelé son père. Son père sait parfaitement qu'il a abandonné son fils, qu'il a été un parent merdique. Alors, parfois, il lui sert de défouloir. Il laisse son fils crier sans broncher. Il ne lui donne pas le moindre conseil pour améliorer la situation, mais il encaisse. Et, pour l'instant, c'est ce dont Owen a besoin.

— Fiston, mais c'est complètement ridicule, non ? Le politiquement correct… C'est de la folie, voilà. Mais est-ce que démissionner était la solution ? Comment est-ce que tu vas faire pour décrocher un nouveau poste ?

Owen grimace en entendant cette question. Puis il pense à TantPisPourTaGueule, déambulant dans sa petite ville de snobs, écrivant son blog malgré son boulot débilitant dans un bureau pourri. Il a l'air relativement heureux. Il a l'air de gérer la situation.

— Je chercherai autre chose, mais c'est tellement…

— Oui, c'est ridicule. Complètement.

Son père se tait. Il veut qu'Owen comble le silence, mais il en est incapable. Il attend que son père reprenne la parole.

— Eh bien, Owen, ça fait plaisir de t'avoir au téléphone. Je suis désolé que tu traverses un passage difficile. Il faut qu'on se trouve un moment, absolument. Et puis, ton anniversaire…

— C'est le mois prochain.

— Voilà ! Il faudra fêter ça.

— D'accord.

— Fiston ?

— Oui ?

— Ces accusations, tu sais, de harcèlement. Ce n'était pas fondé, hein ?

Owen soupire et s'affaisse en arrière, contre un mur.

— Non, papa. Non.

— C'est bien ce que je pensais. Au revoir.

— Bye.

Owen se redresse. La colère qu'il a dirigée contre son père le temps d'un coup de téléphone l'envahit de plus belle, avec toute sa force, sa noirceur, sa cruauté. Ses veines palpitent. Il se remet en route d'un pas vif vers le métro. Il s'apprête à s'y engouffrer quand il aperçoit, de l'autre côté de la rue, le scintillement doré d'un pub. Il est midi moins vingt.

Owen ne boit pas beaucoup. Il aime prendre un verre de vin avec son repas ou les rares fois où il sort avec ses collègues, mais il ne boit jamais pour boire. Il voit sa chambre, si froide, et Tessie, toujours en train de lui chercher des noises. Il pense à TantPisPourTaGueule, tranquillement assis dans le coin d'un pub avec une pinte, observant ses semblables, apprenant, réfléchissant, existant tout simplement. Il l'imagine grand, avec des épaules larges, des cheveux courts et bien coupés, et peut-être une petite barbe ou une moustache. Il porte une chemise, un jean qui a déjà bien vécu, des chaussures de marche. Il essuie d'un doigt un peu de mousse qui s'est déposée sur sa lèvre supérieure, replace précisément la pinte sur le sous-verre, au centre. Il lève les yeux. Il observe, apprend, réfléchit, existe.

Owen tourne le dos à la station de métro, avance vers le passage piéton, attend que le feu passe au vert et se réfugie dans la chaleur du pub. « Une pinte, s'il vous plaît. » Il trouve une table. Il s'installe.

16

Quelques heures plus tard, Owen pèse de tout son poids sur la porte de l'*Oriental Star*, le restaurant chinois en face du métro de son quartier, et entre. Il attend qu'on dépose des nouilles sautées au bœuf et aux crevettes et une canette d'Orangina sur son plateau, puis va s'asseoir près de la baie vitrée, observant les gens qui émergent par vagues successives de la station, se perdant dans de grandes réflexions sur l'inquiétante étrangeté des inconnus.

Il espère que les nouilles suffiront à éponger les trois pintes de bière qu'il a éclusées au pub. Se soûler en solitaire ne lui avait pas vraiment plu. En allant aux toilettes, chancelant, il avait pissé sur ses chaussures, avait ricané en se découvrant dans le miroir, avait discuté avec son reflet, puis s'était cogné à une table en sortant, bousculant sur son chemin une dame dont le verre de vin s'était à moitié renversé par sa faute.

— Je suis vraiment désolé. Soyez sympa, ne me dénoncez pas aux autorités !

La femme lui avait jeté un regard méprisant. Dans sa barbe, il avait marmonné « pauvre conne » et avait quitté le pub. Il avait immédiatement regretté ces mots.

Une fois ses nouilles avalées, il se lance dans l'ascension de la colline pour rentrer chez lui. Son ivresse reflue, s'atténue. Il lève les yeux et contemple la lune qui brille entre deux grands arbres, révélant le ciel bleu marine autour d'elle. Il attrape son téléphone et essaie de capturer cette scène, mais l'astre se dérobe et se transforme en une tache floue et pâle sur la photo.

Il range le portable dans sa poche et se retourne. Il se retrouve face à une silhouette élancée qui se précipite sur lui, lui donne un coup d'épaule au passage, manquant de le faire tomber à la renverse.

La silhouette ralentit à peine et lui crie :

— Aïe, désolé ! Pardon.

L'homme termine sa descente de la colline, fait du surplace pendant quelques secondes, puis se retourne et pique un sprint, cette fois vers le sommet, au beau milieu de la chaussée.

Owen l'observe, immobile.

C'est un homme d'une cinquantaine d'années, vêtu d'un legging en Lycra, d'une veste zippée, et qui porte une sorte de cache-oreilles étrange. Un câble blanc sort de la petite poche de son coupe-vent.

Un joggeur. L'homme lui lance un regard circonspect et entame une nouvelle descente. Cette rue est un cul-de-sac, séparé de la chaussée à six voies qu'est Finchley Road par quelques marches en pierre. Owen et le joggeur sont seuls.

Quand il atteint le sommet de la colline pour la sixième fois, il s'arrête et se penche, les mains sur les genoux, respirant si fortement qu'on le croirait en pleine agonie. Il pivote vers Owen.

— Tout va bien ?

Owen sent naître en lui une pulsion sombre. Il lève le menton.

— Vous êtes marié ?

— Hein ? s'étonne le joggeur en faisant la grimace.

— Vous êtes marié ? Vous avez une copine ?

— Qu'est-ce que ça peut vous faire ?

— Rien, je me demandais, c'est tout.

Owen avance pour tourner dans sa rue, mais l'homme le rattrape.

— Je vous connais ?

— Je ne pense pas.

— On est voisins, non ? J'ai l'impression de vous avoir déjà vu.

— J'habite ici, au numéro 12, répond Owen en désignant la maison de Tessie.

— C'est ça. Nous, on vit là.

Et l'homme lui montre la maison en face de chez lui, celle où vit l'adolescente, celle où vit la mère débile qui s'inquiète pour rien.

Owen hoche la tête.

— À un de ces quatre, alors, lui dit l'homme avec un sourire forcé avant de se remettre à courir.

— Ouais, c'est ça.

Même avec la porte fermée, Owen entend le son de la télé de Tessie. La chaîne parlementaire, une émission en lien avec le Brexit. On se croirait dans une basse-cour.

Il passe devant le salon sur la pointe des pieds, se sert un grand verre d'eau dans la cuisine, puis s'enferme dans sa chambre. Il défait les boutons du col de sa chemise, balance ses vieilles chaussures dans un coin de la pièce et ouvre le blog de TantPisPourTaGueule. Il y aperçoit un nouveau billet, mais Owen ne le lit pas. Il fait défiler la page jusqu'en bas, là où figure le lien vers le formulaire de contact.

En objet, il indique simplement : « Salut ».

Je m'appelle Owen. J'adore ton blog. J'aimerais bien discuter avec toi. Je viens de perdre mon boulot. Je sais pas trop quoi faire maintenant.

Une réponse :

Yo, Owen. Qu'est-ce qui t'arrive ?

Je suis prof. J'ai été accusé d'avoir « transpiré sur une élève » et de « me payer la tête des végans ». J'ai dit non à leur invitation à participer à un « stage de rééducation » et j'ai démissionné.

C'est ouf ! Raconte…

Owen lui explique en quelques phrases, dans les grandes lignes. La fête, les shots de tequila, les deux élèves, les convocations. La moue dégoûtée de Clarice et Holly dès que le mot « sueur » surgissait dans la conversation.

OK, et c'est quoi ton profil ? T'es célibataire ? Pas très actif ? Puceau ?

Célibataire. Puceau.

T'as quelqu'un en vue ? Genre t'es romantique ?

Owen réfléchit à cette question. Il ne sait pas comment répondre.

Je sais pas. J'ai personne en vue.
Mais ça m'est déjà arrivé.

T'as eu des rancards ?

Si on veut.

Un dîner, des fleurs ? Au pub ?

Un dîner, des fleurs. Une fois.

Et ça s'est passé comment ?

Horrible. Elle est partie en plein milieu du repas, soi-disant parce qu'il était arrivé quelque chose de grave à sa mère.

LOL. Quelle connasse. C'est vraiment une excuse de merde. Et alors, qu'est-ce que tu comptes faire pour ton boulot ?

Je sais pas. Je vais m'accorder une petite pause. J'ai de l'argent de côté.

Et qu'est-ce que tu vas faire de ta vie ?

J'y ai pas encore pensé. Peut-être lancer ma société, un nouveau business. Un truc comme ça.

Il te faut un plan d'action, mon pote. Sinon, tu vas te réveiller un beau jour et t'auras plus un rond, mais t'auras pris cinq kilos, et tout ce qui te restera, c'est un tas de pantalons que tu peux plus fermer.

C'est encore trop frais pour que je sois capable de réfléchir à la suite des événements.

TantPisPourTaGueule ne répond plus. Owen s'enfonce dans son fauteuil, se racle la gorge, essayant de comprendre ce qu'il a pu dire pour énerver son interlocuteur. Une notification le tire de ses pensées.

Tu vis où, Owen ?

Dans le nord de Londres.

Nickel. Pas loin de chez moi.

Et toi ?

En banlieue proche. Bon, je te donne mon adresse mail. Écris-moi, j'ai un truc à te proposer : bryn@hotmail.co.uk. J'attends ton message, OK ?

Owen ouvre sa boîte mail, copie-colle l'adresse de Bryn et se met à écrire.

17

Owen et Bryn se rejoignent dans un pub près de Euston.

Bryn lui a dit qu'il porterait une veste verte, qu'il avait « beaucoup de cheveux » et des lunettes. Owen, lui, sera en jean et veste noire, il n'a rien trouvé de plus pour se décrire.

Il arrive devant l'établissement, un rade crasseux vaguement inspiré du style Tudor, au coin d'une rue, avec une terrasse abîmée par les intempéries et des fenêtres à croisillons. Quand il entre, l'odeur de bière et de poussière le prend à la gorge. Des hommes seuls sont assis dans les recoins du pub. Owen parcourt la salle des yeux et s'arrête sur un type, sur sa gauche, qui le regarde et semble le reconnaître. Owen ne reconnaît pas en lui l'image qu'il se fait de TantPisPourTaGueule et poursuit sa recherche. L'homme se lève et s'approche de lui. Il est très petit et avance le dos courbé. Très étrange. Il a le sommet du crâne dégarni, et tout autour ses cheveux frisés sortent en pétard, comme une perruque de clown. La partie nue de son crâne brille comme de la chair à vif. Sa veste kaki est tachée.

— Owen, c'est toi ? Cool ! C'est génial de te voir.

Il attrape la main d'Owen et la secoue de haut en bas.

— Ah, Bryn, enchanté. Est-ce que je peux t'offrir quelque chose ? demande-t-il en esquissant un geste vers le bar.

— Non, merci, j'ai ce qu'il faut.

Owen commande un verre de vin rouge et va s'asseoir à la table de Bryn.

— Eh bien, quelle surprise !

— En effet, renchérit Owen.

La dernière chose qu'il aurait pu imaginer, en réalité. Bryn avait répondu à son mail la veille au soir, et l'avait interrogé sur ses compétences, ses centres d'intérêt, et sur les circonstances l'ayant poussé à démissionner. Owen n'avait pas compris ce qu'il attendait de lui. Puis Bryn lui avait écrit :

C'est le destin, le karma, on était faits pour se rencontrer, toi et moi. Un verre demain, ça te dit ? Vers Euston ?

— Tu as passé une bonne journée ?

Le visage d'Owen perd de ses couleurs. Il n'a pas l'habitude qu'on lui pose ce genre de questions.

— Oui, ça peut aller.

Il s'interrompt.

— Et toi ?

— Tu sais, toujours la même merde…

— Tu travailles ?

— Oui. Je sors du bureau, d'ailleurs. Contrairement à toi. T'es un sacré veinard, un homme libre. Qu'est-ce que t'as fait aujourd'hui ?

Owen hausse les épaules.

— Grasse mat'. J'ai pris un bain pendant deux heures. J'ai maté quelques épisodes de série. J'ai mangé des pâtes.

— Et voilà, c'est ça, t'as du bol, mon salaud ! Putain, je tuerais pour un jour comme ça, moi. Allez, santé ! ajoute-t-il en levant sa pinte de bière trouble vers Owen.

Il ne ressemble pas du tout à ce qu'Owen s'était figuré, mais il a de la personnalité, le charme d'un héros de dessin animé. Il semble sûr de lui, presque arrogant, ce qui déconcerte Owen. La confiance en soi, n'est-ce pas précisément ce que recherchent les femmes ? Ce dont il manque cruellement pour obtenir leurs faveurs ?

Le regard d'Owen s'attarde sur cette tache dont il n'arrive pas à déterminer la nature. Elle est probablement là depuis si longtemps que Bryn ne la remarque même plus. Il s'imagine lui retirer sa veste et la jeter dans une machine à 90 degrés. Il se voit avec une paire de ciseaux bien aiguisés, élaguant ses boucles ridicules, arrachant ses lunettes démodées, lui ordonnant d'arrêter de *sourire comme ça*. Sa colère le surprend, mais il en veut à Bryn de se saboter tout seul et de s'ériger en porte-parole d'hommes comme lui. Des types qui essaient de faire de leur mieux, qui n'ont pas de tache sur leur veste, qui ne portent pas de perruque de clown et qui, malgré tout, ne parviennent pas à regarder une femme dans les yeux.

Bryn n'a aucune idée de ce que cela fait d'être parfaitement normal et d'être rejeté par le monde entier, sans raison. On dirait qu'il veut que les femmes le méprisent. Owen repense au commentaire laissé par Bryn sous l'article sur les hommes accusés de harcèlement sexuel, il songe aux anciennes collègues de Bryn, et l'espace d'un instant il les plaint.

Il ne laisse pas transparaître ses doutes et sourit à Bryn.

— Santé. Au plaisir de cette rencontre.

— Tu te demandes certainement pourquoi je t'ai fait venir ici, commence Bryn en se frottant les mains.

Owen acquiesce.

Bryn regarde autour d'eux et baisse la voix.

— Je voulais qu'on se voie en vrai, parce que je voudrais te parler d'un truc un peu… délicat. Je ne veux pas laisser de traces, tu vois.

Owen hoche à nouveau la tête.

— Entre toi et moi, il y a une sorte de fraternité, pas vrai ?

Owen acquiesce en silence.

— Je te regarde, et tu as l'air d'être un mec sympa. Tu es bien sapé, et tout… Pourtant, tu n'as jamais… couché avec une femme.

Owen se fend d'un sourire triste.

— Qu'est-ce que ça nous dit du monde, ça, hein ? demande Bryn.

Il répond sans qu'Owen ait pu parler.

— Ça nous dit que le monde tourne pas rond. Pas même un tiers de quart de tour. Et pourquoi, à ton avis ?

Encore une question rhétorique.

— Parce qu'il y a un complot. Et je suis pas un de ces bouffons de complotistes, je te jure. Mais ça, les conneries qu'on doit se coltiner, les gars comme toi et moi, c'est un complot. Un truc mondial. Y a pas de doute. Ils nous appellent les « incels », poursuit-il en formant des guillemets dans l'air. Comme si c'était la faute à pas de chance. Comme s'il n'y avait rien à faire. Mais non, Owen, la vérité, c'est qu'ils ne nous laissent pas le choix. C'est les médias. C'est les progressistes et les féministes qui leur mangent dans la main. Les capacités mentales de l'humanité sont en train de diminuer. Les gens deviennent de plus en plus cons. Ils se focalisent sur les détails. Les sourcils, putain ! Il y a toute une industrie développée autour des sourcils. Tu savais ça ? Une industrie qui pèse des millions. Et, pendant ce temps-là, le bassin génétique se rétrécit de plus en plus… et les types comme toi et moi, on est exclus. Si tu te projettes dans trois générations, qu'est-ce qu'il reste ? Rien d'autre que des Stacy et des Chad. Et ça, ce serait la fin de notre monde, Owen. La fin de la planète. Les gens comme nous finiront par disparaître. Il n'y aura plus que ceux avec des dents bien blanches et des tatouages qui passeront leur temps à baiser et à faire des petits Chad et des petites Stacy. Avant, il y avait une femme pour chaque homme, parce qu'elles avaient besoin de nous. Maintenant, elles pensent qu'elles font la loi. Et c'est elles qui choisissent, pendant que les hommes enfilent des perles et se font épiler les sourcils, et pensent que c'est normal que leurs copines les traitent comme des pauvres mecs qui ne servent à rien. Le monde est foutu, Owen, complètement. Moi, j'ai une plateforme, j'ai plus de dix mille abonnés sur mon blog. Il y en a des nouveaux chaque jour, chaque minute. Je peux utiliser cette plateforme, rassembler des gens qui partagent mes idées. C'est clair qu'on a tous la haine parce qu'on nous la fait à l'envers. Mais il faut repérer les gens qui sont capables de faire un pas en avant, qui sont prêts à agir. À faire la révolution.

Owen lance à Bryn un regard interrogateur.

— C'est la guerre, Owen. T'es avec moi ?

Owen est allongé sur le dos, dans son lit simple. Il fixe le plafond, deux mètres cinquante plus haut. Un courant d'air y fait ondoyer les toiles d'araignée. Il est minuit. Il est fatigué, mais n'arrive pas à fermer l'œil.

Il se repasse chaque instant de cette soirée en compagnie de Bryn. Les mots tournoient dans sa tête, assourdissants, comme un grand sac de billes renversé.

Cela fait deux heures qu'il est rentré chez lui, une heure qu'il est couché, et il ne parvient toujours pas à saisir le sens des propos de Bryn. Rien n'avait été formulé clairement, ses phrases prenaient un tour confus, ce geyser d'où jaillissaient ses idées, sa colère, son impatience, son objectif, sans vision précise ni définie. Le terme qui revenait sans cesse était celui de révolution.

Il avait fini par donner à Owen un petit flacon de pilules, en lui disant :

— Si elles ne veulent pas de toi, fais-le quand même. Quand elles dorment.

Owen avait regardé Bryn, l'air horrifié.

— Je ne comprends pas.

— Bien sûr que si, tu comprends. Tu vois très bien où je veux en venir.

Il s'était enfoncé dans la banquette, les bras croisés, le regard triomphant, avant de se pencher à nouveau vers Owen.

— Imagine si on était une armée à faire ça. Des centaines. Tu vois ?

Owen avait senti son estomac se révulser.

Bryn s'était encore rapproché de lui.

— On s'en fout du sexe, lui avait-il lancé d'une voix pressante. Tu comprends, non ? Ce qui compte, c'est *nous*. Putain, mais si on était une espèce en voie de disparition on aurait des associations qui lutteraient pour notre préservation. Ils mettraient à notre disposition tous les ventres fertiles qu'ils pourraient trouver pour sauver l'espèce. Alors pourquoi est-ce que c'est différent pour nous ? Pourquoi est-ce qu'on est moins bien traités que des animaux, bordel ?

Il avait recroisé les bras en lui jetant un regard pénétrant. Une minute plus tard, ils quittaient le pub.

— Pense bien à ce que je t'ai dit, avait conclu Bryn en partant.

Owen l'avait observé monter quatre à quatre l'escalier de la gare de Euston, avec aisance, pendant que ses boucles folles rebondissaient sur sa tête, et que les talons usés de ses chaussures noires survolaient les marches.

Owen se relève et se connecte à l'un des forums incels auxquels il s'est inscrit depuis qu'il a découvert le blog de Bryn.

Au début, il trouvait ces discussions rassurantes. Tous les jours, dès le réveil, sa solitude lui pesait. Chaque fois qu'il croisait un couple dans la rue, il avait envie de leur crier à quel point c'était injuste. Quel soulagement il avait éprouvé en s'apercevant qu'il n'était pas le seul homme à se sentir dans cet état d'esprit !

Mais Owen pense désormais à la tache sur la veste de Bryn, à son arrogance, à sa certitude que le monde entier lui doit réparation. Il scrute le forum et imagine, derrière chaque avatar et nom d'utilisateur grandiloquent, une marée de Bryn aux habits tachés, aux cheveux sales, et animés par de répugnants fantasmes de violeurs. Ces hommes lui font pitié. Tout compte fait, peut-être qu'ils ne méritent pas d'être avec une femme.

Désormais, il se demande s'il n'y a pas quelque chose qui cloche chez lui. Peut-être que pendant tout ce temps il n'était pas dans les bonnes dispositions, il se faisait des films. La solution ne viendra pas de la croisade pathétique que Bryn mène contre le monde entier. Non, Owen doit faire la paix avec lui-même.

Il attrape son téléphone posé sur le sol. Il l'allume et navigue dans le menu à la recherche de la flamme rouge du logo de Tinder.

18

C'est le soir de la Saint-Valentin, il est 19 heures, Owen enfile un pull bleu marine à col rond sur sa chemise blanche. Il a du mal à faire en sorte que le col reste droit, ce qui lui donne l'air un peu négligé, mais il n'a plus le temps d'y remédier. Ses cheveux ne tiennent pas en place, comme d'habitude. Il porte un pantalon beige et un blazer un peu classe, espérant camoufler son embonpoint.

Owen a rendez-vous avec une femme. Une femme avec qui il a discuté sur Tinder trois soirs plus tôt. Il avait déjà essayé cette application auparavant, mais cela n'avait jamais fonctionné pour lui. Cela ne dépassait jamais le stade des conversations poussives mal négociées avec des femmes qu'il ne trouvait pas particulièrement attirantes.

Mais il avait changé. À l'époque, il était plus fragile, moins désabusé. Chaque rencontre avait été trop réfléchie, et ses attentes étaient toujours déçues. Si ce bref intermède avec Bryn lui avait apporté quelque chose, c'était une remise en question complète de sa perception des relations amoureuses. À partir du moment où ça ne finissait pas en viol, le rendez-vous était une réussite.

Elle s'appelle Deanna. Elle a trente-huit ans, vit à Colindale et travaille au service marketing d'une entreprise de publipostage. Elle a un fils de dix ans et l'air de s'excuser en permanence. Sur ses photos, on ne voit jamais son corps, seulement son visage, ce qui laisse penser qu'elle est peut-être un peu ronde. Mais peu importe. Owen n'y accorde aucune importance.

En sortant de sa chambre, il tombe sur Barry, un ami de Tessie qui passe parfois la nuit à l'appartement. Barry empeste l'after-shave et porte un mouchoir en soie dans la poche de sa veste en laine grise qui a dû lui coûter une fortune.

— Bonsoir, Owen, lance-t-il d'une voix bourrue.

— Salut !

Tessie sort du salon et jette un regard surpris vers son neveu.

— Tu es sur ton trente-et-un, dis donc… Tu vas où ? demande-t-elle d'un air soupçonneux.

Owen attrape son manteau et enfonce ses bras dans les manches.

— Je vais voir une amie.

Tessie décroche une écharpe moutarde d'une patère dans le hall et la noue à son cou. Elle semble se détendre.

— Oh, je vois. Une amie du genre roses rouges et chocolats ?

— Non, ment-il fermement. Pas du tout. Une amie, c'est tout.

Il refuse de révéler quoi que ce soit à sa tante sur sa vie privée, car cela risquerait de se retourner contre lui tôt ou tard. Elle soupire.

— Owen. Est-ce que… enfin, est-ce que tu aimes les femmes ? Ou les hommes ? Je suis désolée d'être aussi directe, mais tu as quel âge, maintenant… trente-cinq ans ?

— Trente-trois.

— Voilà. Tu vis ici depuis tes dix-huit ans, et pendant toutes ces années…

Elle s'interrompt, laissant la suite de sa phrase en suspens. Owen fait comme si elle n'avait rien dit.

— Tu sors aussi ? s'enquiert-il en saisissant un parapluie.

— Oui, Barry m'emmène à *Villa Bianca*. Passe une bonne soirée avec ton amie.

Elle extrait un tube de rouge du tiroir de la console, retire le capuchon et fait la moue devant le miroir. Quand il referme la porte derrière lui, Owen l'entend faire des bruits de bisous pour répartir le maquillage sur ses lèvres.

Dans le métro, il essaie de se détendre. Il sent la sueur se former sous ses aisselles, son front est humide, son visage doit être luisant. Il descend à Covent Garden et prend une grande bouffée d'air froid du soir. Il jette un coup d'œil à son téléphone, il a reçu un message de Deanna.

Je suis en avance, à une table dans le fond !

Owen déglutit. Pourquoi est-elle en avance ? Qui arrive en avance à un rendez-vous Tinder ? Il accélère le pas, pestant parce qu'il va être en nage et ne se présentera pas sous son meilleur jour. Il a du mal à se frayer un chemin dans la foule de Neal Street, il s'énerve et joue des coudes pour avancer.

Il s'arrête devant un restaurant italien accueillant, décoré par des portraits en noir et blanc de stars du cinéma mangeant des spaghettis. C'est complet.

— Vous avez une réservation ? lui demande la dame au pupitre d'accueil.

— Oui, au nom de Pick, à 20 heures.

— Très bien, vous êtes attendu.

Owen se racle la gorge, passe sa main dans ses cheveux, aplatit sa veste et suit la femme qui le guide jusqu'à leur table.

— Bonsoir, Deanna ?

— Ça se prononce Di-anna, pas Dé-anna.

— Oh, pardon. Je suis Owen.

— Quelle surprise ! répond-elle avec un sourire indéchiffrable.

— Je peux m'asseoir ?

Elle hoche la tête d'un air gêné et se touche les coudes.

Il songe qu'il aurait dû lui faire la bise ou lui serrer la main, ou une politesse du genre, mais elle l'a complètement déstabilisé en corrigeant sa prononciation de son prénom. Il a l'impression d'avoir commis un faux pas et ne sait pas comment se rattraper. Cela fait au moins dix secondes que personne n'a rien dit, et elle le dévisage d'une façon étrange.

— Ça va ? Ou tu préfères que…

Elle fait un signe de tête vers la porte, peut-être pour suggérer qu'ils mettent un terme à ce rendez-vous qui se passe déjà si mal alors qu'il vient tout juste de commencer. Elle pense qu'il vaut mieux en rester là. Il soupire, et ses épaules s'affaissent. Puis il a une réaction inattendue, une réaction qui ne lui ressemble pas, parce qu'il croit qu'il n'a plus rien à perdre. Quelque chose de doux et bienveillant dans sa conscience le guide, une part de lui dont il ne soupçonnait pas l'existence.

— Je suis désolé, vraiment, mais je suis un peu… nerveux.

Elle lui sourit et semble l'encourager à continuer.

— Très nerveux, en réalité. Tétanisé.

L'expression de Deanna s'adoucit complètement.

— Tu n'es pas le seul.

Owen la regarde enfin vraiment pour la première fois depuis son entrée dans ce restaurant et il voit une femme jolie, qui n'a peut-être pas la peau aussi lisse que sur ses photos, peut-être pas les yeux aussi brillants ni bleus, peut-être pas des mâchoires aussi ciselées. Mais c'est bien elle, et elle lui lance un regard complice. Son esprit se vide immédiatement, il blêmit, et elle se met à rire. Ce n'est pas un éclat de rire moqueur ni méprisant, c'est un gloussement gentil, un rire qui veut dire : « Mais qu'est-ce qu'on fait là, comme des andouilles, en date Tinder ? »

Un serveur s'approche et leur demande ce qu'ils veulent boire.

Owen pense à l'argent sur son compte en banque, à ces économies qu'il ne dépense jamais. Deanna consulte la carte des vins, mais il l'interrompt.

—Champagne ?

Il sait tout de suite qu'il a vu juste, que Deanna est le genre de femme qui apprécie ce type d'attentions. Elle ouvre la bouche pour dire quelque chose, lui aussi, et il parle en premier.

—Je t'invite.

—Dans ce cas, je ne peux pas refuser, répond-elle avec un sourire en refermant la carte.

Ils discutent un moment de ce qu'ils vont manger, puis Deanna s'interrompt.

—Tu sais, tu es mieux en vrai que sur tes photos.

Owen sourit, surpris.

—Merci beaucoup. Cette photo de profil est pourtant la meilleure qui ait jamais été prise de moi…

Un court silence s'ensuit, puis Owen devine ce qu'il doit répliquer. Il s'éclaircit la voix.

—Tu es beaucoup plus jolie en vrai aussi.

Ce qui n'est pas la vérité. Mais elle est jolie quand même. Ses photos n'étaient pas mensongères.

— Merci.

— J'aime beaucoup ta couleur de cheveux.

Ça, c'est vrai. Un acajou qui blondit aux pointes.

— Trois heures chez le coiffeur, confie-t-elle en y passant la main. Normalement, ils sont juste châtains.

— Tant mieux, j'adore les châtaignes !

Elle rit à gorge déployée.

Le serveur leur apporte la bouteille de champagne et pose un seau de glace et des flûtes sur la table. Ils se sentent privilégiés. Il montre l'étiquette à Owen, qui sait qu'il doit acquiescer une fois en disant : « C'est très bien », même s'il est incapable de se souvenir de la dernière fois qu'il a bu du champagne.

Une fois le vin servi, ils trinquent.

— Santé ! lance Deanna. Apparemment, Tinder ne se trompe pas tout le temps !

Owen cligne des yeux, puis sourit.

— En effet.

Il regarde rapidement autour d'eux. Il n'y a que des couples. Il se demande combien d'entre eux se voient pour la première fois. Combien se sont rencontrés sur Tinder. Combien n'ont jamais eu de relations sexuelles. Elle remarque qu'il est distrait.

— C'est sympa, ce restaurant, tu as bien choisi.

— Merci. C'est une chaîne, tu sais, mais le soir de la Saint-Valentin trouver un restaurant, c'est comme chercher une aiguille…

— Dans une botte de foin, complète-t-elle.

Ils se regardent un instant et sourient.

— Qu'est-ce que tu as fait aujourd'hui ? lui demande-t-elle.

— Rien de spécial, rien d'intéressant. Je me suis levé tard, j'ai traîné. Je savoure ma liberté en ce moment !

Il lui avait expliqué sa situation actuelle lors d'une de leurs discussions sur l'application, censurant les détails qui n'étaient pas à son avantage. Deanna avait fini par écrire :

On ne peut vraiment plus rien dire, ces temps-ci…

— Je ferais exactement pareil si j'étais dans ton cas. Mes journées sont tellement remplies, je ne profite de rien. Je me lève à 6 heures, je saute dans le bus avec Sam pour le déposer à l'école où il prend le petit déjeuner, c'est toujours le premier arrivé. Ensuite, j'ai un autre bus jusqu'au métro. Je suis au bureau à 8 h 30, je m'ennuie pendant huit heures, je reprends le métro, puis le bus, je vais chercher Sam, on rentre à la maison, je prépare le dîner, on fait les devoirs, je fais le ménage, et je me couche. Tous les jours. Je donnerais cher pour faire une pause, souffler une fois de temps en temps. Voir un peu ce que la vie pourrait m'offrir. Enfin bien sûr, c'est horrible qu'ils t'aient viré sans prendre ta défense, mais franchement, un peu de temps pour toi, pour te retrouver, ce n'est pas si mal !

— Et le père de ton fils, il ne t'aide jamais ?

— Il est mort, dit-elle d'une voix qui se brise.

Owen avale difficilement. Pas le connard irresponsable qu'il s'imaginait, non, Deanna est veuve.

— Je suis désolé. Sincèrement.

— Tu sais, il est mort depuis longtemps, et je n'ai pas passé beaucoup de temps avec lui. Ça fait neuf ans, et on a été ensemble pendant deux ans. C'est bizarre. Je ne sais plus trop ce que ça me fait. Et toi, tu as déjà été marié, ou dans une relation sérieuse ?

Il secoue la tête.

— Non, pas vraiment.

Elle lui sourit d'un air entendu, comme si elle reconnaissait sa solitude, son désespoir, mais que cela n'avait rien de repoussant. Comme si elle avait déjà rencontré quelqu'un comme lui avant.

Leurs plats arrivent : tagliatelles al ragù pour Owen, risotto aux fruits de mer pour Deanna.

— Je passe un très bon moment, lui confie-t-elle.

Owen s'interrompt, sa fourchette à mi-chemin de sa bouche. Il la repose et regarde Deanna.

— Moi aussi, renchérit-il, émerveillé.

19

Dans le métro, en rentrant, Owen flotte sur un petit nuage. Il a l'impression qu'une tache d'encre magenta s'étale dans son corps comme sur du papier buvard. Il se sent renaître, car toute la soirée une gentille femme de Colindale, un peu rondelette mais charmante, l'a traité comme un être humain.

Il est un peu éméché, et l'ivresse accentue sa sensation de bien-être. Deanna s'était révélée avoir une bonne descente, meilleure que la sienne, et il avait dû accélérer la cadence pour ne pas se faire distancer. En moins de quarante minutes, le champagne s'était retrouvé à sec, et Owen avait commandé une bouteille de vin, et quand elle aussi avait été terminée, avant le dessert, ils avaient pris chacun un cocktail. Owen ne se rappelait plus ce qu'il avait choisi, mais il y avait de la tequila, et cela avait un goût fumé.

Il est assez soûl et heureux pour ne pas remarquer les regards que les autres passagers lui jettent. Il n'est pas jaloux des amoureux transis qui vont main dans la main ni des filles à qui l'on a offert une rose. Il ne s'énerve pas quand on le bouscule ou qu'on l'empêche de passer. Il s'en fiche qu'on fasse comme s'il n'était pas là, car, pendant trois heures ce soir, il a été vu.

Owen se remémore la soirée en boucle : la conversation facile, le regard doux de Deanna, la façon dont elle se touchait les cheveux, dont elle hochait la tête pour l'encourager quand il se dévoilait, la langueur de la fin du dîner, comme si elle voulait retarder le moment de se séparer.

Il grimpe la colline qui mène chez lui, l'air gelé de la nuit balayant son visage. Il croise un couple qui se tient par la main, la femme arborant un petit bouquet de fleurs rouges. Ils sentent le vin. Owen a envie de leur dire un mot sympa, peut-être : « Joyeuse Saint-Valentin à vous aussi, les amoureux ! », mais il se ravise au dernier instant.

Il sourit et prend à gauche. Un homme promenant en laisse un petit chien blanc marche sur le trottoir d'en face.

— Bonsoir, lance-t-il, faisant sursauter Owen.

— Oh, bonsoir ! répond-il par-dessus son épaule.

Il a déjà croisé cet homme et son chien des centaines de fois, et c'est la première fois qu'il lui adresse la parole. Le sourire d'Owen s'agrandit.

Il remarque une femme qui se dirige vers lui. Elle a les cheveux couleur sable et porte un manteau marron serré par une ceinture à la taille. Elle regarde quelque chose sur son portable. Tandis qu'elle s'approche, Owen se rend compte qu'elle est très, très jolie. Magnifique. Elle pourrait être mannequin. Les défenses d'Owen s'activent automatiquement, comme toujours lorsqu'il est en présence d'une femme extrêmement belle. Il détourne les yeux et se colle au muret pour ne pas se retrouver en travers de son chemin, mais elle est trop absorbée par son téléphone pour le voir et fonce droit sur lui. Il essaie de l'éviter en faisant un pas de côté, mais elle fait le même mouvement. Quand elle redresse la tête, la terreur se lit dans ses pupilles.

— Pardon, murmure-t-elle.

Owen fait un nouveau pas de côté pour lui laisser la voie libre, mais encore une fois elle en fait de même. Il la voit baisser les yeux vers son téléphone, poser son pouce sur l'icone d'appel d'urgence.

Il lui fait signe d'avancer, et ajoute, d'un ton indigné :

— Vous feriez peut-être mieux de lever le nez de votre portable de temps en temps. Cela vous aiderait à ne pas rentrer dans les gens.

Et il se remet en marche.

— Va te faire foutre, connard.

— Quoi ? demande-t-il en s'arrêtant.

— J'ai dit : « Va te faire foutre, connard. »

Il en a le souffle coupé. Il ferme les yeux et inspire profondément. Il se voit faire volte-face, se précipiter vers elle et la mettre à terre. Il expire, compte jusqu'à trois, puis reprend sa route.

— Salope ! lui crie-t-il en s'éloignant.

Il l'entend répliquer quelque chose qu'il ne comprend pas, puis l'écho pressé de ses talons martelant les pavés. Ses oreilles bourdonnent sous le coup de l'adrénaline. Il sent le vin dans son estomac se soulever et ses jambes flageoler. Sa tête tourne, il est sur le point de vomir.

Son téléphone vibre. Il le sort de sa poche et y lit un message de Deanna.

Cher Owen,
J'ai passé une excellente soirée. Merci d'être si agréable et de m'avoir fait me sentir si bien pour la première fois depuis longtemps. Je te souhaite une bonne nuit et j'ai hâte de te revoir la semaine prochaine. Cette fois, c'est moi qui t'invite !
Bisous,
Deanna

Il oublie immédiatement sa fureur et son exaspération.

Tout sourires, il s'engage dans sa rue et arrive devant chez lui. Les lumières sont éteintes, et la lune jette une lueur bleutée sur le toit. Il va jusqu'au chantier d'à côté et distingue, par une fente entre les planches, deux points d'ambre luisants dans la nuit. Un renard braque sur lui des yeux curieux.

— Salut, Rox, murmure-t-il dans l'obscurité. Bonne nuit, mon beau.

Il se retourne. Dans la maison d'en face, une lumière est encore allumée. Quelqu'un se déplace à l'intérieur. Des voix s'élèvent. Une personne se tient devant la maison : grande, fine, dans un sweat à capuche noir, des coudes anguleux pointant sur les côtés comme des ailes. Elle reste immobile, observant la pièce éclairée, comme Owen. Puis elle pivote dans sa direction, et il aperçoit le profil d'une jeune fille, les mains enfoncées dans les poches de son pull, la mâchoire contractée.

Elle le remarque et le fixe à son tour.

Je te connais, se dit-il. *Je sais qui tu es.*

Après

20

La journée est déjà bien avancée quand Cate remarque le court article dans l'exemplaire gratuit du *Times* qu'elle a récupéré au supermarché la veille. Elle prend souvent le journal gratuit, mais le lit rarement. Aujourd'hui, elle l'a feuilleté parce que la une annonçait un article sur les relations sexuelles après cinquante ans.

Elle tourne les pages rapidement, mais son œil est attiré par le nom « Camden » en bas de la page huit.

« Disparition d'une lycéenne de Camden. La police interroge le voisinage. »

Sous le titre figure la photo d'une jeune fille aux traits magnifiques, aux yeux vert pâle et au sourire énigmatique. Elle porte de grandes créoles aux oreilles, et ses cheveux noirs et frisés sont rassemblés en une tresse plate sur le côté. Cate ne la reconnaît pas immédiatement. Elle commence à survoler l'article, puis revient à la photo, et soudain elle comprend.

Camden. Une lycéenne de dix-sept ans, Saffyre Maddox, est portée disparue depuis la soirée du 14 février. Elle allait rendre visite à une amie à

Hampstead. Saffyre, qui vit avec son oncle Aaron Maddox, vingt-sept ans, à Alfred Road, est en terminale au lycée Havelock, NW3. Saffyre est une bonne élève, bien intégrée. Selon son oncle, elle a quitté le domicile aux alentours de 23 heures le soir de sa disparition. Elle portait un jogging sombre, un pull à capuche noir et des baskets blanches.

Horrifiée, Cate pousse un petit hoquet de surprise et regarde autour d'elle, à la recherche de quelqu'un à qui faire part de la nouvelle. Les enfants sont en vacances, mais ils ne sont pas à la maison, et Roan est au travail.

Elle attrape son téléphone, prend l'article en photo et, avant d'avoir réfléchi aux conséquences de son geste, l'envoie à son mari.

Cela fait des mois que le nom de Saffyre n'a pas été prononcé à la maison, mais bien évidemment Cate n'est pas près de l'oublier, à plus forte raison quand il apparaît dans le journal.

La coche reste grise. Roan met son téléphone en mode avion quand il est en consultation. Il oublie presque toujours de se remettre en ligne ensuite et passe le reste de la journée ainsi, injoignable, jusqu'au soir. C'est l'une des nombreuses choses qui avaient alimenté les soupçons de Cate l'année dernière. Comment pouvait-il avoir en permanence un téléphone éteint dans sa poche sans ressentir le besoin de le rallumer ?

Elle relit l'article.

C'était il y a six jours. La Saint-Valentin. Roan et elle avaient passé la soirée au coin de la cheminée dans un pub de Hampstead, puis avaient dégusté un curry rouge de bœuf au restaurant thaï sur le chemin du retour. La soirée avait été agréable, ils avaient parlé, leur complicité semblait intacte. Ils avaient ri. Pour une fois, ils n'avaient pas eu l'air d'un couple marié depuis une éternité qui tente de sauver les apparences en public pour cette fête symbolique, mais d'un couple vraiment heureux, ravi de partager ce moment ensemble.

Mais, pendant ce temps, Saffyre déambulait entre Swiss Cottage et Hampstead, vêtue bien trop légèrement pour cette soirée glaciale. Peut-être l'avaient-ils croisée ? Peut-être avaient-ils vu quelque chose ? Était-ce possible ?

Elle secoue la tête. Bien sûr que non. Des milliers de gens étaient de sortie dans les environs le soir de la Saint-Valentin, et Saffyre avait pu aller dans des centaines d'endroits. D'ailleurs, elle n'était peut-être jamais venue à Hampstead, elle avait peut-être raconté un mensonge pour se couvrir, prenant la direction opposée en sortant de l'appartement sans que son oncle ne le sache.

Elle ouvre son ordinateur et tape « Saffyre Maddox ».

Tous les journaux ont publié un article sur la disparition, avec le même portait de la jeune fille. Elle n'y grappille aucun détail supplémentaire.

Vers 14 heures, Roan refait surface.

Oh, mon Dieu.

Oui…

Il n'a pas lu la réponse de sa femme.

Il est déjà reparti.

La carte que Roan a reçue pour la Saint-Valentin est encore dans un tiroir de la cuisine, dans son enveloppe déchirée. Cate l'avait cachée sous une pile de torchons, à l'abri des doigts curieux de ses enfants. Elle s'était refusée à la lire le soir même, après un si bon moment passé avec Roan, et le lendemain aussi. Puis le week-end était arrivé, le début des vacances scolaires, et étonnamment elle l'avait oubliée. Ce morceau de carton jure avec l'atmosphère harmonieuse qui règne chez eux. Depuis ce soir-là, leurs échanges sont agréables, et ils ont couché ensemble deux fois, toujours à l'initiative de Cate. La carte est devenue une poussière métaphysique, un non-événement.

Jusqu'à cet instant précis.

Elle plaque ses mains sur ses oreilles pour arrêter l'idée qui traverse ses pensées comme un TGV. Cela la projette un an en arrière, quand elle était chaque jour en proie au doute, quand chaque minute de chaque journée était placée sous le signe de la paranoïa, de la méfiance. Elle avait été très malheureuse et ne voulait pas revivre ces mois difficiles. Désormais, elle est heureuse, dans le monde rose de la Saint-Valentin et des étreintes furtives.

Mieux vaut changer les draps. D'habitude, elle n'est pas du genre à se vider la tête avec des tâches ménagères, mais la voilà en train de s'activer dans les trois chambres de l'appartement, essayant de chasser de son esprit le contenu du tiroir de la cuisine.

Dans la chambre de Georgia, elle retire les draps blancs comme neige, seule couleur dans laquelle sa fille accepte de dormir. Les jours bénis des fées roses et violettes sont décidément révolus. Une literie blanche, des lampes assorties, une peau de mouton immaculée. Quand sa fille était plus petite, vers treize ou quatorze ans, Cate ne pouvait pas s'empêcher de fouiller dans ses affaires, en quête d'indices sur la jeune femme qu'elle était en train de devenir. Aujourd'hui, elle n'en ressent plus le besoin. Georgia se confie à elle en toutes circonstances. Elle ne lui cache rien.

Cate défait le lit rapidement, roule les draps en boule et les laisse tomber sur le sol du couloir. Puis elle entre dans la chambre de son fils.

Josh a toujours été un garçon ordonné. Elle retire les draps de batiste bleue et refait le lit avec une parure verte. Son ordinateur portable est posé sous son lit, en train de charger. Elle est tentée de l'ouvrir, de découvrir ce que son enfant y fait quand il est seul, mais sans qu'elle sache pourquoi, la vie privée de son fils lui semble plus sacrée que celle de sa fille. Elle est incapable de se l'expliquer, c'est comme ça, c'est tout.

Elle se rend ensuite dans sa chambre, le domaine conjugal où les ébats ont repris leur cours depuis cinq jours. Elle enlève les draps gris, les prend dans ses bras et les ajoute à la pile du couloir. Elle met un nouveau drap bleu clair et enfile la couette dans une housse propre.

Les rideaux sont encore tirés. À cette période de l'année, il peut paraître inutile d'ouvrir les rideaux d'une pièce que l'on quitte alors qu'il ne fait pas encore jour, et où l'on ne reviendra pas avant la nuit tombée.

Elle les ouvre et est surprise un instant de retrouver le monde extérieur. Sa rue est toujours là, le voisin avec son chien blanc, la poubelle à l'angle qui n'est vidée qu'une fois toutes les deux semaines, quand son contenu a déjà commencé à se déverser sur le trottoir, une camionnette de livraison de supermarché, une autre d'Amazon, et la maison d'en face avec le fauteuil dans l'allée et…

Elle s'interrompt, se souvient. Elle se tenait exactement là. Il faisait nuit. Il s'est passé… Quoi ? Quand ?

Elle secoue légèrement la tête, essayant de raviver la trace du souvenir.

Est-ce que c'était ce soir-là ? Celui de la Saint-Valentin ? Fermer les rideaux, juste avant de coucher avec Roan, quand soudain elle avait vu une silhouette, dehors. Du mouvement. Des voix étouffées. L'impression d'être surveillée. Est-ce qu'elle se faisait encore des films ?

Elle n'était pas sobre, après tout. Ils avaient bu du champagne, puis une bière, et encore une autre au restaurant thaï. Oui, elle avait un sacré coup dans le nez.

Elle se retourne comme si on venait de prononcer son nom.

Mais personne ne l'a appelée, elle est seule.

C'est la carte dans le tiroir de la cuisine qui l'attire. Elle cherche à lui dire que quelque chose lui échappe, qu'elle n'est pas folle, qu'elle ne se trompe pas.

Avant de prendre conscience de ses actes, elle a déjà ouvert le tiroir, fouille parmi les torchons et trouve la carte.

Ses mains tremblent quand elle la sort de son enveloppe.

Dessus, il y a une sorte d'oiseau rose à l'aquarelle, assez insipide. À l'intérieur, dans une écriture de petite fille, elle lit :

Cher Roan,
Merci d'être mon psi.
Tu veus bien être mon Valentin ?
Bisous,
Molly

Elle referme la carte et s'écroule contre le mur.

Une carte d'enfant.

Molly.

La petite Molly qui fait des fautes d'orthographe.

La petite Molly qui demande à un homme chauve de cinquante ans d'être son Valentin.

La petite Molly qui connaît leur adresse.

Elle range la carte dans l'enveloppe et la replace entre les torchons, le cœur battant.

Deux heures plus tard, Georgia rentre à la maison accompagnée de Tilly.

— Oh, bonjour, Tilly ! s'exclame Cate en levant les yeux de son ordinateur. Ça fait longtemps qu'on ne t'a pas vue.

C'est la première fois qu'elle revient ici depuis ce soir de janvier où elle aurait subi une agression sexuelle.

— Comment vas-tu ?

— Bien, répond l'adolescente en regardant ses pieds. Ça va.

Georgia dévalise les placards à la recherche de nourriture. Elle meurt de faim, apparemment, n'ayant pas pris de petit déjeuner et n'ayant mangé que deux ou trois nuggets à midi. Elle tombe sur un paquet de pop-corn et sert deux grands verres de jus de fruits, puis les filles disparaissent.

— Merci d'avoir changé mes draps ! crie-t-elle à sa mère depuis sa chambre.

— De rien !

Cate se rassied et tente de se concentrer sur son travail, mais trop de choses encombrent déjà son cerveau : la carte de Molly (*Mais qui a écrit sur l'enveloppe ? Qui a acheté et léché le timbre ? Qui l'a mise dans une boîte aux lettres ?*), le sentiment d'étrangeté qui persiste depuis que Tilly est revenue sur sa version des faits (*Il lui est forcément arrivé quelque chose, non ?*), la disparition de Saffyre Maddox (*À mi-chemin entre chez elle et chez nous…*), la silhouette aperçue par la fenêtre le soir de la Saint-Valentin (*À moins que mon esprit éméché me joue encore des tours ?*), le voisin inquiétant de l'autre côté de la rue (*Chaque fois que je le vois, il me regarde avec un air qui me glace le sang*), la récurrence des agressions sexuelles en plein jour dans leur quartier.

Tous ces éléments se bousculent dans sa tête, semant la confusion dans ses pensées.

Tilly rentre chez elle un peu plus tard.

Georgia fait irruption dans la cuisine.

— Comment va-t-elle ? lui demande sa mère.

— Ça va.

— Tu lui as déjà… Est-ce qu'elle a fini par t'expliquer ce qui lui est arrivé ce soir-là ?

— Un peu. Pas trop.

— C'est-à-dire ?

— Je pense qu'il s'est passé un truc, oui, mais pas ce qu'elle a raconté.

— Quoi, alors ?

— Je sais pas, elle me dit pas.

— Mais selon toi ?

— J'en sais rien.

— Mais…

— Je sais pas, maman, OK ? T'as qu'à lui demander toi-même si tu veux savoir.

— Je…

— Maman, Tilly est chelou. Elle est trop bizarre. Je sais pas ce qui s'est passé, mais à mon avis, c'était rien de grave.

Georgia se tait un instant, puis lance un regard appuyé à sa mère.

— Si elle se confie à moi, je te dirai. D'accord ?

— Oui. Merci.

21

Saffyre

On a tous nos passe-temps, non ?

Eh bien, pendant la majeure partie de l'année dernière, j'ai passé mon temps à épier Roan.

Je n'avais rien d'autre à faire. Je n'avais pas d'amis. Pas de petit copain. Je faisais mes devoirs tard le soir, au lit. J'étais incapable de m'y mettre avant 23 heures, je n'étais jamais dans les bonnes dispositions pour ça. Je suis un oiseau de nuit. Après le lycée, je déambulais dans la ville jusqu'au centre Portman pour l'observer. Son histoire avec la jeune femme était retombée assez rapidement. Je la voyais souvent parce qu'elle sortait devant le bâtiment pour fumer. Je pense que c'était l'une des secrétaires. Elle portait son badge autour du cou, mais me semblait trop jeune pour être médecin. Je ne l'ai plus jamais vue partager de cigarette avec Roan, ni partir avec lui pour boire un verre à la fin de la journée. Elle avait dû s'en lasser après cette première soirée. Elle avait peut-être fini par se rendre compte qu'elle était trop jeune pour lui. Ou peut-être qu'il ne s'était pas bien conduit.

J'avais vraiment du mal à comprendre comment on pouvait le trouver attirant. Pendant tous ces mois où j'étais sa patiente, il n'y avait pas eu la moindre ambiguïté. Avec moi, il ne se comportait pas vraiment comme un père ou un oncle, mais il se montrait très amical. Un peu comme un prof avec qui vous pouvez plaisanter, mais que vous respectez tout de même.

Hors de son bureau trop éclairé, loin de ses fauteuils rêches, je lui ai découvert un autre visage. Apparemment, il ne pouvait pas parler à une femme sans la toucher : une accolade, une main sur l'épaule, une porte tenue entrouverte pour que la dame le frôle en passant, un parapluie partagé, bras dessus, bras dessous. Où qu'il regarde, ses yeux se posaient sur une femme. S'il n'en trouvait pas, il avait l'air perdu.

Les journées avaient commencé à rallonger, et il faisait encore jour quand je sortais du lycée. Je ne pouvais plus me cacher entre les arbres du parking, il fallait que je reste en mouvement pour ne pas être repérée. Je l'attendais de l'autre côté de la rue, je faisais semblant de lire sur mon téléphone, puis je le suivais. Il ne rentrait presque jamais directement chez lui. Il rejoignait des gens au pub miteux du coin de la rue ou au café en face du métro.

J'avais alors des tresses rose pâle parce que ça me plaisait. Je ne m'étais pas teint les cheveux pour qu'il ne me reconnaisse pas. De toute façon, il ne m'avait pas vue depuis longtemps, j'avais grandi et changé. Un soir, l'été dernier, je l'ai suivi au pub. C'était une journée sans uniforme au lycée, je portais un crop top, un baggy, un blouson à motif camouflage, le tout en couleurs sombres, et mes cheveux étaient cachés sous une casquette de base-ball. J'ai commandé une limonade et je suis sortie dans le jardin. Un match de foot était diffusé sur de grands écrans. Il y avait surtout des mecs. J'ai repéré seulement deux femmes parmi les clients du pub. Je me suis installée sous un parasol, sur une chaise en métal, dos à lui.

Il était avec une femme et deux hommes. Il y avait beaucoup de bruit, les gens se mettaient à crier dès qu'il se passait un truc sur le terrain de foot, et deux enceintes géantes retransmettaient l'ambiance survoltée du stade. Je n'arrivais pas à entendre ce qu'il disait.

La femme avait une trentaine d'années. Elle était rousse et avait natté ses cheveux en une longue tresse sur le côté. Elle n'était pas maquillée et souriait beaucoup. Au début, ils participaient tous les quatre à la conversation, puis l'attention des deux autres hommes s'était portée sur le match, et la conversation s'était poursuivie entre Roan et la jeune femme.

Je m'occupais avec mon téléphone, lui jetant de temps à autre un regard à la dérobée. Ils semblaient complètement absorbés par leur discussion. J'aurais pu me planter devant eux et leur faire des grimaces, ils ne m'auraient même pas remarquée. Je les ai pris en photo discrètement.

Le match s'est terminé, et le niveau sonore a baissé. L'un des hommes a proposé à Roan d'aller chercher de nouvelles bières au bar. Il n'a pas répondu tout de suite, puis s'est tourné vers la fille.

— Tu veux un autre verre ? Ou tu préfères aller ailleurs ?

— Comme tu veux !

— Je me disais qu'on pourrait peut-être aller manger un bout quelque part ?

— Oui, pourquoi pas.

J'ai descendu ma limonade en vitesse. Ils sont passés devant moi, et je les ai suivis à distance. Ils ont tourné dans une autre rue et marché sans idée précise pendant un moment, consultant les menus de quelques bistros en chemin. Ils ont finalement opté pour un restaurant chinois. Des canards laqués brillaient dans la devanture.

Je me suis assise à l'arrêt de bus de l'autre côté de la rue. Ils s'étaient installés près de la baie vitrée. Roan était très tactile. Il posait sa main sur sa joue, caressait sa tresse, la dévorait des yeux.

Il était hyper envahissant, mais elle n'avait pas l'air de trouver ça désagréable. Elle acceptait qu'il lui donne à manger comme à un bébé. Et elle aussi le dévorait du regard. Elle lui tenait la main. Elle riait à gorge déployée.

Ils sont restés au restaurant une heure. Quand on leur a apporté l'addition, il a insisté pour l'inviter. Sympa, le bon père de famille qui paie le dîner à une femme assez jeune pour être sa fille. Quelle enflure.

Il l'a raccompagnée au métro. Ils se sont tenu la main longuement, se sont pris dans les bras rapidement, sans s'embrasser. Trop proche de chez lui, trop proche du boulot, j'imagine.

Quand il s'est retourné pour traverser, j'ai vu son visage. Ce petit sourire espiègle. J'ai pensé à sa femme, mince et blonde, qui l'attendait dans leur appartement de bourges à Hampstead et était probablement en train de congeler le délicieux repas qu'elle avait mitonné pour son mari qui ne rentrait pas. Je me suis demandé ce qu'il avait bien pu lui dire.

On va manger un morceau avec des collègues.

Il a traversé Finchley Road en courant alors que le feu était rouge, profitant d'un moment sans circulation. Une fois sur le trottoir, il a sorti son téléphone, sans aucun doute pour informer sa maigrichonne de femme : *J'arrive, ma chérie !*

La nuit commençait à tomber : le ciel était d'un lilas poudreux, et les voitures roulaient avec les phares allumés. J'avais faim et je savais que Aaron avait préparé le dîner. Une part de moi voulait rentrer à la maison, poser mon lourd sac à dos et manger devant la télé. Mais je voulais aussi savoir à quoi ressemblait Roan Fours quand il revenait chez lui après avoir passé la soirée en compagnie d'une autre femme.

J'ai attendu que le bonhomme passe au vert, puis je me suis dépêchée et l'ai rattrapé au moment où il allait s'engager dans la

grande montée qui mène au sommet de la colline. Il avait mis ses écouteurs. Je l'entendais fredonner doucement. Il marchait vite et, quand il est arrivé dans sa rue, j'étais à bout de souffle. Je ne me doutais pas qu'il était aussi sportif.

Il était devant sa maison, cherchant ses clés. Il a ouvert la porte puis l'a refermée derrière lui. Il se comportait comme un châtelain en territoire conquis.

Je m'étais arrêtée devant un terrain en construction protégé par un portail de fortune et entouré de murs en brique recouverts de feuillage. J'ai jeté un coup d'œil entre les grandes planches de bois et aperçu un terrain vague envahi de plantes et de décombres. J'avais l'impression de rêver, comme si j'avais trouvé l'entrée d'un parc secret ou d'un monde imaginaire. On distinguait encore les fondations d'une grande bâtisse qui avait été détruite. Ça faisait au moins un demi-hectare, peut-être plus. Le ciel était devenu violet et doré. Il y avait des papiers scotchés à la palissade. Ils avaient prévu de construire un immeuble, mais le projet avait l'air de piétiner depuis trois ans. J'espérais que personne ne toucherait jamais à cette friche, qu'elle resterait comme ça, cachée, à s'étendre, à se densifier.

J'ai vu quelque chose bouger dans la nuit. Rapide, flamboyant. Un renard.

Il s'est arrêté et m'a regardée droit dans les yeux.

Mon ventre a gargouillé. J'ai remonté mon sac sur mon épaule et pris la direction de la maison.

22

Quelques jours après la Saint-Valentin, on sonne de bon matin chez Owen. Il attend que Tessie aille ouvrir, mais elle doit être déjà sortie.

À la deuxième sonnerie, il va décrocher l'interphone.

— Bonjour. Je recherche Owen Pick, lui annonce une voix féminine.

— C'est moi.

— Parfait. Je suis l'inspectrice Angela Currie. Nous faisons une enquête de voisinage suite à une disparition inquiétante. Auriez-vous quelques minutes pour répondre à nos questions ?

— Euh…, hésite-t-il en se regardant dans le miroir du vestibule.

Il ne s'est pas rasé depuis trois jours et aurait bien besoin de se laver les cheveux. Il n'a vraiment pas une bonne tête.

— Oui, je viens vous ouvrir.

Angela Currie est une jeune femme assez forte, petite mais carrée, avec des pieds minuscules par rapport à son corps. Elle a les cheveux naturellement blonds, tressés et rassemblés en un chignon au sommet du crâne. Elle a un visage doux et un trait léger d'eye-liner sur les paupières.

Derrière elle se trouve un homme tout aussi jeune, qu'elle présente comme l'agent Rodrigues.

— Est-ce qu'on peut entrer ?

— Euh…

Owen lance un regard vers la porte de l'appartement. Comment leur expliquer qu'il n'a nulle part où les accueillir, puisque sa tante ne le laisse pas accéder au salon ?

— C'est mieux si on parle ici.

Il sait bien que cela donne l'impression qu'il a quelque chose à cacher.

— C'est l'appartement de ma tante, et elle n'aime pas trop que je reçoive des visiteurs.

L'inspectrice tend le cou pour jeter un œil à ce qu'on peut distinguer dans l'embrasure de la porte.

— Pas de souci.

Ils s'installent sur le petit banc près de l'escalier qui mène aux étages supérieurs. L'assise est bancale, tout juste suffisante pour qu'on y pose des colis et des objets légers. L'inspectrice ne peut pas se tenir droite, elle doit baisser la tête pour éviter les boîtes aux lettres vissées au mur.

— Nous enquêtons sur la disparition d'une jeune fille du quartier. Est-ce que je peux vous montrer des photos ?

Le sang monte immédiatement à la tête d'Owen, sans qu'il ne comprenne pourquoi. Il acquiesce et essaie tant bien que mal de dissimuler ses joues brûlantes avec ses doigts.

L'inspectrice sort un cliché d'une enveloppe et le lui tend.

C'est le portrait d'une fille très jolie, métisse, quoiqu'il ne parvienne pas à se faire une idée précise de ses origines. Elle porte des créoles et une tresse sur le côté, similaire à celle de l'inspectrice. Elle est en uniforme scolaire et sourit.

Owen lui rend la photo et attend qu'on l'interroge.

— Avez-vous déjà vu cette adolescente ?

— Non, répond-il en passant une main sur sa nuque moite. Pas que je sache.

— Où étiez-vous le soir du 14 février, monsieur Pick ?

Il hausse les épaules.

— C'était la Saint-Valentin.

Il inspire profondément et pose la paume sur sa bouche. Oui. Il sait ce qu'il a fait ce soir-là.

— Étiez-vous chez vous ? Ou dans le quartier ? Est-ce que vous auriez pu voir quelque chose ?

— Non, je n'étais pas chez moi. J'étais au restaurant avec une amie.

— D'accord. À quelle heure êtes-vous rentré ? Si vous vous en souvenez.

— Vers 23 h 30. Minuit peut-être.

— Comment êtes-vous rentré chez vous ?

— En métro. De Covent Garden à Finchley Road.

— En revenant du métro, avez-vous remarqué quoi que ce soit d'inhabituel ?

Il secoue la tête. Il repense à ce qui s'était passé dans la rue, à l'altercation avec cette jolie fille qui l'avait insulté et qu'il avait traitée de salope. Avec le recul, cet événement lui apparaît comme un rêve distant, comme si cela ne s'était pas réellement produit. Tout ce qui est arrivé ce soir-là lui semble irréel, s'estompe comme les bords d'une vieille photographie.

— Non, répond-il doucement. Rien de spécial.

Il a la voix d'un menteur et, d'une certaine façon, il est en train de mentir.

— Vous nous avez dit vivre avec votre tante. Est-ce qu'elle s'appelle… (Elle s'interrompt pour vérifier une liste dans son carnet.) Tessa McDonald ?

Il hoche la tête.

— Où peut-on la trouver ?

— Je ne sais pas. Elle est probablement en train de faire des courses.

— Très bien, on repassera quand on en saura un peu plus. En attendant, je vous donne ma carte. Est-ce que vous pourriez demander à votre tante de m'appeler si elle se souvient de quoi que ce soit concernant cette soirée ?

Elle lance un regard vers les étages.

— Vous savez si vos voisins sont là ?

— Pas du tout. Vous pouvez sonner, si vous voulez.

Elle sourit et appuie sur son stylo pour le refermer.

— Non, ça ira. Ça ne vous dérange pas si je laisse quelques affiches ici ? demande-t-elle en désignant les boîtes aux lettres. Et quelques cartes ?

— Non, bien sûr, allez-y.

— Merci pour votre aide, monsieur Pick, conclut-elle en remontant son sac en cuir sur son épaule. Si vous ou quelqu'un d'autre se remémore quelque chose, n'hésitez pas à me passer un coup de fil.

— Attendez ! s'exclame-t-il tout à coup.

Ses yeux sont écarquillés, un souvenir enfoui est en train de refaire surface.

— J'ai vu un truc ce soir-là. Quelqu'un. Là-bas, poursuit-il en désignant la demeure d'en face. Devant cette maison. Il faisait nuit, mais il y avait quelqu'un. Je croyais que c'était un homme, puis il s'est retourné, et c'était une fille, en fait.

— Une fille ?

— Oui, enfin c'est ce que j'ai pensé. C'était dur à dire, elle avait une capuche.

Il baisse les yeux vers l'affiche qu'il tient dans la main et lit la description de la jeune fille disparue.

— Quel genre de capuche ? insiste-t-elle.

— Un sweat à capuche, je pense.

— Elle faisait quelle taille ?

— Ce n'était peut-être pas une fille. C'était peut-être… Je n'étais pas sobre. J'avais bu du vin. Pas mal de vin. Je ne me souviens plus très bien.

— Mais, dans vos souvenirs, à peu près quelle taille ?

— Je ne sais pas.

— Et c'était vers quelle heure ?

— Quand je suis arrivé chez moi. Vers minuit. Peut-être un peu plus tard.

L'inspectrice lui montre de nouveau l'affiche.

— Et ce n'était pas cette fille ?

— Je ne sais vraiment pas… Il faisait nuit, et j'avais bu. Je ne…

Il parle trop rapidement. Il sait qu'il paraît paniqué. Il regrette d'avoir évoqué cette fille à capuche. S'il n'avait rien dit, les agents seraient déjà repartis, et il serait tranquillement dans sa chambre.

— Ça nous aide déjà beaucoup. Merci pour ces informations. Si cela ne vous dérange pas, j'aimerais vous rappeler une fois qu'on aura interrogé les voisins d'en face.

Les voisins d'en face.

Ceux qui le dévisagent avec méfiance chaque fois qu'il les croise.

La grande dame blonde à l'air supérieur.

Leur fille, avec ses grosses cuisses.

Le père ridicule en legging qui monte et descend la colline à toute berzingue comme s'il avait des choses à oublier.

23

Cate, sac sur l'épaule, sort de chez elle pour se rendre au cabinet qu'elle loue à St John's Wood pour une consultation et se retrouve nez à nez avec une petite femme blonde accompagnée d'un policier. Elle s'arrête et les dévisage un moment, puis comprend qu'ils sont là pour parler de Saffyre Maddox.

— Bonjour. Désolée, j'étais en train de partir.

— Aucun problème, on repassera.

— Non, ça va. J'ai un peu de temps.

— Vous êtes sûre ?

Elle les invite à entrer dans le salon qu'elle vient de ranger, heureusement. Tous les coussins sont bien alignés.

— C'est un bel appartement, commente la femme.

— Oh, merci, mais il n'est pas à nous. Enfin, c'est une location, c'est temporaire.

— Je vois. J'adore ces hauts plafonds. Je suis l'inspectrice Currie, annonce-t-elle en lui présentant sa petite main. Et voici l'agent Rodrigues.

— Je peux vous offrir quelque chose à boire ?

— Non, ça ira, merci.

Ils s'asseyent. L'inspectrice sort un carnet.

— Nous enquêtons sur la disparition d'une lycéenne du quartier, explique-t-elle en lui tendant une feuille.

Cate fixe sans émotion apparente le portrait de Saffyre Maddox.

— Oui, j'en ai entendu parler dans les journaux.

— Vous êtes au courant de l'affaire, alors ?

Cate hoche la tête. Elle s'attend à ce que l'inspectrice enchaîne sur Roan, son rapport avec Saffyre Maddox, et est surprise quand elle lui demande :

— Vous vous souvenez de ce que vous avez fait le soir de la Saint-Valentin ?

— Oui, bien sûr. J'étais ici, à Hampstead, avec mon mari. On est sortis au pub puis au restaurant.

— À quelle heure êtes-vous rentrés ?

— Je dirais aux alentours de 23 h 30.

— Est-ce que vous avez remarqué quelque chose en rentrant ? Quelqu'un ?

Cate se tait. Elle pense à la silhouette qu'elle a aperçue en fermant les rideaux, mais elle n'en dit rien.

— Je ne crois pas.

— Vers minuit, peut-être ?

— Non, assure-t-elle en secouant la tête. J'étais au lit à cette heure-là.

— Et votre mari ?

— Mon mari ?

— Était-il au lit avec vous, à minuit ?

Elle ne se souvient pas, elle n'arrive pas à se rappeler.

— Oui, répond-elle d'une voix ferme. Je crois qu'il était là.

Elle regarde l'heure sur son portable.

— Je suis vraiment navrée, mais il faut que j'y aille. J'ai une consultation dans vingt minutes.

— Ah, vous êtes médecin ?

— Kiné.

L'inspectrice se lève.

— Excusez-nous, on ne vous dérange pas plus longtemps.

Ils partent en même temps, maladroitement. Les policiers observent les différentes sonnettes.

— Vous savez si vos voisins sont là ? lui demande l'inspectrice.

— Aucune idée, répond Cate avec un sourire désolé. Au revoir, lance-t-elle avant de s'éloigner d'eux, le cœur battant.

Roan a eu une aventure. Au début de leur mariage, alors qu'ils étaient encore très jeunes et qu'aucun de leurs amis n'étaient mariés.

Cate se doutait bien de ce qui se passait. Roan n'était pas très doué pour la dissimulation. Les préservatifs s'étaient mis à disparaître à une vitesse qui ne correspondait pas à la fréquence de leurs rapports, alors même qu'ils couchaient souvent ensemble. C'était avant la naissance des enfants. C'était Cate qui allait les chercher au planning familial, et elle s'était rapidement rendu compte que leur stock s'épuisait à vue d'œil.

Roan était encore étudiant à cette époque, et le problème venait en partie de là. Cate avait fini ses études trois ans auparavant et travaillait à temps plein dans un centre de rééducation. Pendant un ou deux ans, ils avaient mené des vies très différentes. Cate avait un salaire, passait ses journées avec des gens plus âgés et, à 22 heures, elle était sur les rotules. Roan ne gagnait rien, traînait avec d'autres étudiants et, à 22 heures, il était au pub.

Il couchait avec l'une de ses condisciples. Marie. Elle avait le même âge que Cate et les cheveux très longs. Le jour où Cate lui avait dit qu'elle savait, Roan avait mis un terme à leur liaison, qu'il refusait d'appeler ainsi, puisque pour lui ce n'était que « du cul ». Une heure plus tard, Marie avait sonné à leur porte, et Cate s'était retrouvée devant chez eux à réconforter cette fille qui pleurait toutes les larmes de son corps.

Quand elle était enfin retournée dans l'appartement, elle avait remarqué qu'un cheveu de Marie s'était pris dans son gilet. Elle l'avait attrapé entre deux doigts et l'avait observé un moment avant de le laisser tomber sur le sol. Roan était assis, tête baissée. Ses omoplates saillaient de son dos comme deux pics de regret, et il reniflait de temps en temps des ersatz de larmes.

— Elle est partie ?

Cate avait acquiescé et s'était servi un verre de vin.

— Est-ce que c'est fini entre nous ?

— Pardon ? lui avait-elle répondu avec un petit rire. On est mariés. Qu'est-ce que tu veux dire, fini ?

— Est-ce que c'est la fin de notre mariage ?

Elle se souvient d'avoir regardé longuement le cheveu solitaire de Marie, qui désormais ne lui appartenait plus. Il mesurait bien cinquante centimètres et formait un S sur la moquette. S comme sexe. S comme scandale. S comme salope. Elle avait pensé à la main de Roan dans ses cheveux pendant l'une de leurs sessions de « cul ». Elle avait réprimé un éclat de rire. C'était tellement pathétique.

— Je peux pas vivre sans toi. Tu le sais, non ? Je peux pas vivre sans *nous*.

Et il s'était mis à pleurer, vraiment, et ses épaules se soulevaient et s'abaissaient comme des pistons. C'était affreux. Elle était tellement choquée. Pendant un instant, elle s'était demandé si elle l'aimait. Si elle l'avait jamais aimé.

— Je mourrais sans toi, avait-il déclaré alors qu'elle lui tendait un mouchoir. Je crèverais.

Roan avait terminé la fac l'année suivante. Il avait rapidement été embauché au centre Portman et était devenu un homme sérieux, adulte, respecté et reconnu dans son métier. Au bout d'un moment, ils étaient devenus capables de rire de Marie, de sa dégaine ce soir-là, les yeux tout rouges, en pleurs dans les bras de Cate, dans la rue. Et le fait d'être capable d'en rire avait été un jalon important, la preuve que tout ce qui s'était passé n'était qu'une absurdité, un écart de conduite qui ne se reproduirait plus, une erreur qui n'avait rien à voir avec le couple qu'ils étaient devenus, les parents qu'ils étaient désormais, la vie qu'ils étaient en train de construire ensemble.

Personne n'était au courant.

Cate n'en avait jamais parlé, même à ses amis les plus proches.

C'était leur secret.

Et c'est pour ça qu'elle s'était tant inquiétée l'année précédente. C'est ce qu'elle lui avait dit.

— Ce n'est pas comme si ça n'était jamais arrivé.

Il avait dédaigné cette remarque, comme s'il s'agissait d'un argument sans valeur. Et elle avait accepté sa réaction, car elle avait tellement honte de la façon dont elle avait agi.

Elle comprend enfin que petit à petit, au bout de vingt-cinq ans, il avait retrouvé la position de pouvoir dans leur relation, niant complètement le pauvre petit être inconsolable et pathétique qui, dans leur appartement miteux de Kilburn, lui avait dit qu'il se tuerait si elle le quittait. Peut-être savait-il qu'à l'époque Cate s'était demandé si elle l'aimait vraiment. Et peut-être avait-il attendu tout ce temps une occasion de lui montrer que lui aussi pouvait douter de ses sentiments. Pour rétablir l'équilibre.

Leur mariage est solide. Ils ont vécu des épreuves ensemble, mais ils parviennent toujours à se remonter le moral.

Cate marche vers St John's Wood et son patient, le soleil pâle du matin souligne la rougeur de ses joues, et elle pense à la question de l'inspectrice. Elle revoit la silhouette dans la rue et se demande à nouveau où était Roan et ce qu'il faisait à minuit le soir de la Saint-Valentin.

24

— La police est venue ce matin, lui annonce-t-elle quand il rentre à la maison en début de soirée. Ils m'ont posé des questions sur Saffyre Maddox.

Roan n'a pas allumé son téléphone de la journée, et elle n'a pas eu l'occasion de lui raconter plus tôt.

— Ah oui ? Qu'est-ce qu'ils t'ont dit ?

— Ils menaient une enquête de voisinage, apparemment. Mais je ne les ai pas vus sonner à d'autres portes que la nôtre. Ils ne devraient pas tarder à prendre contact avec toi.

— Ils sont aussi passés me voir, lâche-t-il nonchalamment, comme si le fait que la police vienne l'interroger sur la disparition d'une de ses patientes lui arrivait tous les jours.

Cate a l'impression que, si elle ne lui en avait pas parlé, il ne lui aurait rien dit.

— Qu'est-ce qu'ils t'ont demandé ?

Il hausse les épaules, jette un coup d'œil au courrier du jour posé sur la table de la cuisine, puis dénoue son écharpe en laine.

— Je pense qu'ils voulaient se faire une meilleure idée de son profil psychologique. Essayer de comprendre ce qui a pu la pousser à fuguer.

— Fuguer ?

— Oui, mais je les ai informés que Saffyre n'était plus ma patiente depuis des mois. Je ne sais pas dans quel état d'esprit elle est aujourd'hui.

— Mais je croyais qu'elle avait disparu. En fait, c'est une fugue ?

Il la regarde froidement.

— Qu'est-ce que ça change ? Ça revient au même, tant qu'on n'a pas plus d'éléments.

— Mais si elle avait fugué, elle aurait pris un sac, non ?

— Peut-être qu'elle en a pris un, répond-il en haussant derechef les épaules.

— Oui, elle avait un sac, mais il était vide. Tiens, ajoute-t-elle en lui tendant le papier que l'inspectrice lui a laissé. Ils donnent tous les détails ici. Ils t'ont dit la même chose, j'imagine.

Elle insiste, car elle a l'impression d'être complice de cette disparition d'une façon ou d'une autre. Elle est persuadée qu'elle est liée à cette affaire.

— Non, ils ne m'ont rien dit de tel. Ils m'ont fourni très peu d'informations. Ils sont venus pour me poser des questions sur ce qui l'avait poussée à me consulter.

— Et alors, qu'est-ce que tu leur as dit ?

Il la regarde à nouveau.

— Tu sais très bien que je ne peux pas t'en parler.

— Mais ce n'est plus ta patiente, je pense que…

— Non, l'interrompt-il brusquement. Je ne peux pas. Et je suis choqué que tu oses me demander de te livrer ce genre de confidences.

Et le revoilà, l'homme de l'an passé, l'homme nerveux qui se justifiait en permanence et qu'elle a failli quitter à cause du doute insoutenable qu'il alimentait avec ce type de comportement. L'homme qui avait fait d'elle une femme folle, mauvaise et toxique. Mais, cette fois, c'est différent. Ce n'est pas son imagination qui lui joue des tours ; cette fois, un événement anormal s'est effectivement produit : une jeune fille a disparu.

— Est-ce que c'était quelque chose qui aurait pu l'inciter à partir ? Bien sûr, je ne veux pas que tu me racontes dans le détail, mais as-tu des raisons de penser qu'elle était instable ?

Tant pis si elle le pousse dans ses retranchements, c'est le cadet de ses soucis.

Il pose les mains sur la table et lève la tête vers elle.

— J'ai mis un terme à sa thérapie parce qu'elle allait mieux. Elle avait arrêté certains mécanismes d'autodestruction. Je ne sais pas ce qu'il s'est passé ensuite. J'ignore tout de ce qu'il se passait dans sa vie quand elle a disparu.

— Tu ne l'as jamais revue ?

Il soupire bruyamment, pour bien lui faire comprendre qu'elle exagère.

— Non.

— Qu'est-ce qui a pu lui arriver, d'après toi ?

— Je n'en sais rien. Elle a dix-sept ans. Une enfance difficile. Des traumatismes enfouis. Il a pu se passer n'importe quoi.

Il a l'air de trouver toute cette histoire particulièrement inintéressante. Il en parle avec un détachement total.

— On dirait que tu t'en fiches, lui lance-t-elle.

— Bien sûr que non, proteste-t-il en levant les yeux au ciel.

— Si, je t'assure, on dirait que tu n'en as rien à faire.

— Le souci professionnel que j'ai pour mes patients, c'est une chose, mais Saffyre n'est plus l'une de mes patientes. Évidemment, je m'inquiète pour elle. Je suis préoccupé par sa disparition. Mais qu'est-ce que tu veux que j'y fasse ?

Cate se tait. Elle attrape les deux tasses sur la table et les pose dans l'évier. Puis elle appuie les mains sur le plan de travail et regarde par la fenêtre.

— Ils m'ont demandé où tu étais ce soir-là. Tu sais, le soir de la Saint-Valentin.

Il ne réagit pas.

— J'ai dit qu'on était au lit.

— C'est vrai.

— Moi, j'étais au lit. Toi… je ne sais pas. Je t'ai attendu pendant un bon moment. Et quand tu es arrivé, je t'ai demandé ce que tu avais fait, tu m'as répondu : « Rien de spécial », et on a couché ensemble.

— Et ?

— Qu'est-ce que tu faisais ?

Et voilà. La question de trop. Ils se retrouvent immédiatement plongés dans l'enfer de l'année précédente.

— Cate…, commence-t-il de ce ton patient qu'elle avait appris à connaître à l'époque, semblant signifier : « Est-ce qu'il faut vraiment que je tolère tous tes délires ? » Qu'est-ce que tu insinues par là ?

Elle détache ses doigts du plan de travail et se retourne vers lui, un sourire aux lèvres. Elle ne veut pas revivre ça.

— Rien, dit-elle d'une voix légère. Rien du tout.

25

Saffyre

J'ai vu la liaison de Roan Fours et de la femme rousse se développer au fil des mois.

Elle s'appelait Alicia. Je l'avais entendu la héler une fois sur le parking du centre. Ils allaient souvent au pub un peu craignos au bout de la rue. Ils s'asseyaient dans un coin reculé du jardin et se parlaient comme s'ils étaient capables de mourir l'un pour l'autre. Ils allaient plutôt bien ensemble, malgré leur écart d'âge. D'une certaine façon, c'était un couple mieux assorti que celui qu'il formait avec sa femme. Mme Fours donnait parfois l'impression d'avoir prématurément vieilli, alors que Roan avait encore cet air juvénile. Il ne semblait jamais fatigué ni stressé, il donnait l'impression de sortir tout juste de la douche, ou de revenir de congé, toujours prêt à l'action. Il rayonnait. Je ne sais pas exactement quel âge il avait, probablement autour de la cinquantaine. Alicia était beaucoup plus jeune. Mais ils allaient tout de même bien ensemble.

J'ai cherché sur Internet et trouvé une psychologue junior travaillant au centre Portman qui s'appelait Alicia Mathers. Son CV était disponible en ligne. Elle avait obtenu une licence et un master de psychologie à l'University College de Londres, puis un doctorat. C'était une fille brillante. Une fois, je l'avais suivie jusque chez elle après l'un de leurs rendez-vous (ils se quittaient rarement après 20 ou 21 heures). Elle vivait dans un petit bâtiment sans charme situé près de Willesden Lane. J'avais vu une lumière s'allumer au quatrième étage quelques instants après qu'elle était rentrée. Je savais donc où elle habitait. Cela pouvait toujours être utile. J'avais pris quelques photos et j'étais partie.

Bien entendu, papi et Aaron s'inquiétaient un peu que je traîne autant de temps à l'extérieur. Je leur répondais des choses un peu cliché, comme : « J'ai dix-sept ans maintenant, je suis presque une adulte, laissez-moi respirer. » C'était surtout Aaron qui se faisait du mouron. Une fois, il m'avait même dit :

— Tu as l'air sous pression, Saff, peut-être qu'on devrait rappeler le docteur Fours ?

Aaron *adorait* Roan, c'était son héros. Il le vénérait, genre.

— N'importe quoi. Pourquoi ?

— Je sais pas. Peut-être que tu stresses pour tes exams ? Peut-être qu'il se passe quelque chose dans ta vie. Je sais pas... Tu as un copain ?

J'avais ri. Je n'avais jamais eu de mec et je pensais sincèrement que je n'en aurais jamais. Cette part de moi s'était fanée le jour où Harrison John avait fait ce qu'il m'avait fait quand j'avais dix ans. Lorsque je regardais un garçon, j'étais capable de voir qu'il avait de beaux yeux, un visage harmonieux, un corps musclé, mais ça ne se transformait jamais en émotion ni en désir. Je n'avais jamais *envie* d'eux ou de leur attention.

— Non, pas de copain. Mais je me balade pas mal ces temps-ci pour me vider la tête.

Parfois, quand j'avais une heure de trou dans la journée, j'allais espionner la femme de Roan. Elle me faisait pitié. Elle portait de beaux jeans, des tuniques fleuries, elle faisait ses courses, achetait de quoi préparer le repas pour sa famille, faisait les lits, répondait au courrier, nettoyait le réfrigérateur, passait la serpillière, et toutes ces corvées que se coltinent les femmes au foyer de la classe moyenne. Et tout ça pour quoi ? Pour qu'un soir son mari rentre à la maison et lui annonce qu'il en avait rencontré une autre, plus jeune et plus belle, et qu'il voulait pouvoir coucher avec elle quand cela lui chantait.

Et ensuite ? Que se passerait-il pour cette pauvre femme qui avait un métier presque illusoire et des enfants qui quitteraient bientôt le nid ? Que deviendrait Cate Fours ? J'avais de la peine pour elle, vraiment. C'est terrible de savoir des secrets que les autres ignorent. Ça vous donne l'impression d'être responsable de leur malheur.

Vers la fin de l'été, j'ai eu les résultats de mes examens de fin d'année (que des notes entre seize et vingt, au cas où vous vous demanderiez), et un incident étrange s'est produit.

C'était un vendredi soir, il était déjà tard. J'étais allée dîner chez ma copine Jasmin, et elle se préparait à sortir danser. Moi, je ne voulais pas l'accompagner. C'est pas vraiment mon truc, les boîtes. Mais j'aime bien regarder mes copines se pomponner, écouter de la musique, manger un poulet tikka, et j'adore Jasmin, donc je traînais souvent chez elle.

Il était 21 heures quand je suis partie. Le ciel s'assombrissait, mais il faisait encore chaud. J'avais pris un chemin qui me faisait passer devant chez Roan. Je n'avais pas l'intention de rester longtemps, je voulais juste jeter un coup d'œil puis continuer ma route. À ce moment-là déjà, c'était devenu une routine. J'étais comme un chien, un mouton ou un pigeon, mes pas me guidaient automatiquement dans sa rue.

Cette fois, comme je venais de chez Jasmin, je suis arrivée par l'autre côté et j'ai longé le terrain en construction, dans la rue perpendiculaire. J'ai tout de suite reconnu l'odeur. Le parfum si fort et caractéristique de la weed. J'ai tendu le cou à travers les branchages pour voir ce qui se tramait. Au début, je ne distinguais rien, puis j'ai vu la lueur d'un écran de téléphone et le bout rougeoyant d'un gros joint. Puis un visage, celui d'un garçon. Il était tout seul. Il avait l'air jeune. Chaque fois qu'il inspirait, la braise s'allumait. La lumière de son portable s'est éteinte. Il s'est retourné pour regarder derrière lui. Il a fait un petit bruit et plongé la main dans sa poche. Il en a tiré quelque chose et s'est retourné à nouveau, en faisant le même son.

Et là je l'ai vu, le renard. Il ne bougeait plus et fixait le garçon. Je me suis dit qu'il allait finir par déguerpir, comme tous les renards qu'on peut croiser dans la rue. Mais non. Il s'est mis à avancer très lentement, pas à pas, le museau baissé, les épaules relevées. Il vérifiait ses arrières régulièrement. Au bout d'un moment, il est arrivé à hauteur du garçon, juste à côté de lui. Le garçon lui a dit : « Bonsoir, monsieur » et lui a tendu un truc à manger. Le renard l'a pris dans sa gueule et s'est éloigné un peu. Il a laissé tomber la nourriture et a commencé à manger méthodiquement. Quelques minutes plus tard, le garçon lui a tendu un nouveau morceau entre l'index et le pouce. Le renard est revenu vers lui et l'a pris tranquillement.

Et là, de façon surnaturelle, le garçon a caressé la tête du renard, qui n'a pas bronché.

J'aurais pu me démettre la mâchoire. Je n'avais jamais rien vu de tel. J'ai pris une photo : le garçon et le renard, l'un à côté de l'autre, au moment où l'animal se retournait pour le regarder. Comme un chien et son maître.

Le garçon a fini son joint et l'a écrasé sur le sol. Le renard a entendu un bruit au loin et s'est carapaté. Le garçon s'est redressé, a attrapé son sac à dos, épousseté son pantalon d'une main. Je me suis éloignée brusquement pour qu'il ne puisse pas me voir. J'ai sorti mon portable et ouvert Snapchat en moins de deux. Il a écarté les branchages, est monté sur le mur et a sauté dans la rue. Je l'ai vu tourner à l'angle et marcher d'un pas nonchalant jusqu'à la maison de Roan. C'est seulement à ce moment-là que j'ai capté qui c'était : le fils. La grande tige.

Je me suis dit : toutes les familles ont leur mouton noir, leur personnage mystérieux. Dans ma famille, c'est moi, sans aucun doute. Et, apparemment, je venais de découvrir qui c'était chez les Fours. Où est-ce que ce gamin se fournissait ? Pourquoi est-ce qu'il fumait tout seul dans un terrain vague ? Et qu'est-ce qu'il foutait avec un renard ? C'était quoi son délire à la Docteur Dolittle ?

Quand je suis rentrée, j'ai regardé la photo. Je l'adorais. Le garçon avait une bonne tête, un peu comme son père mais en plus joufflu. Avec les teintes sombres de la photo, ses cheveux en pétard, ses traits bruts, marqués, son air sérieux, on aurait pu penser qu'il sortait de l'époque victorienne. J'ai zoomé sur le renard, ses yeux qui regardaient le garçon, la lumière de la rue qui illuminait une moustache. Si beau. Si calme. Avec cette photo, j'aurais pu gagner un prix.

Je l'ai mise en favori.

J'ai éteint mon téléphone, fermé mon ordinateur et, pendant que Jasmin allait en ville avec sa poitrine moulée dans son crop top et une flasque de vodka dans son sac à main, pendant que Roan faisait ce que Roan faisait le vendredi soir avec cette magnifique thésarde préraphaélite, pendant que son fils s'asseyait sur son lit, défoncé et les poches pleines de viande, je me suis glissée sous ma couette et j'ai ouvert un bouquin.

26

Le lendemain matin, la rue de Cate est bouclée par la police. Deux voitures sont garées en travers de la route à chaque extrémité, leurs sirènes bleues illuminant par intermittence les murs de leur chambre. Une camionnette banalisée stationne au milieu de la chaussée, et deux policiers en uniforme sont plantés à côté du cordon pour dire aux gens de passer par une autre rue. Cate voit des rideaux se lever, des voisins ouvrir leur porte en peignoir.

Georgia entre dans la chambre.

— C'est quoi, ce bordel ?

— Je n'en sais rien. Ça doit être en rapport avec la disparition de Saffyre Maddox.

— Oh, mon Dieu ! s'exclame Georgia en plaquant ses paumes sur ses joues. Tu penses qu'ils l'ont retrouvée ? Son corps ?

— Georgia, ne parle pas comme ça. C'est…

La voix de Cate s'éteint. Bien sûr, elle y a aussi pensé. Le portail en bois du terrain en face est grand ouvert, et des policiers en civil vont et viennent.

— Je vais aller me renseigner, l'informe Georgia en tournant les talons.

— Non, chérie, laisse-les travailler…

Elle entend la porte de l'appartement se refermer et voit sa fille, en pantalon de pyjama et sweat à capuche, essayer de mettre correctement ses baskets tout en avançant vers les policiers. Elle s'arrête face à eux, les mains dans les poches. Cate la regarde acquiescer, secouer la tête, montrer du doigt le chantier, puis leur maison. Au bout d'un moment, elle revient vers leur appartement. Cate va l'attendre dans le couloir.

— Alors ?

Georgia se déchausse sans se baisser et va dans la cuisine, parlant à Cate par-dessus son épaule.

— Ils ont trouvé quelque chose dans le terrain vague. La police scientifique fait des prélèvements. J'ai demandé si c'était un corps. Apparemment pas. J'ai demandé si c'était lié à Saffyre Maddox, mais ils n'ont rien dit de plus. Ils vont rester là toute la journée, peut-être demain aussi.

Cate hoche la tête. Son estomac se soulève. Elle regarde l'heure, 9 heures passées. Roan est sorti tôt ce matin, vers 7 heures. Elle se demande si la police était déjà là quand il est parti. Ce qu'il a ressenti. Elle lui envoie un message sur WhatsApp.

La police a bloqué la rue. Ils ont trouvé quelque chose dans le terrain d'en face. Tu sais ce qu'il se passe ?

La coche reste grise. Elle repose son portable et allume la bouilloire.

— Tu veux un thé ? propose-t-elle à sa fille, qui est en train de manger un petit roulé au chocolat.

— Non merci, m'man. Je retourne au lit.

Elle enlève son pull et le pose sur le dossier d'une chaise. Elle fait tomber l'emballage de son biscuit dans les environs de la poubelle, et le papier gras atterrit sur le sol. Cate s'apprête à l'appeler pour qu'elle le ramasse, mais elle ne trouve pas le courage, soupire et s'en charge elle-même.

De petites décharges parcourent son système nerveux.

Elle ouvre le tiroir à torchons et en extrait l'étrange carte de Saint-Valentin.

Elle se rend compte que la carte de Molly n'a pas la même forme que l'enveloppe. Elle est un peu trop haute et pas assez large. Cette carte n'est pas arrivée dans cette enveloppe. Elle la sort, l'ouvre et la lit à nouveau. La petite Molly. Ce doit être une enfant très étrange, pour envoyer des cartes de Saint-Valentin à des hommes adultes.

Elle manipule la carte dans ses mains, l'examine sous tous les angles afin de repérer un indice qui lui permettrait de comprendre. Mais il n'y a rien d'autre. Après tout, c'est le travail de son mari de s'occuper d'enfants bizarres. Est-il vraiment surprenant qu'une de ses petites patientes se comporte d'une façon inadaptée avec lui ?

Elle soupire et range la carte dans le tiroir.

Elle se retourne et sursaute. Josh est là. En peignoir, les cheveux en pétard.

— Pourquoi il y a tous ces policiers dehors ?

— On ne sait pas vraiment. C'est en rapport avec cette fille qui a disparu, manifestement. Ils ont trouvé quelque chose en face. La police scientifique est arrivée.

— Ah ouais ? réagit-il en filant dans le couloir et entrant dans la chambre de sa mère pour se poster devant la fenêtre.

Elle le suit. L'arrière de son crâne est rasé à blanc depuis la veille, quand il s'est fait faire la coupe Peaky Blinders que tous les garçons ont en ce moment et qui donne l'impression que leur tête est trop grosse pour leur corps.

Elle marche jusqu'à lui. Ils observent un homme et une femme en civil sortir du chantier en portant des boîtes en plastique entre les mains. Les policiers qui surveillent la rue ouvrent le cordon un instant pour permettre à un autre véhicule de police de s'approcher. Deux personnes en sortent. Cate reconnaît immédiatement l'inspectrice qui était dans son salon la veille, celle qui voulait savoir ce qu'elle faisait à minuit le soir de la Saint-Valentin. On compte une cinquantaine de rues entre Alfred Road, où habite Saffyre, et Hampstead, là où elle a dit à son oncle qu'elle se rendait. Des milliers de maisons et d'immeubles. Des dizaines de milliers de personnes. Et pourtant la police a sonné à sa porte, s'est assise sur son canapé, s'inquiète de son emploi du temps et fouille le terrain vague en face de chez elle. Sans parler du fait que la jeune fille disparue avait son mari pour psy.

Josh et elle lèvent la tête en même temps en entendant le bruit d'un hélicoptère.

— Des journalistes. Je me demande comment ils ont su.

— Il suffit d'un coup de fil. On ne peut pas dire que la police soit particulièrement discrète.

Cate remarque un mouvement de l'autre côté de la rue, et la porte de la maison d'en face s'ouvre. C'est le voisin bizarre. Elle se recule légèrement pour ne pas être visible.

Derrière lui se tient la femme avec qui il a l'air d'habiter, la grande dame distinguée aux cheveux gris qu'elle avait vue chercher ses clés dans son sac il y a quelques semaines. Derrière elle, Cate aperçoit un grand échalas aux cheveux gris gominés en arrière.

Ils sortent lentement. L'homme âgé lève la tête, cherchant l'hélicoptère des yeux. La femme marche vers un policier et lui pose des questions. Les deux hommes ne bougent pas, ne se parlent pas. Soudain, Cate se dit que l'étrange voisin a peut-être un rapport avec tout ça, qu'il est possible que ce soit à cause de lui que la police soit venue l'interroger.

Elle se fait violence pour l'observer en détail, malgré le dégoût qu'elle éprouve. Il a une paume plaquée sur la bouche, un bras replié autour du ventre. Il se retourne en permanence vers le chantier. Au bout d'une minute, il laisse le couple âgé et disparaît dans la maison.

Cate voit l'inspectrice discuter avec les deux personnes qui sont sorties du terrain en construction en portant des boîtes en plastique. Elle leur pose une question. La femme acquiesce, mais l'homme secoue la tête en signe de dénégation. Ils jettent un coup d'œil vers le chantier. Puis l'inspectrice se retourne vers leur maison, vers Cate. Comme s'ils étaient en train de parler d'elle, de sa famille.

— Viens, dit-elle à Josh, qui ne respire plus depuis deux minutes. Laissons-les faire leur travail.

Elle appuie la main sur son épaule et le sent se dérober légèrement.

— Non, je veux rester regarder.

Cate soupire.

— D'accord. Tu veux un thé ?

— Oui, s'il te plaît. Merci. Je t'aime.

— Moi aussi, mon chéri.

Elle ressent un pincement au cœur en pensant à son fils. À ce garçon si doux, plein d'amour, au crâne rasé, vulnérable.

27

Owen entend les pales de l'hélicoptère déchirer le ciel. Il ouvre la fenêtre de sa chambre pour essayer de le repérer. À cette époque de l'année, quand la nature a été mise à nu par l'hiver, il peut distinguer certaines parties du grand terrain vague à côté de chez eux.

Avant, il y avait un manoir à cet endroit. Winterham House. Pendant des décennies, personne n'avait touché à ses carreaux brisés, son lierre qui envahissait les balcons branlants, ses cheminées écroulées, les graffitis qui tapissaient ses murs, l'herbe qui poussait de façon anarchique. Owen s'était installé chez Tessie deux mois avant la démolition. Fasciné, il avait assisté au démantèlement de la bâtisse, brique par brique, toutes les belles pièces qui étaient empilées dans des camionnettes pour être revendues à des prix exorbitants chez des antiquaires, les matériaux que l'on réutiliserait, et tout le reste détruit en morceaux assez petits pour rentrer dans des remorques. Cela leur avait pris environ trois mois, puis les ouvriers étaient partis, et la poussière, le bruit, tout s'était arrêté. La lumière filtrait à travers les arbres, des oiseaux chantaient, les renards étaient revenus, et chaque été le terrain se couvrait de fleurs des champs. Certains soirs, Owen entendait des ados qui s'y regroupaient, et l'odeur des joints entrait dans sa chambre.

Un jour, une affichette était apparue dans la rue indiquant qu'un promoteur avait proposé de construire cinq grandes demeures luxueuses sur le terrain. Tout le quartier s'était réuni pour s'opposer au projet, bien sûr. Finalement, le promoteur avait accepté d'édifier de plus petites maisons et de préserver en partie la végétation et l'atmosphère du lieu. Cela faisait quatre ans qu'il avait reçu l'autorisation de démarrer les travaux, pourtant le chantier était au point mort.

Cette vue dégagée et verdoyante avait toujours donné l'impression à Owen qu'il vivait seul, en pleine nature. De sa chambre, on ne voyait que des arbres. Aucun signe de la vie citadine.

Mais, en se penchant par la fenêtre, il se rend compte que cette oasis silencieuse est maintenant noire de monde. Des gens s'interpellent, des talkies-walkies crépitent. Le va-et-vient des équipes de police sur le terrain, le bruit de l'hélicoptère. Il imagine que c'est lié à la disparition de cette fille, celle dont la police lui a montré le portait la veille. C'est probablement la faute d'Owen s'ils sont là, parce que bêtement il leur a parlé de la silhouette qu'il avait vue dans la rue le soir de la Saint-Valentin. Alors qu'il n'est même pas sûr de ne pas avoir rêvé. Toute cette soirée est floue. C'est comme regarder un film en accéléré et s'arrêter un instant sur une image avant que le rythme effréné ne reprenne. Il ne se souvient même pas de comment il s'est endormi. Le lendemain, au réveil, il portait encore sa chemise et une chaussette.

Il sort dans le couloir. Tessie et Barry sont déjà là, sur le pas de la porte, essayant de voir ce qu'il se passe.

— Ils ont trouvé quelque chose, lui annonce sa tante. En lien avec la disparition sur laquelle ils t'ont interrogé, cette fille sur l'affiche.

— Qu'est-ce qu'ils ont découvert ?

— Ils ne m'ont pas dit. La rue va rester bloquée toute la journée. Ils vont également fouiller le jardin.

— Quel jardin ?

— Le nôtre, celui de la maison. Je leur ai donné la permission d'y aller.

Owen cille.

— Ce n'est pas un problème, si ? demande Tessie en plissant les yeux.

— Bien sûr que non. Pourquoi c'en serait un ?

— Je ne sais pas. Tu pourrais voir ça comme une intrusion dans ta vie privée. Ou une sottise de cet acabit.

— C'est pas mon jardin, à ce que je sache. C'est celui de toute la maison.

— Tout à fait, tu as raison.

Les enquêteurs sont dans leur jardin, maintenant. Ils examinent les fourrés, les tas de vieux outils de jardinage rouillés que personne n'utilise. Owen les regarde, il essaie de comprendre ce qu'ils se disent. Il perçoit des bribes de conversation, mais ce n'est pas suffisant pour se forger une idée de la situation.

Plusieurs policiers se sont regroupés à l'arrière de la maison, sous sa fenêtre. Une vague d'angoisse submerge Owen qui se réfugie dans sa chambre.

Un homme en interpelle un autre.

— Ici, il y a un truc. File-moi la lampe.

Owen retient son souffle, il se tient à côté de la fenêtre, dos au mur, tout ouïe.

— Appelle la cheffe.

Quelqu'un se met à courir, il entend les graviers crisser, on prononce le nom de l'inspectrice Currie.

Quelques instants plus tard, il entend sa voix.

— Qu'est-ce qu'on a ?

Owen jette un coup d'œil discret par la fenêtre. Il voit le sommet de trois têtes, une lumière qui éclaire la pelouse, un objet rose doré qui scintille. Des gants écartent délicatement les brins d'herbe. Une coque de téléphone est extraite du sol et déposée dans un sachet en plastique.

L'air est électrique, le désastre imminent. Quelque chose d'épouvantable va se produire.

Les pales de l'hélicoptère tournoient au-dessus de sa tête comme des hardes de gnous piétinant un sol noir.

Owen s'éloigne de la fenêtre et s'écroule contre le mur.

28

Saffyre

Le fils de Roan s'appelait Josh. Joshua Fours. Un nom qu'on est obligé de prononcer avec un accent bourge. Il allait au collège en face de chez moi. Je l'ai aperçu à quelques reprises, cet automne-là. En temps normal, je ne l'aurais jamais remarqué. C'était juste un grand mec dégingandé avec une veste The North Face et des baskets noires. Il traînait toujours avec un autre gamin, qui, étrangement, avait les cheveux roux et le visage pointu, comme s'il était l'incarnation humaine d'un renard. Apparemment, Josh aimait les gens qui ressemblaient à des goupils.

Je l'ai suivi plusieurs fois jusque chez lui. Il marchait lentement, à la vitesse d'une tortue. S'il regardait un truc sur son portable, il s'arrêtait au beau milieu de la rue, faisant totalement abstraction des gens qui évoluaient autour de lui. Parfois, il traversait sans raison, puis changeait à nouveau de trottoir quelques minutes plus tard. On aurait dit qu'il faisait tout son possible pour prolonger le trajet. Peut-être qu'il n'avait pas envie de rentrer chez lui, après tout.

Souvent, il se faufilait dans le terrain vague pour fumer un joint. Une fois, il a emmené le garçon aux cheveux roux. Ils se marraient, et ça me faisait chaud au cœur qu'il ait quelqu'un avec qui rigoler.

Un jour, fin septembre, alors que je venais d'entamer ma dernière année, je suis allée à mon cours du jeudi au dojo, et il était là, pâle et nerveux. Il faisait un essai. J'étais un peu en avance, alors je me suis assise pour le regarder. Il dépassait tous les autres d'une tête. C'était un cours pour les débutants, alors il y avait surtout des petits. Je n'arrivais pas à m'expliquer ce que ce fumeur de weed qui traînait des pieds et parlait aux renards fabriquait là. Ce n'était pas son genre.

Pour les derniers exercices, il avait été mis avec une fille assez menue. Il semblait mal à l'aise, et elle résignée.

Le cours s'est terminé, et le prof leur a appris les formules de respect du dojo :

Gamsa hamnida.

Hae san.

Il s'est précipité au vestiaire et est réapparu un moment plus tard en uniforme scolaire, avec sa veste The North Face et son sac à dos. Il a remarqué que je le regardais, alors je lui ai fait un petit salut. Il a rougi et est parti.

J'avais l'impression que c'était un signe, que ce garçon soit là, dans mon dojo. Je me suis demandé s'il m'avait suivie, s'il voulait me prendre à mon propre jeu, genre pour me faire comprendre qu'il savait ce que je faisais. Mais je crois qu'il n'avait aucune idée de qui j'étais. En tout cas, il n'avait pas eu l'air de me reconnaître.

La fois suivante, j'étais un peu en retard et je me suis retrouvée avec lui au vestiaire. Le rideau était tiré. Deux petits étaient assis, se battant avec les lacets de leurs chaussures. J'ai retiré ma veste et mon pull à capuche, puis les ai accrochés à une patère. Je me suis tournée vers Josh.

—Alors, ça te plaît ?

Il m'a lancé un de ces regards, comme si j'étais la première personne à lui adresser la parole de sa vie.

— Quoi ?
— Ça te plaît ? T'es nouveau, non ?
— Ça va, ouais, a-t-il répondu en hochant la tête.
— Qu'est-ce qui te motive ?
— Hein ?
— Pourquoi tu viens ici ? Moi, j'ai commencé à six ans, pour ne plus avoir peur dans la rue, tu vois. Je me demande pourquoi toi tu fais ça.
— Pareil.
— Pour te défendre ?
— Ouais, c'est ça. Je me suis fait agresser.
— Merde. C'était quand ?
— Genre il y a deux-trois semaines.
— Putain. C'est horrible.

J'ai regardé les petits assis au sol et je me suis excusée pour le gros mot qui était sorti tout seul.

— Ils t'ont fait mal ?
— Non, pas trop, m'a-t-il dit en haussant les épaules. Mais je me suis pas vraiment défendu, tu vois…

Oui, je voyais. Je voyais même très bien.

— Tu sais qui c'était ?
— Non, un mec à capuche.
— Ça fait flipper.
— Grave.

Il a attrapé son sac et est parti sans dire au revoir.

Il n'est jamais revenu.

Un soir, un peu après que j'avais vu Josh au dojo la première fois, je suis arrivée à la maison et j'ai trouvé mon grand-père avachi dans son fauteuil. Sa peau était grise.

— Papi, ça va ?

—Je crois. Je ne suis pas sûr.

Il m'a dit qu'il avait une indigestion, alors je lui ai apporté une tablette de Rennie. Il se massait le torse et grimaçait beaucoup.

Aaron est rentré et a appelé une ambulance.

Quelques heures plus tard, j'étais assise sur une chaise en plastique qui grinçait dans une chambre d'hôpital, je tenais la main de mon grand-père et lui répétais que tout allait bien se passer.

Mais ce ne fut pas le cas.

Pas du tout.

Papi resta trois jours en observation, on lui fit toutes sortes d'examens. On lui dit qu'il avait une angine de poitrine puis, après d'autres radios, qu'il avait une maladie coronarienne. On le renvoya à la maison avec moult contre-indications médicales, interdictions alimentaires et prescriptions de médicaments. Et papi n'avait pas l'intention de s'y tenir. Il avait perdu sa femme et sa fille, il souffrait depuis des années, il n'avait pas de vie sociale, pas de travail, et maintenant que j'avais bien grandi, que j'étais presque adulte, il ne voyait pas trop l'intérêt de tout changer simplement pour qu'on passe les vingt prochaines années à s'occuper de lui.

Il ne touchait pas aux bonnes choses que Aaron lui préparait, il laissait son traitement traîner sur la table à côté de son fauteuil et refusait de sortir faire de petites balades avec moi. Avant même qu'on ait pu essayer de lui sauver la vie, il a fait une crise cardiaque. Il est mort. Il n'avait que cinquante-neuf ans. Ça paraît tellement plus jeune que soixante ans, quand on parle d'un décès.

Voilà. Plus de père, plus de mère, plus de grands-parents. Juste deux oncles et deux petites cousines. Ça ne faisait pas beaucoup.

Pendant une semaine après l'enterrement de papi, je ne suis pas sortie de mon lit. Je me sentais vide. Si on m'avait soufflé dessus, je me serais envolée. Si on m'avait touchée, je me serais brisée.

Pour la première fois dans ma scolarité, j'ai pris du retard.

Aaron est allé au lycée pour discuter avec mes profs, et on m'a envoyé cette dame, une sorte de psychologue, ou d'assistante sociale, ou je ne sais quoi, enfin une femme que je n'avais jamais vue de ma vie. Elle avait une sale tête, on aurait dit une boule de pâte pas cuite. C'est pas comme dans les films, vous savez. Ce n'est jamais Sandra Bullock qui ouvre la porte et chamboule votre existence. Elle était assise à un bout de notre petite table à manger, en face de moi, et on tenait toutes les deux entre nos mains une tasse de thé qu'Aaron avait préparé, et elle me parlait, des mots sortaient de sa bouche, beaucoup, et c'était des bons mots, elle était gentille et tout, mais dès qu'elle est partie je suis retournée me coucher.

C'est le soir du 5 novembre, la nuit de Guy Fawkes, que je me suis secouée. Avec Aaron, on avait grimpé sur le dossier du canapé et on avait ouvert les rideaux pour voir le ciel s'embraser de feux d'artifice de toutes les couleurs. C'était bizarre de faire ça sans papi, mais je me suis aussi rendu compte que la vie suivait son cours. Ça fait vraiment cliché, mais c'est vrai. Les feux d'artifice explosent, les gens les regardent avec émerveillement, les enfants fument des pétards, et les renards continuent de fureter dans la nuit, à la recherche d'une proie à se mettre sous la dent.

J'ai enfilé ma doudoune et j'ai dit à Aaron que j'allais chercher de la limonade à l'épicerie en bas. À la place, j'ai acheté un sachet de nuggets de poulet et je me suis mise en route vers Hampstead, passant d'une avenue arborée à l'autre, observant les feux d'artifice qui explosaient dans les jardins derrière les maisons, les traînées de paillettes qui illuminaient le ciel par-delà la cime des vieux arbres. Au coin de la rue de Roan, je me suis glissée dans l'interstice que Josh empruntait pour entrer dans le terrain vague. Il ne faisait pas froid, alors j'ai enlevé mon manteau pour m'asseoir dessus.

J'ai ouvert le sachet de viande et je l'ai posé sur les graviers mouillés à côté de moi, espérant que le parfum de poulet se répandrait dans l'air. J'ai écrit à Aaron.

Je vais chez Jasmin. À plus !

Tout va bien ?

J'étais en train de lui répondre quand j'ai entendu du bruit derrière moi. C'était lui, le renard. J'ai lâché mon téléphone sur mes genoux et j'ai retenu mon souffle. J'entendais ses petites pattes se déplacer sur les graviers, s'approcher de moi. J'ai plongé la main dans le sachet de poulet (enfin, si c'est vraiment du poulet là-dedans…) et j'en ai tendu un morceau vers lui. Je ne me suis pas retournée. J'entendais sa respiration, une sorte de sifflement rapide, nerveux. Il s'est arrêté à quelques centimètres de moi. Puis j'ai senti la chaleur de sa truffe sur la peau de ma main. J'ai fait tomber le morceau et je l'ai entendu le chiper sur le sol. Il ne s'est pas éloigné. Alors j'ai rapproché la nourriture de moi, devant mes pieds, pour voir s'il la suivrait. Et voilà, il était là, juste à côté de moi, les yeux pleins d'espoir fixés sur le sachet, comme si c'était mon chien.

—T'en veux un autre ?

Il ne m'a pas regardée. Il ne quittait pas le sachet des yeux, deux petits points couleur de pain d'épices qui ne déviaient pas de leur objectif.

— Tiens, c'est pour toi, lui ai-je annoncé en sortant un autre nugget du sachet.

Il y a eu une grande explosion juste au-dessus de nous, et pendant un moment j'ai cru qu'il allait se carapater. Mais non, il n'a pas bougé. Soudain, j'ai vu sa gueule entrer dans mon champ de vision et je l'ai senti prendre le morceau de poulet directement entre mes doigts. J'ai inspiré si fort que j'ai failli m'étouffer.

Je me suis rendu compte que j'étais enfin à ma place, comme pendant l'anniversaire de Lexie avec les animaux, quand l'animateur m'avait donné Harry la chouette. Toute la noirceur à l'intérieur de moi s'est transformée en scintillements. Tout à coup, je me sentais reliée au sol, au ciel, aux arbres, au vent, d'une façon si puissante que j'en ai eu le souffle coupé. Des frissons ont parcouru ma colonne vertébrale. Je me suis mise à rire et je me suis couvert la bouche avec la paume. J'ai levé les yeux vers le ciel tacheté de poudre et j'ai repéré une étoile un peu effacée, sale, mais elle était là. J'ai joint les mains.

— Je t'aime, papi. Je t'aime, mamie. Je t'aime, maman.

J'ai repris mon téléphone et j'ai écrit à Aaron.

Tout va bien ! ☺

Le renard était toujours là, à mes côtés.

Je lui donnais plus de poulet et je riais comme une folle.

Je me suis dit : *Tu vois, Roan Fours, en fait, je n'avais pas besoin de toi. J'avais simplement besoin de la beauté de la nature. Des chouettes, des renards, des étoiles et des feux d'artifice.*

J'étais guérie.

Enfin, c'est ce que je pensais.

29

Le lendemain, le cordon de police est toujours là. Les hélicoptères sont revenus. Mais les chaînes d'information ne donnent pas plus de nouvelles. Apparemment, les enquêteurs n'ont encore rien trouvé. Manifestement, il n'y a pas de corps planqué là-dedans. S'il y en avait un, se dit Cate, ils l'auraient déjà évacué.

Roan mange un bol de céréales, debout. Il fait des bruits de bouche insupportables, avalant le contenu le plus vite possible, comme s'il était en retard.

— Tu es pressé ? lui demande-t-elle.

— Un peu. Il faut que j'arrive tôt au bureau aujourd'hui.

— Comme hier.

— Oui, j'ai plein de boulot. J'ai deux collègues en congé, avec les vacances scolaires, tu vois. Il faut que j'avance sur mes propres dossiers.

— Tu pourrais faire ça ici, suggère-t-elle en désignant la table de la cuisine.

— C'est ton espace à toi.

— Pas à 7 heures du matin. Je vais me doucher et me préparer. Tu peux t'installer là.

Il attrape les dernières céréales avec sa cuillère et déglutit.

— Il faut que j'aille à la clinique, affirme-t-il en déposant son bol dans l'évier. Tous mes dossiers sont là-bas. Pourquoi est-ce que tu tiens tant à ce que je travaille ici ?

Elle hausse les épaules.

— À cause de ça, j'imagine, répond-elle en montrant le plafond du doigt, vers les hélicoptères. Et de ça, aussi.

Cette fois, elle désigne la rue.

— C'est perturbant. S'il est arrivé malheur à cette fille ici, juste devant chez nous, peut-être que nous ne sommes pas en sécurité. Tu ne penses pas qu'on devrait dire à Georgia de rester à la maison pendant un petit moment ?

Roan soupire, toujours penché au-dessus de l'évier. Il se tourne vers elle.

— Tu peux peut-être en parler à la police ? Leur demander leur avis ?

Cate hoche la tête.

— Oui, bonne idée.

Il s'approche d'elle, pose la main sur son bras.

— Ça va aller, ne t'inquiète pas. Tout ira bien.

Il attrape son sac, son manteau et son écharpe.

— À plus tard. Je vais essayer de rentrer tôt ce soir. On pourrait sortir ensemble, si tu veux.

— D'accord, acquiesce-t-elle avec un sourire forcé.

Puis elle ajoute, avant que son mari ne lui échappe :

— Roan, c'est qui cette Molly ?

Il s'arrête et pivote vers elle.

— Molly ?

— Oui, ça fait quelques jours que je voulais aborder le sujet. Elle t'a envoyé une carte pour la Saint-Valentin. Georgia l'a ouverte par erreur, alors je l'ai mise de côté. Je pensais que ça t'énerverait, je voulais t'en parler, mais j'oublie à chaque fois.

Elle sort la carte du tiroir.

— Tiens. Excuse-moi.

Roan s'approche et prend l'enveloppe. Elle scrute sa réaction quand il ouvre la carte pour la lire. Il sourit.

— Ah, Molly ! Oui, c'est une de mes patientes. Enfin, c'était. Je ne la vois plus.

— Elle connaît ton adresse ? lui demande-t-elle en lui montrant l'enveloppe.

— Apparemment…, répond-il d'un air gêné.

— Comment est-ce possible ?

Il examine l'enveloppe et l'observe pendant un moment.

— Je n'en ai aucune idée. Peut-être qu'elle l'a vue au bureau, sur un courrier ou un document quelconque ?

Cate reprend l'enveloppe et la range à nouveau dans le tiroir.

— Tu devrais faire plus attention.

Il la regarde bizarrement.

— Oui, tu as raison.

Il dépose rapidement un baiser sur sa joue et sort.

Elle s'accroche au dossier de la chaise. Son cœur bat à tout rompre. Elle a des haut-le-cœur à cause de la montée d'adrénaline. Elle entend la porte de la maison se fermer, puis s'ouvrir à nouveau. Elle distingue la voix de Roan dans le couloir, puis celle d'une femme.

La porte de l'appartement s'ouvre, et Roan entre, l'inspectrice Angela Currie sur les talons.

— Bien sûr, est-il en train de lui dire. Cela ne pose aucun problème.

Son regard croise celui de sa femme.

— Cate, c'est l'inspectrice Currie. Elle veut nous poser quelques questions.

Cate pose ses doigts sous sa gorge.

— À moi aussi ?

— Oui, si vous avez le temps.

— Bien entendu. Je vous sers quelque chose à boire ? Un thé, un café ?

L'inspectrice lui montre la bouteille d'eau en plastique qu'elle tient à la main.

— J'ai tout ce qu'il me faut, merci.

Roan l'invite à le suivre dans le salon. Elle s'assied dans le fauteuil. Cate et Roan s'installent l'un à côté de l'autre sur le canapé.

— Voilà. Je suis navrée de vous déranger si tôt dans la matinée, mais on vient juste de faire le rapprochement. Pour être honnête, je ne vois pas bien comment ce détail a pu nous échapper, mais puisqu'on a discuté séparément, avec vous, madame Fours, en tant que témoin potentiel de cette disparition inquiétante, et vous, monsieur Fours, en tant qu'ancien psychiatre de Saffyre, on ne s'était pas rendu compte que vous étiez mariés. Bien sûr, cela change la situation et nous ouvre de nouvelles perspectives. J'espère que ça ne vous ennuie pas que je vous pose de nouvelles questions, conclut-elle en souriant.

Elle lève les yeux vers le plafond.

— Insupportables, ces hélicoptères, non ? Je suis désolée, c'est vraiment infernal. Mais nous avons presque terminé, vous aurez bientôt la paix, promis.

Elle extrait un stylo et un carnet de son sac.

— Monsieur Fours, nous avons évoqué ensemble le moment où vous avez assuré le suivi psychologique de Saffyre, et vous nous avez confirmé que vous aviez mis un terme à sa thérapie il y a environ un an, c'est bien ça ?

— Oui.

— Vous ne l'avez jamais revue par la suite ?

— Non. Enfin, comme je vous le disais hier, je l'ai croisée une ou deux fois dans les environs, mais je ne lui ai jamais parlé.

— Donc, après avoir mis fin à sa thérapie, votre relation s'est également terminée.

— Tout à fait.

— Très bien. Je vous remercie pour cette clarification. Le soir de la Saint-Valentin, le 14 février, vous êtes sortis dîner tous les deux ensemble, à Hampstead ?

Ils hochent la tête.

— Et vous êtes rentrés à 23 h 30 ?

Ils acquiescent à nouveau.

— Environ, précise Cate.

— À minuit, vous étiez tous les deux au lit.

Cate et Roan se regardent.

— À peu près, oui, nuance Cate.

Roan soupire puis se retourne vers l'inspectrice.

— Il était peut-être un peu plus tard quand je me suis couché. Je suis sorti un moment, je ne sais plus pourquoi.

Cate le dévisage.

— Je suis désolé, je ne me souviens plus très bien… C'était il y a une semaine, et j'avais bu, mais je suis sorti… Je pense que c'était pour sortir les poubelles. J'ai entendu un bruit. J'ai regardé dans la rue, et il y avait cet homme, le voisin d'en face, devant chez lui, immobile.

— Il ne bougeait pas ?

— Non.

— Il vous a vu ?

— Je ne pense pas. J'étais dans le petit jardin devant la maison, près du local à poubelles. Je n'étais pas visible. Mais moi, je le voyais à travers un interstice dans la haie.

— Et que faisait-il ?

— Il regardait quelque chose, j'imagine. Il avait l'air soûl. Je l'ai déjà croisé quand il a bu. Une fois, il m'a observé pendant que je faisais mon footing. Pendant un bon moment. Quand je lui ai demandé s'il y avait un problème, il m'a demandé si j'étais marié. J'ai trouvé ça… étrange. Et puis il y a eu cette autre fois, poursuit-il en lançant un regard complice à Cate. Tu sais, il y a quelques semaines, quand Georgia rentrait toute seule un soir et qu'il l'a suivie pour lui faire peur.

Cate se fige. Elle n'est pas à l'aise avec ce que Roan est en train d'insinuer.

— Oui, c'est vrai que c'était bizarre, et que lui-même est un peu spécial, mais ça ne veut pas dire que…

— Non, vous avez raison, madame Fours, l'interrompt l'inspectrice. Cela ne veut rien dire, bien sûr. Mais c'est un élément qui pourrait se révéler important par la suite.

Elle se retourne vers Roan.

— Et vous êtes certain que c'était ce soir-là, vers minuit ?

— Oui, tout à fait.

— Ensuite, vous êtes rentré chez vous et vous vous êtes couché ?

— Exactement.

— Et quand vous étiez dans le jardin, que vous sortiez les poubelles, à part cet homme dans la rue, avez-vous remarqué quelqu'un d'autre ?

— Non, c'est tout. Juste le voisin.

— À votre avis, est-ce qu'il aurait pu être en train de regarder autre chose que votre maison ?

Roan fronce les sourcils.

— Je ne vois pas ce que…

L'inspectrice Currie referme son carnet.

— Pourriez-vous me montrer l'endroit précis où vous vous trouviez ce soir-là quand vous avez vu votre voisin ?

— Bien sûr.

Ils se lèvent.

Cate enfile un des sweats de Josh qui est accroché dans l'entrée et suit Roan à l'extérieur. L'inspectrice lui emboîte le pas. Ils sortent dans le petit jardin commun et s'arrêtent devant l'appentis où sont rangées les poubelles.

— Je me tenais ici. J'ai déposé le sac dans la poubelle. J'ai refermé le couvercle et je l'ai vu par là.

Il montre du doigt un trou dans la haie qui pousse derrière le muret en brique séparant le jardin de la rue.

L'inspectrice Currie se place à côté de Roan et se penche pour regarder à travers la haie. Elle se redresse, tourne la tête vers l'allée qui mène à la maison, vers le portillon. Elle tourne à nouveau la tête vers la haie. Elle écrit quelques mots dans son carnet, puis le referme.

— C'est parfait, merci beaucoup. Je pense que j'ai tout ce dont j'ai besoin pour le moment. Enfin, tout de même, j'ai une dernière question pour vous, monsieur Fours. Vous m'avez dit que vous n'aviez pas revu Saffyre depuis votre dernier rendez-vous avec elle en mars 2018. Pourrait-il y avoir la moindre raison, même totalement incongrue, pour qu'elle se trouve devant votre maison le soir de sa disparition ?

— Alors elle était bien…, commence Cate.

— Nous n'avons pas encore de certitude, nous explorons différentes pistes. Mais c'est l'une des possibilités, oui. Monsieur Fours, qu'en pensez-vous ?

Cate regarde son mari, qui secoue fermement la tête.

— Non, je ne vois pas la moindre raison pour laquelle elle serait venue ici. Absolument aucune.

— Et vous ne l'avez pas vue, vous en êtes certain ?

— Oui, sûr et certain.

Un long silence s'ensuit, comme si l'inspectrice Currie attendait que Roan ajoute quelque chose. Mais il ne dit rien, et elle lui offre ce sourire insincère qui fait penser à celui d'une vendeuse dans un magasin de vêtements ou d'une institutrice un peu sadique.

— Merci encore à tous les deux. Comme je vous le disais, nous avons presque terminé. Le cordon devrait être levé d'ici une heure ou deux. Vous allez pouvoir retrouver votre rue !

Elle met les mains dans les poches de son beau manteau en laine verte à gros boutons, leur adresse un nouveau sourire, puis s'en va.

Cate et Roan échangent un regard. Il extrait son téléphone de sa poche pour consulter l'heure.

— Merde, il faut vraiment que j'y aille.

Il embrasse Cate sur la joue pour la forme et, d'un pas très rapide, sort dans la rue.

30

Saffyre

Il a fait si froid en décembre, cette année. Vous vous rappelez ? Tellement froid. Enfin, peut-être que je m'en souviens particulièrement bien parce que j'ai passé mes journées dehors.

C'est chelou, je sais. J'avais une maison, un chez-moi bien chauffé (presque trop, vous savez comment c'est dans les HLM, il n'y a pas de thermostat, c'est du chauffage collectif), j'avais Aaron qui s'occupait de moi et me préparait de bons petits plats, j'avais ma jolie chambre, et pourtant… je ne pouvais pas rester enfermée. C'était peut-être parce que mon grand-père n'était plus là. C'est peut-être aussi simple que ça, mais ça me semblait plus complexe. J'avais l'impression d'être en train de me métamorphoser en quelque chose d'autre, en un être qui ne serait pas tout à fait humain.

J'ai sans doute lu un peu trop *Harry Potter* quand j'étais plus jeune, mais dans cet appartement au huitième étage, je ne me sentais pas ancrée dans le réel. J'avais l'impression de léviter, comme s'il n'y avait plus de gravité. J'avais besoin de sentir le sol sous mes pieds, l'air sur ma peau. J'avais besoin des arbres, de la terre, de la rosée, de la lune, de la lumière, du soleil, du vent, des pigeons et des renards. J'avais l'impression de revenir à la vie sauvage.

J'exagère, bien sûr. Je continuais à aller à l'école tous les jours. Je me douchais encore, je me coiffais, je me maquillais, je changeais de culotte. Je n'étais pas devenue une bête non plus. Mais j'aimais être à l'extérieur. Dès que j'en avais l'opportunité, j'allais dehors.

Je traînais pas mal dans le chantier en face de chez Roan. Je m'y sentais bien. Je pouvais voir tout ce qui se passait à travers les trous des haies, sans jamais risquer de me faire repérer. Le renard venait souvent me rendre visite. Je lui apportais des cadeaux à base de viande transformée, et il m'en était très reconnaissant. Il y avait aussi l'homme dans sa chambre dont la fenêtre donnait sur le terrain vague. Je ne connaissais pas son nom, alors je l'appelais Clive. Me demandez pas pourquoi, mais il avait une tête de Clive.

Il était assez bizarre (et, étant assez bizarre moi-même, je sais de quoi je parle). Si je m'installais sur la pelleteuse du chantier, je pouvais voir l'intérieur de sa chambre, quand les rideaux étaient ouverts. C'était une pièce vieillotte. Une sorte de couvre-lit en nylon recouvrait un pauvre petit lit simple, il y avait également l'une de ces grandes armoires en bois sculpté qu'on peut trouver dans les maisons des anciens, avec un miroir central, et son peignoir rayé dégueu était accroché derrière la porte. J'apercevais aussi une peinture d'un paysage de montagne dans un cadre pourri. C'était très froid. Tous les soirs, il s'asseyait dans son fauteuil, avec son casque et son ordinateur portable posé sur un carton devant lui, et il regardait des trucs (je ne sais pas quoi, je ne voyais pas l'écran ; enfin pas du porno en tout cas, ça j'en étais sûre, parce que je ne l'ai jamais vu faire les gestes que font les hommes quand ils matent des vidéos cochonnes).

Parfois, la femme entrait dans la chambre, cette femme aux cheveux gris avec qui il habitait. Quand elle ouvrait la porte, il levait les yeux au ciel et soupirait lourdement. Elle avait toujours les bras croisés et un air désapprobateur. Elle lui disait quelque chose, il répondait, elle paraissait encore plus irritée et partait.

J'avais pitié pour lui. Ça devait être horrible de vivre ainsi. Vu son âge, il aurait déjà pu être marié, avec un ou deux enfants. Il avait dû s'y prendre franchement mal pour se retrouver dans cette situation. Je me demandais s'il souffrait de sa solitude. Je me posais pas mal de questions sur Clive, tout compte fait.

Une semaine avant Noël, je l'ai croisé dans la rue. Il était en train de remonter la colline depuis Finchley Road. Il était tard, environ 23 heures. Il était dans un de ces états : les cheveux en bataille, son sac pendant sur son épaule, faisant tomber à moitié son manteau, la chemise tachée, et il titubait. Il m'a regardée, et j'ai compris qu'il était bourré. Il m'a souri et, en passant à côté de moi, m'a lancé :

— Joyeux Noël !

— À toi aussi, Clive !

Il s'est arrêté net.

— Clive ?

— C'est rien, c'est une blague, lui ai-je dit en souriant. Joyeuses fêtes.

— Owen, je m'appelle Owen.

— OK. Moi, c'est Jane.

— Joyeux Noël, Jane.

Il m'a tendu la main, que j'ai serrée. Elle était moite et collante.

— Désolé, j'ai un peu transpiré. On a dansé. C'était la fête de Noël au lycée. Je suis prof, pas élève, hein ?

Il a rigolé. Moi aussi.

— Fais de beaux rêves, Jane.

— Bonne nuit.

Il est parti, et j'ai mémorisé son prénom. Owen.

Juste avant Noël, Roan a emmené Alicia dîner au joli petit restaurant français à côté de chez moi. Je les avais suivis depuis Portman. J'ai fait mes photos de paparazzi : clic, clic.

Alicia était magnifique. Vraiment. Bien plus belle que la femme de Roan. Et elle embellissait au fur et à mesure que sa liaison avec Roan s'épanouissait, comme s'il lui insufflait une sorte d'élixir magique. Ses cheveux roux ondulaient dans son dos. Elle portait un manteau noir, des bottines vermillon, une écharpe rose, du rouge à lèvres et des collants noirs. Elle n'arrêtait pas de sourire. Lui avait l'air prudent. Il lui a tenu la porte, comme d'habitude, mais a jeté un coup d'œil rapide à l'extérieur avant d'entrer à son tour.

On les a installés à une table au fond du restaurant.

Impossible de les voir depuis le trottoir. J'ai rangé mon téléphone et je suis retournée à la maison.

Aaron était là. Il avait acheté un sapin de Noël, ce qui m'a fait très plaisir. Depuis que papi nous avait quittés, Aaron avait sa propre chambre et il n'était plus obligé de dormir dans le salon, c'était bien le seul aspect positif. Ce qui impliquait qu'on pouvait avoir un vrai sapin, et plus le petit gadget en plastique qu'on avait utilisé pendant des années et qu'on posait sur la table. Le sapin sentait extraordinairement bon. Je plongeais la tête entre les branches et j'inspirais de toutes mes forces.

Aaron a sorti la boîte des décorations de Noël de l'armoire dans le couloir.

— Allez, je te laisse le faire, c'est un truc de femmes, ça, m'a-t-il dit avec un clin d'œil, auquel j'ai répondu par un coup de coude.

Aaron n'est pas vraiment féministe, mais pas franchement macho non plus. Il aime l'idée que les femmes aient le pouvoir. Il les aime.

J'ai décoré l'arbre tout en jetant régulièrement des coups d'œil par la fenêtre, vers la petite place où se trouvait le resto chicos et, quand je m'en suis rendu compte, je me suis demandé pourquoi j'agissais ainsi, suivre Roan, prendre en photo ses moindres faits et gestes. C'était quoi le but ? Est-ce que j'étais dingue ? Je ne me sentais pas folle du tout. Je me sentais bien.

Aaron a posé le dîner sur la table.

— C'est chouette de t'avoir à la maison ce soir, pour une fois.

Il disait ça en souriant. Il n'était pas en train de me faire des reproches, il était sincère.

— Tu sais, c'est vraiment bizarre tout ça, a-t-il poursuivi en se servant en riz jaune puis en regardant le sapin par-dessus mon épaule. Notre premier Noël sans papa. Si tu veux qu'on en discute…

J'ai secoué la tête en souriant.

— Ça va, t'en fais pas.

— Je m'inquiète pour toi, Saff. On s'inquiète tous.

Je lui ai lancé un regard interrogateur.

— La famille. Moi, Lee, Tana, les filles.

— Ça ne fait pas beaucoup de monde, ça.

— Ce n'est pas gentil. Ce n'est pas la quantité qui compte, c'est la qualité, n'est-ce pas ? a-t-il ajouté, toujours en souriant.

— J'imagine.

— Tu peux nous parler, Saff. Des choses qui te tracassent. Des gens qui t'agacent. On est là pour toi, d'accord ?

— Et toi, ai-je demandé en levant les yeux vers lui. Qui est là pour toi ?

Ma question l'a décontenancé.

— Comment ça ?

— Tu as presque trente ans, tu as deux boulots, tu n'as pas eu de copine depuis tes vingt-quatre ans ou un truc comme ça. Qui s'inquiète pour toi ?

Il a posé son couteau et sa fourchette, puis m'a regardée, l'air grave. Là, je dois vous préciser que, même avec son air grave, Aaron a toujours un visage d'ange.

— Saff, je n'ai pas besoin qu'on s'inquiète pour moi, d'accord ? S'il te plaît, ne t'en fais pas pour moi. Tu dois te concentrer sur toi, le lycée, les examens. Et après, l'université. Et ensuite, décrocher un bon diplôme. Et après tout ça, peut-être que je te laisserai t'inquiéter pour moi. Mais d'ici là, hors de question. OK ?

J'ai hoché la tête, mais je sentais mon estomac chavirer. Quand je terminerai l'université, Aaron aurait trente et un an. Et ensuite ? Je pensais à Clive, ou plutôt Owen, dans sa petite chambre toute triste avec ce peignoir affreux, et je me disais qu'il avait probablement cet âge-là. Je ne voulais surtout pas qu'Aaron finisse comme lui.

— Si ça se trouve, je n'irai pas à l'université.

— Bien sûr que tu iras.

— Pourquoi ? Parce que j'ai des bonnes notes ? C'est pas une obligation. Je peux faire ce que je veux après le lycée. Je peux me dégotter un boulot, un appart, et tu pourras vivre ici tranquille.

Il a ri.

— Je ne veux pas vivre ici tout seul ! Pourquoi est-ce que je voudrais ça ?

— Pour fonder une famille.

Là, il a carrément explosé de rire.

— Je veux pas fonder de famille, sœurette ! C'est toi, ma famille !

J'ai ri avec lui, mais au fond de moi, je commençais à paniquer. Aaron était si gentil. Il avait travaillé dur au lycée. Comme moi, il avait eu de bons résultats, mais voilà, il bossait dans un PMU et il s'occupait des jardins des autres, puis il rentrait à la maison et s'inquiétait pour moi. Il était en train de sacrifier les meilleures années de sa vie. Alors j'ai songé que peut-être ce serait mieux pour lui si je n'étais plus là.

Après le repas, je lui ai dit que j'allais chez Jasmin, il m'a répondu : « Amusez-vous bien », et je lui ai lancé un « compte sur moi » en sortant de l'appartement, le cœur débordant de sentiments étranges. Sur la place en bas de l'immeuble, je me suis assise sur l'un des vélos de gym qui étaient installés dans le square et je me suis mise à pédaler sans y penser, les mains dans les poches, ma capuche sur la tête, dans l'air froid de la nuit. J'ai écouté un peu de musique en regardant passer les gens. Personne ne me remarquait. Personne ne me voyait. Quand on porte une capuche, on devient invisible.

Au bout d'un moment, j'ai vu Roan et Alicia sortir du restaurant, et je me suis demandé ce qu'ils allaient faire. Eh bien, vous savez ce qu'ils ont fait, ces cons ? Ils sont allés à l'hôtel. Au Best Western à côté de l'école de théâtre.

Je n'en revenais pas. Je ne sais pas pourquoi j'étais aussi surprise. C'était clair que ça allait finir par arriver. Mais ça m'a quand même choquée. Roan allait coucher avec une autre femme, à quelques centaines de mètres de la sienne. Il allait l'allonger sur un lit et lui faire des choses.

Je me suis mise à frissonner. J'ai enlevé ma capuche, exposant mes cheveux roses aux yeux du monde, puis je suis allée chez Jasmin.

31

Hier soir, Owen et Deanna ont passé deux heures à s'écrire. Elle a essayé de le persuader de demander au proviseur de le réembaucher. Elle avait de bons arguments, irréfutables. Les élèves qui l'avaient dénoncé quitteraient le lycée dans quelques mois, de nouveaux élèves arriveraient, qui ne seraient pas au courant de l'histoire, et il pourrait repartir de zéro. Elle lui avait aussi rappelé à quel point il aimait son travail, et que plus il restait longtemps au chômage, plus il lui serait difficile de convaincre un nouvel employeur de lui laisser sa chance.

L'inquiétude de Deanna lui avait fait prendre conscience qu'avant de la rencontrer, il n'avait personne dans sa vie qui lui donne des conseils, qui discute, qui se soucie de lui, qui interroge ses choix. Personne. Pas depuis la mort de sa mère.

Ils s'étaient souhaité bonne nuit à 23 heures. Owen aurait pu discuter avec elle pendant des heures, mais Deanna devait se réveiller tôt le lendemain. Owen s'était endormi, le téléphone posé sur le torse, un sourire aux lèvres.

Ce matin, il se lève et s'approche de la fenêtre de sa chambre. Les policiers sont revenus. Ils poursuivent leurs recherches dans leur jardin. Hier soir, avant de partir, ils ont installé un cordon tout autour et ont interdit à tous les résidents de s'y rendre. Toute la nuit, un policier a monté la garde devant le chantier.

Owen baisse les yeux vers l'endroit que la police a fouillé la veille, là où ils ont trouvé la coque de portable. Et soudain, alors qu'il contemple les brins d'herbe, il a un flash.

Du mouvement, un cri de douleur.

Il secoue la tête pour chasser cette pensée et va dans la salle de bains, où il se douche et se lave les cheveux. Il se regarde dans le miroir et décide qu'il est grand temps d'intervenir. Il n'a pas le courage d'aller chez le coiffeur pour quelques petits centimètres, alors il sort les ciseaux du tiroir, aplatit ses mèches sur son front avec les doigts, puis coupe au-dessus des sourcils. Il commence à gauche et voit la visière sombre tomber dans le lavabo, où les mèches ressemblent à de petites moustaches abandonnées. Il s'apprête à faire de même du côté droit quand il entend que l'on frappe à la porte plusieurs coups pressants. Il sursaute, et la lame des ciseaux lui entaille la peau. Il essuie à la va-vite le sang qui perle sur son front.

— Quoi ? crie-t-il.

— Owen, la police est là ! lui annonce Tessie. Il faut que tu sortes.

— OK, deux minutes, souffle-t-il.

— Monsieur, l'interpelle une voix masculine. Ouvrez la porte, maintenant.

— Je sors de la douche, attendez une minute.

— Sortez immédiatement.

— Putain de merde, marmonne Owen.

Il se sèche rapidement et enfile son peignoir élimé. Il ouvre la porte et tombe sur Tessie, qui a un mouvement de recul en le voyant.

— Est-ce que je peux m'habiller, au moins ? demande-t-il à l'agent en uniforme qui se tient à côté d'elle.

L'agent se retourne vers une femme derrière lui. C'est l'inspectrice Currie, qui acquiesce.

— Oui, mais l'agent Rodrigues va devoir vous surveiller.

— Pardon ?

— Je suis désolée, c'est la procédure.

— Mais qu'est-ce qu'il se passe, là ? C'est quoi, ce délire ?

— Ce délire, monsieur Pick, c'est que je dois vous demander de bien vouloir nous accompagner au commissariat pour répondre à des questions concernant la disparition de Saffyre Maddox. Nous avons également un mandat pour fouiller votre chambre, poursuit-elle en lui montrant une feuille qu'Owen scrute d'un air hébété. Nous devons nous assurer que vous ne touchez à rien. Je suis désolée.

Elle lui sourit. C'est un sourire déstabilisant. Doux d'apparence, mais froid et dur aux commissures.

Il essaie de protester, mais il peine à trouver ses mots. Il sait que, quoi qu'on lui reproche, ses actes ou ses paroles risqueraient d'aggraver son cas. Alors il hoche la tête et se rend dans sa chambre, le policier sur les talons. Il parcourt la pièce des yeux tout en s'habillant, il essaie de se souvenir de tout ce qu'elle contient, se demande si certains objets pourraient le relier à la disparition de cette adolescente dont il n'avait jamais entendu parler il y a encore deux jours, cette fille qu'il a peut-être complètement imaginée.

— Dépêchez-vous, s'il vous plaît, monsieur Pick.

Il enfile à la hâte sa tenue de la veille. Il l'avait posée sur sa pile de linge sale, il pensait pouvoir passer des vêtements propres aujourd'hui, mais il n'arrive pas à réfléchir assez vite pour choisir une nouvelle toilette. Il met ses vieilles chaussures recollées et plonge la main dans ses cheveux mouillés. Il sent sous ses doigts le sang coagulé de sa coupure. Du sang frais se remet à couler. Owen s'apprête à prendre un mouchoir dans la boîte posée sur sa table de chevet, mais l'agent l'interrompt.

— S'il vous plaît, ne touchez à rien.

— Mais je saigne.

— On pourra s'en occuper quand on sera dans la voiture. On verra ça plus tard. Allez.

Owen souffle bruyamment. Il jette un dernier coup d'œil à sa chambre, attrape sa veste suspendue à la patère et suit le policier dans le couloir.

Tessie se tient près de la porte. Elle arbore un kimono de soie par-dessus un pyjama vert. Ses cheveux sont lâchés. Elle a l'air triste et fatiguée. Quand Owen passe devant elle, elle lui saisit le coude.

— Qu'est-ce que tu as fait, Owen ? Dis-moi.

— Mais je n'ai absolument rien fait, nom de Dieu. Tu le sais très bien.

Tessie s'éloigne de lui.

— Tessie, putain ! lui crie-t-il. Tu sais que j'ai rien fait !

Elle se réfugie dans sa chambre et referme la porte derrière elle.

Une paume se pose sur l'épaule d'Owen.

— Monsieur Pick, il faut qu'on y aille.

Il déloge la main d'un mouvement sec. La colère commence à prendre le pas sur l'incrédulité et l'effroi.

— J'arrive. OK ?

En quittant la maison, il se rend compte que les proportions de la rue ne sont pas normales, comme si les éléments avaient été déplacés, comme si une catastrophe était sur le point de se produire, et soudain il les voit. Un troupeau, une horde d'hommes et de femmes armés de caméras et de micros, qui se jettent sur lui. L'agent et l'inspectrice le couvrent de leurs bras et l'entraînent à travers la foule.

— Monsieur Pick ! Monsieur Pick !

Ils connaissent son nom. Comment connaissent-ils son nom ? Comment savaient-ils ce qui allait lui arriver ? Comment était-ce possible ?

Owen lève la tête et tombe directement sur l'objectif d'un appareil photo. Il ouvre grand les yeux et est aveuglé par un flash puissant. Quelque chose le force à se baisser. Il est dans une voiture. La porte se ferme. Derrière les vitres, il voit des visages, des caméras. La voiture avance, les gens la touchent, ils sont si proches. Owen se demande comment leurs pieds ne sont pas écrasés par les roues. Soudain, il n'est plus dans sa rue, il roule sur l'avenue principale, et il n'y a plus d'appareils photo, seulement des gens normaux qui vaquent à leurs occupations. Owen s'enfonce dans la banquette. Il pousse un profond soupir.

— Qui leur a dit ? demande-t-il aux deux nuques assises devant lui.

— Aux journalistes ? s'enquiert l'inspectrice.

— Oui. Qui leur a dit que vous veniez me chercher ?

— Je ne sais pas. Mais ils savent que nous avons effectué des fouilles autour de chez vous. Les voisins parlent. Je suis désolée que les choses se soient passées de cette façon-là.

— Mais… Ça va être dans tous les journaux. Les gens vont penser que je l'ai fait.

— Que vous avez fait quoi ?

Il regarde dans le rétroviseur. Elle le fixe à nouveau avec ce sourire glaçant.

— Je ne sais pas ! Ce pour quoi vous m'arrêtez !

— Vous n'êtes pas en état d'arrestation, monsieur Pick. Pas encore.

— Alors qu'est-ce que je fiche ici ? demande-t-il en observant par la vitre une jeune femme qui promène des chiens essayer de faire monter un imposant limier dans une camionnette.

Il se regarde dans le rétroviseur. Ses cheveux ont commencé à sécher. Ils sont plus courts d'un côté que de l'autre et sont tout ébouriffés au sommet de son crâne. Le sang sur son front a coagulé et forme une traînée jusque dans son sourcil. Il a une mine épouvantable. Tout simplement. Et la presse de tout le pays l'a pris en photo avec cette tête-là alors qu'on le conduisait dans une voiture de police pour l'interroger sur la disparition d'une adolescente. Il n'aime même pas les adolescentes. Et il n'est pas en état d'arrestation. Il a oublié son téléphone à la maison. Et si Deanna lui a écrit ? Et si elle s'imagine qu'il l'ignore ?

Une pensée encore plus affreuse l'assaille. Et si sa photo figure dans les journaux demain ? Avec ses cheveux en pétard, son front en sang, ses vêtements de la veille, le portrait parfait d'un horrible pervers, avec le titre « LE TUEUR DE SAFFYRE ? ». Owen se met à grogner.

— Vous allez bien, monsieur Pick ?

— Non ! s'emporte-t-il. Putain, bien sûr que non ! Je vais être dans tous les journaux, alors que je ne suis même pas arrêté. C'est légal, ça ?

— Oui, j'en ai bien peur, monsieur Pick. C'est fâcheux.

— Tout le monde va voir ma tête, et quand vous me libérerez, personne ne voudra entendre que je ne suis pas coupable, ils se souviendront seulement de ça. Je ne retrouverai jamais de boulot, je…

Il imagine Deanna, ouvrant l'édition du soir de l'*Evening Standard* dans le métro.

— Mon Dieu !

— Monsieur Pick, prenons les problèmes les uns après les autres. Si tout va bien, dans une ou deux heures, vous pourrez rentrer chez vous. Nous en informerons la presse. Ils ne publieront rien si cela n'a pas d'intérêt pour eux. Il ne faut pas se projeter pour le moment, conclut-elle avec ce même sourire dénué de chaleur.

Owen se rassied, croise les bras et se balance doucement d'avant en arrière. Le monde est une camisole qui enserre ses os et l'oppresse, expulsant tout l'air de ses poumons. Il regarde les passants : des gens normaux occupés à des activités ordinaires. Faire les courses. Aller au travail. Cette quotidienneté lui paraît soudain comme un concept tout à fait étranger, quelque chose qu'il a du mal à se représenter.

— J'ai besoin d'un avocat ?

— C'est à vous de voir. Vous en avez un ?

L'ami de Tessie, Barry, est avocat. Mais ce n'est pas le sien.

— Non.

— On peut en appeler un pour vous, si vous voulez.

— Non, répond-il. Ça va aller.

— Voyons d'abord comment les choses se passent, d'accord ?

Owen hoche la tête.

Puis, comme si une maison tombant du ciel était sur le point de l'écraser, son ombre s'élargissant de plus en plus, de plus en plus vite, il se souvient.

Le flacon fourré à la hâte dans son tiroir à caleçons après le rendez-vous avec Bryn. Il avait l'intention de s'en débarrasser dans une poubelle de la rue la prochaine fois qu'il mettrait le nez dehors, et puis ça lui était complètement sorti de l'esprit.

La drogue du violeur.

La peur lui retourne le ventre. Sa tête tourne. Son cœur s'arrête, puis bat à tout rompre, à le rendre malade.

— Mon Dieu…, murmure-t-il.

— Tout va bien ? demande l'inspectrice en le regardant dans le rétroviseur.

— Je crois que je vais…

Il s'interrompt pour plaquer sa paume sur sa bouche.

Il va vomir.

L'inspectrice ordonne à l'agent de s'arrêter. La voiture se gare devant un parterre, Owen se penche et vomit, fort, douloureusement. Il a la chair de poule, et un marteau lui pilonne le crâne. Il halète et recommence. L'inspectrice se poste devant lui, un mouchoir à la main. Il lève les yeux vers elle. Owen ne sait pas s'il lit sur son visage de la pitié ou du dégoût. Il attrape le mouchoir et s'essuie les lèvres.

— Ça va mieux ?

Il acquiesce.

— On peut repartir ?

Il réitère le mouvement.

Elle sourit et attend qu'il rentre ses jambes dans la voiture, puis ferme la portière et s'installe sur le siège passager.

— Vous avez mangé quelque chose qui ne passe pas ? s'enquiert-elle un moment plus tard, en lui jetant un regard dans le rétroviseur.

Il hoche la tête, le poing fermé contre sa bouche.

— Probablement.

Elle sourit. Elle ne le croit pas.

32

— Maman ! s'écrie Georgia en s'engouffrant dans la salle de bains sans frapper. Ils l'ont arrêté !

— Qui ?

— Le voisin ! J'ai vu l'inspectrice entrer dans la maison d'en face avec un autre flic, et ils sont sortis avec le mec chelou. Ils l'ont mis dans la voiture et sont partis. Il y a des tonnes de journalistes dehors, et des cameramans. Viens voir !

Cate s'essuie les mains sur son jean. Deux heures se sont écoulées depuis leur entretien avec l'inspectrice Currie, depuis que Roan a filé au travail. Elle pensait que la situation allait se tasser, mais c'est loin d'être le cas. Elle accompagne Georgia jusqu'à la porte.

Il y a plusieurs personnes à l'extérieur, quelques équipes de télévision qui remballent leur matériel. Cate sort et s'approche d'une jeune femme en ciré jaune avec une capuche en fourrure.

— Qu'est-ce qu'il se passe ? lui demande-t-elle. Ils l'ont emmené où ?

— Owen Pick, vous voulez dire ?

La femme, qui doit être une journaliste, range des câbles dans un sac noir et referme la fermeture Éclair.

— Je ne connais pas son nom. L'homme qui vit dans cette maison. Il est assez jeune, il est brun…

— Oui, c'est Owen Pick. Ils l'ont conduit au poste pour l'interroger.

— À propos de Saffyre Maddox ?

— Oui, apparemment ils ont trouvé des objets lui appartenant à côté de la fenêtre de Pick, et du sang sur le mur et au sol.

— Mon Dieu ! s'exclame Cate en plaquant ses mains sur sa bouche.

Elle entend Georgia pousser un petit cri à côté d'elle.

— Elle est morte ? demande sa fille.

La femme hausse les épaules.

— Pas de corps pour le moment, mais l'hypothèse paraît de plus en plus probable.

— C'est horrible… Il est bizarre, ce mec. Ça m'étonne pas qu'il ait fait un truc comme ça.

La journaliste s'immobilise et regarde Georgia.

— On ne sait pas encore ce qui s'est passé. Ce n'est peut-être pas une très bonne idée de dire ce genre de choses…

Elle s'interrompt, lance un coup d'œil à la demeure d'Owen Pick, puis se retourne vers Georgia.

— Mais bon, dans ce cas-là…

Cate fixe la maison. Elle repense à cette soirée, il y a quelques semaines, quand cet homme a suivi sa fille dans la rue. Elle se souvient de Tilly, quelques jours plus tard, qui a déboulé chez eux en disant qu'elle venait d'être violentée par un inconnu en face de chez eux. Elle songe aux agressions sexuelles perpétrées dans le quartier. Elle se rappelle que Roan a vu Owen Pick ce soir-là, dans la rue.

Elle sent un poids se lever de ses épaules, un poids dont elle n'avait pas vraiment pris conscience jusqu'alors : celui du doute, de la suspicion, de la peur qu'à tout moment son monde puisse s'écrouler.

Georgia et elle préparent un gâteau. Les vacances d'hiver touchent à leur fin. Georgia a passé la semaine à réviser, à sortir avec ses amis, et Cate a à peine vu sa fille. Aujourd'hui, tout est gris, tout est sourd, c'est une journée sans forme, floue. Le genre de journée qui invite à peser, mesurer, compter, mélanger.

Georgia a mis l'une de ses playlists Spotify où alternent des morceaux sur lesquels Cate a dansé dans des boîtes quand elle était jeune et des chansons contemporaines que sa mère juge insipides. Elles sont en train de faire une recette trouvée sur Internet : un moka au chocolat. Cate fait couler un expresso et le laisse refroidir sur le plan de travail. Georgia bat le sucre et le beurre. Le four ronronne en préchauffant.

Cate ne peut s'empêcher de songer à Owen Pick. Cet air désagréable qu'il a en permanence, comme s'il pensait à des choses répugnantes. Ses cheveux qui n'essaient même plus de ressembler à une vraie coupe. Ses chaussures défoncées qui jurent avec les vêtements élégants qu'il porte, comme si on le forçait à s'habiller de cette façon.

Il a la tête de l'emploi, se dit-elle.

Vraiment. Un homme célibataire, vivant chez sa tante excentrique dans une maison un peu délabrée, avec des rideaux miteux aux fenêtres.

Et maintenant, on a trouvé du sang à côté de sa chambre.

Elle observe sa fille, avec ses joues rosies à cause de l'effort et de la chaleur dégagée par le four. Une mèche de cheveux lui tombe sur le visage, qu'elle repousse en soufflant dessus.

Cate se penche vers elle et lui coince la mèche derrière l'oreille. Georgia dépose un baiser furtif sur sa main.

— Merci, maman.

Elles se regardent. Cate sait qu'elles pensent à la même chose.

Saffyre Maddox est peut-être morte, et leur voisin, qui l'a probablement tuée, aurait aussi pu s'en prendre à Georgia.

Mais la police l'a arrêté, et elles sont en sécurité à présent. Elles préparent un gâteau. Tout va bien.

33

Saffyre

On a passé un bon Noël.

Lee est venu avec la famille, Aaron a préparé des trucs incroyables à manger, un mélange de plats traditionnels anglais et d'autres choses qu'apparemment ma grand-mère cuisinait pour le réveillon : un gratin de macaronis et une tarte à la patate douce. On a bu du punch dans des verres avec des ombrelles en papier et des petites décorations de Noël, on a fait un karaoké avec les micros que Lee avait apportés, le sapin était splendide, et on avait mis une vidéo de feu de cheminée sur l'écran plat et, même si papi n'était pas là, ça ressemblait à un vrai Noël.

J'étais tellement lourde, pompette et crevée après le repas que je n'avais pas envie de sortir. Ce soir-là, je me sentais bien à ma place avec mon gros bide dans mon fauteuil confortable au huitième étage. J'étais assise, je me tenais le ventre et je regardais mes petites cousines jouer avec leurs cadeaux. J'avais consacré des mois et des mois à suivre Roan, sa famille, sa maîtresse, alors passer simplement du temps avec les miens, me sentir liée à eux m'avait paru magique. Si j'avais pu me raccrocher à cette journée, à cette sensation d'appartenir à ce monde, de devoir être là, avec mes proches, et pas ailleurs, alors peut-être que tout aurait été différent.

En tout cas, pendant une journée au moins, j'étais bien, j'étais ancrée dans le présent. C'était parfait.

Le surlendemain, j'ai recommencé à avoir des fourmis dans les jambes. Il faisait si chaud dans l'appartement, et j'avais l'horrible impression d'être confinée comme une gerbille en cage. Il faisait beau. J'ai chaussé mes après-skis sur mon pyjama, attaché mes cheveux et enfilé ma doudoune. J'avais l'air d'une clodo, mais je n'en avais rien à faire, il fallait que je m'aère.

Je suis passée chez Jasmin. Elle non plus ne ressemblait à rien, ce qui nous a fait rire. Fringuées n'importe comment et super grosses. Elle a bien voulu sortir avec moi, on est allées au Starbucks de Finchley Road, on s'est posées sur un canap' et on a parlé de tout et de rien. Je regardais à moitié par la baie vitrée au cas où je reconnaîtrais quelqu'un dans la rue. Au bout d'un moment, elle m'a dit qu'il fallait qu'elle rentre parce qu'elle avait de la famille à la maison, alors je l'ai raccompagnée. La nuit commençait à tomber. On était à cette période insupportable de l'hiver où tu viens à peine de te réveiller quand soudain le ciel devient jaune sale, les arbres nus se transforment en squelettes noirs et la nuit débarque en plein milieu de l'aprèm.

J'ai regardé vers chez moi, j'ai vu les derniers étages de mes tours. Toutes les fenêtres brillaient de couleurs différentes ou scintillaient à cause des guirlandes électriques. Ça avait l'air chaleureux, là-haut. C'était joli.

J'ai frissonné et, au lieu de rentrer, je me suis mise à gravir la colline vers Hampstead.

À cette époque de l'année, le centre de Hampstead ressemblait à l'intérieur d'une boule à neige, avec tous ses arbres décorés de lumières blanches. C'était l'occasion de faire un peu d'exercice parce que ce n'était pas rien de grimper la colline depuis chez moi, c'était du cardio. Après deux jours passés assise à m'enfiler des Ferrero Rocher, ça faisait du bien de sentir l'air frais envahir et quitter mes poumons, le sang circuler dans mes veines. J'aurais dû gravir le chemin en courant, je sais, mais croyez-moi, je ne suis vraiment pas faite pour courir.

Il y avait de l'agitation dans les rues commerçantes : les soldes avaient démarré, et tout le monde se ruait dans les magasins. J'ai fait du lèche-vitrines, observant des objets que je ne pouvais pas me payer et dont je n'avais pas besoin. Le magasin pour les mamans qui font du yoga et s'achètent des leggings à cent livres. La boutique du carreleur à la mode, du marchand de peinture, et celle de la marque qui vend des casseroles hors de prix dans une vingtaine de coloris différents : Le Creuset. Non, je ne comprenais rien à Hampstead, mais l'ambiance me plaisait.

Je m'apprêtais à poursuivre ma route vers le sommet de la colline, là où l'air est particulièrement pur, là où le parc commence, avec ses vieux sentiers de terre et ses points de vue infinis sur les tours futuristes de l'autre côté de Londres, quand tout à coup je me suis retrouvée face à un homme qui n'était autre que Roan Fours.

Je ne portais pas ma capuche, et il m'a reconnue tout de suite. Pendant un instant, c'était assez gênant. Il portait une casquette, une veste matelassée et un sac de la marque Reiss avec le mot « soldes » écrit en grosses lettres rouges. Il n'était pas rasé et avait l'air bizarre.

— Saffyre, quelle surprise ! Comment vas-tu ?

— Bien, bien. Et vous ?

Il a baissé les yeux vers son sac.

— Tout va bien. Je viens d'échanger un cadeau qui ne m'allait pas.

— Un cadeau de votre femme ?

Cela m'avait échappé.

— Oui, m'a-t-il répondu avec un rictus figé comme du ciment. C'était trop grand, malheureusement.

J'ai hoché la tête avec un sourire compréhensif.

— Et toi, comment ça va ?

— Ça va, ai-je repris en haussant les épaules. Mon grand-père est mort il y a deux mois. C'était dur.

— Oh, je suis vraiment désolé pour toi, Saffyre.

— C'est la vie, non ? Les gens meurent.

Il a acquiescé.

— Oui, c'est vrai, les gens meurent. Ça n'en reste pas moins horrible. Toutes mes condoléances. Je sais que vous étiez très proches. Comment tu te sens ?

— Eh bien, d'une certaine façon, c'est plus simple, j'imagine. Aaron n'a plus à cuisiner autant, à s'occuper de papi, et tout. Mais, d'un autre côté, c'est vraiment nul, parce que ma famille est toute petite maintenant. Beaucoup trop petite.

J'avais voulu dire ça à la légère, un peu comme une blague, mais je pense que ça n'a pas produit l'effet escompté, parce que Roan a posé sa main sur mon bras et m'a regardée avec un air très inquiet.

— Il faudrait peut-être que tu en parles avec quelqu'un, non ?

Je me suis dit : *Mais oui, bien sûr, c'est vrai que la dernière fois que j'étais en mille morceaux tu m'as si bien réparée, toi.*

J'ai eu un petit rire.

— Non, mais tout va bien, honnêtement. Ça prend du temps de se faire à l'idée, c'est tout.

Je me suis interrompue, puis :

— Comment va votre famille ?

Sa bouche fit une forme étrange.

— Ils vont bien. Tout le monde va bien.

Et puis (je sais que je n'aurais pas dû, mais je l'ai fait, et on ne peut rien y changer) je lui ai lancé un regard appuyé et j'ai demandé :

— Et Alicia, ça va ?

La bombe que j'avais pas lâchée. Peu importe. Il le méritait. Avec son petit béret de snob, son manteau que sa femme avait acheté parce qu'elle pensait bêtement que son mari était fidèle, et pas un pauvre mec qui saute sur tout ce qui bouge.

— Pardon ?

J'ai lu la panique dans son regard.

— Comment va Alicia ? j'ai répété tandis que l'adrénaline déferlait en moi (mon cerveau avait enfin compris ce que je venais de dire). Votre collègue.

Il a hoché la tête, puis l'a secouée vivement.

— Mais… mais comment est-ce que tu connais Alicia ? Tu es revenue au centre Portman ?

J'ai fait signe que « non » en lui souriant.

Je le voyais essayer désespérément de retrouver une contenance, et j'ai jugé préférable de m'éloigner de la grenade que je venais de dégoupiller.

— Bon, faut que j'y aille. Bonnes vacances, Roan.

Il s'est retourné alors que je le dépassais.

— Mais, Saffyre, qu'est-ce que…

— Désolée, je suis en retard !

J'ai fini de monter la colline à cent cinquante kilomètres-heure : les petits arbres bardés de pompons blancs, les restaurants chicos blindés de monde, les galeries d'art, les agents immobiliers, les bars à ongles avec des chandeliers roses. Quand je suis arrivée au sommet, il faisait vraiment nuit. Je me suis penchée, les mains sur les hanches, la tête en bas, et je respirais si fort que je n'entendais plus que mon souffle.

34

Owen est assis dans une pièce aux murs bleu pâle, avec d'un côté un grand miroir sans tain et, de l'autre, une longue fenêtre verticale équipée d'une vitre opaque, texturée, et de trois barreaux en métal.

En face de lui se tiennent l'inspectrice Currie et un autre inspecteur, nommé Henry. Il porte un très beau costume bleu avec une chemise blanche près du corps. Il a les cheveux blonds, comme sa collègue, et à peu près le même âge qu'elle. On dirait presque un couple qui viendrait de commander des pizzas dans un restaurant et se creuserait les méninges pour trouver un sujet de conversation.

— Monsieur Pick, débute l'inspectrice en touchant les papiers de son dossier, je dois d'abord vous remercier de votre collaboration et d'avoir accepté de nous suivre.

— OK.

— On va aller droit au but, pour que vous puissiez retourner à vos occupations le plus rapidement possible. Cependant, je dois tout de même vous informer que nous avons un mandat pour vous garder vingt-quatre heures en garde à vue. Si vous avez des choses importantes à régler d'ici là, on peut s'en charger pour vous. Entendu ? ajoute-t-elle avec un sourire.

Owen acquiesce.

— Reprenons au début, si vous voulez bien, déclare-t-elle en allumant le magnétophone. Monsieur Pick, le soir du 14 février. Nous en avons déjà parlé, mais pour notre enquête, nous devons enregistrer votre témoignage. Vous avez passé la soirée à l'extérieur ?

— Oui.

— Où, précisément ?

— Dans un restaurant italien de Shaftesbury Avenue.

— Avec qui étiez-vous ?

— Une femme, Deanna Wurth. C'était notre premier rendez-vous.

— Vous avez bu de l'alcool ?

— Oui.

— Combien de verres ?

— On a bu une bouteille de champagne, puis une autre de vin rouge. Et un cocktail. Je bois assez peu, donc ça faisait beaucoup pour moi.

— En effet ! s'exclame l'inspectrice. Je dirais même que ça ferait beaucoup pour tout le monde.

Elle échange un regard avec son collègue, qui secoue la tête en souriant.

— Vous n'étiez donc pas sobre lorsque vous êtes rentré chez vous ?

— Non, j'étais même vraiment soûl.

— Quelle heure était-il ?

— Environ 23 h 30. Peut-être un peu plus tard.

— Qu'avez-vous fait en chemin ? Est-ce que vous voulez bien nous raconter cela, nous dire par exemple comment vous êtes rentré chez vous ?

— J'ai pris le métro et je suis descendu à Finchley Road. Puis j'ai marché jusque chez moi en passant par Winterham Gardens.

— Et ensuite ?

— J'ai vu quelqu'un devant la maison en face de la mienne. Je suis rentré. Je me suis couché.

— Est-ce qu'on pourrait revenir sur votre trajet entre le métro et chez vous, s'il vous plaît ?

Owen blêmit légèrement au moment où le vague souvenir d'une femme le traverse. Un regard effrayé, un pouce prêt à appuyer sur l'icone d'urgence de son portable.

— Avez-vous croisé des gens en revenant chez vous ?

Il secoue la tête.

— Oui ou non, monsieur Pick ?

— Non. Je n'ai croisé personne.

— Pas même cette personne ? insiste-t-elle en lui tendant le portait d'une jolie jeune femme, un cliché qui ressemble à une photo officielle d'entreprise.

Elle a de longs cheveux blonds et un chemisier rouge.

Il secoue à nouveau la tête et se frotte le menton d'un geste nerveux.

— Non, je ne la connais pas.

— Cette femme vit à deux portes de chez vous. Elle affirme que, ce soir-là, vous l'avez menacée physiquement aux alentours de minuit. Vous auriez essayé de lui barrer le passage. Vous l'auriez traitée de « salope ». Elle dit s'être sentie en danger et avoir été à deux doigts d'appeler la police.

Owen inspire profondément.

— Ce n'est pas ce qui s'est passé.

— Vous reconnaissez donc cette femme ?

— Maintenant, oui. Sur la photo, elle ne me disait rien. Je me rappelle. Elle était sur son téléphone, elle ne m'a pas vu arriver, et c'est elle qui m'est rentrée dedans. C'est *elle* qui m'a agressé. Moi, je n'ai fait que me défendre. J'ai répondu à son insulte. Pff, franchement, conclut-il en croisant les bras, l'air exaspéré.

— Très bien, donc vous rentrez chez vous. Il y a l'altercation avec cette femme. Puis vous voyez une jeune fille devant la maison de vos voisins vers minuit. Est-ce que vous pourriez maintenant nous décrire cette scène ? De quoi vous souvenez-vous ?

Owen soupire.

— Je ne suis vraiment pas sûr de ce que j'ai vu. Il était tard. Il faisait nuit noire. J'étais soûl. C'était peut-être rien.

— Faites un effort Owen, s'il vous plaît.

— J'ai vu…

Il s'interrompt, il essaie de se transporter à ce moment-là, devant chez lui, quand l'air glacé lui piquait le visage.

— Une silhouette. Avec une capuche. Fine. Pas grande. Pas petite. D'abord, j'ai pensé que c'était un homme. Il se tenait au bout de l'allée, près du portillon, et regardait vers la maison. Il avait les mains dans les poches, ses coudes ressortaient comme ça, poursuit-il en mimant la position. Et puis, au bout d'une minute, ou peut-être moins, trente secondes, il s'est retourné et il est parti, et là j'ai vu que c'était probablement une fille. Avec des cheveux…

Il s'arrête pour chercher le mot adéquat.

— … volumineux.

— Volumineux ? Une coiffure afro, c'est ça ?

— Je ne sais pas. Je ne suis pas certain de ce que j'ai vu.

— Vous voyez cette silhouette. Et ensuite ?

Owen remue doucement la tête, fouillant dans sa mémoire pour se rappeler ce qu'il s'est passé après qu'il a croisé les yeux de la fille. Mais il ne trouve rien. Il secoue la tête plus vigoureusement.

— Il ne s'est rien passé. Je l'ai vue, puis je suis rentré à la maison.

— Et ensuite ?

— Je me suis couché et j'ai dormi.

— Quelqu'un vous a vu rentrer chez vous ?

— Pas que je sache.

— Nous avons demandé aux autres habitants de la maison, et personne n'a entendu la porte d'entrée vers minuit.

Owen cligne des yeux.

— Ils dormaient peut-être. Pourquoi est-ce qu'ils auraient entendu la porte d'entrée ?

— Je ne sais pas, monsieur Pick. Peut-être parce que c'est une porte très lourde qui est assez bruyante quand elle se ferme.

Il fait « non » de la tête.

— Pas vraiment.

— Bon, j'imagine que ça dépend des points de vue.

Elle lance un regard à son collègue.

— Je crois que mon collègue a aussi quelques questions à vous poser. Monsieur Pick, vous allez bien ? Vous voulez un verre d'eau ? Un thé ? Quelque chose à manger ?

— Non, merci.

L'inspecteur Henry ouvre son carnet. Il se racle la gorge.

— Vos voisins d'en face… les Fours, n'est-ce pas ?

Owen secoue la tête.

— Cate et Roan Fours.

— Je ne les connais pas.

— Ils vivent dans la maison en face de chez vous, celle devant laquelle se tenait la personne que vous avez vue le 14 dans la nuit.

— Ah, oui.

Il sait de qui il parle. La famille avec le père en Lycra, la femme sur les nerfs, la fille qui se la pète et le fils qui ressemble à une asperge.

— Ceux avec les enfants ?

— Oui, exactement. Comment définiriez-vous votre relation avec eux ?

— Je n'ai pas de relation avec eux.

— M. Fours nous a raconté une rencontre nocturne entre vous deux. Vous l'auriez accosté alors qu'il faisait un footing, vous sembliez soûl et lui avez tenu des propos étranges.

Owen se redresse sur sa chaise.

— Mais quel est le rapport avec…

— Rien de direct, monsieur Pick. Mais nous essayons d'avoir une vue d'ensemble de la situation.

Owen inspire profondément. Il comprend ce qui est en train de lui arriver. Ces deux êtres blonds et insipides essaient de le pousser sur le chemin tordu qui mène à sa propre incrimination.

— Vous savez quoi, je me dis que si vous me posez des questions qui n'ont rien à voir avec la disparition de cette fille, si vous voulez parler de choses que j'ai dites ou que je n'ai pas dites à mes voisins il y a trois semaines, alors peut-être qu'il me faudrait un avocat. S'il vous plaît.

Les jumeaux blonds se regardent, puis le fixent à nouveau.

— Bien sûr, Owen. C'est votre droit le plus strict. Avez-vous quelqu'un de particulier en tête pour vous représenter ?

— M. Barrington Blair. Barry. Il travaille vers le West End, je crois. Ou Soho. Dans le centre, quoi.

— Très bien, nous allons le contacter tout de suite. En attendant, on va faire une petite pause.

Ils rassemblent leurs documents. L'inspecteur lisse sa veste, son col. L'inspectrice touche rapidement son chignon compliqué, replaçant une mèche rebelle. Owen se demande s'il n'a pas face à lui des androïdes très perfectionnés.

— On va vous apporter quelque chose à manger, Owen. Tenez bon.

Il se retrouve seul. Il allonge les jambes puis les recroise sous sa chaise. Il gratte une miette incrustée sur la manche de son pull. Il se dit soudain qu'il y a probablement une rangée de policiers qui l'observent de l'autre côté du miroir sans tain, alors il décide de bouger le moins possible.

Quelques minutes plus tard, un jeune agent entre avec deux sandwichs et un gobelet de thé.

— Thon ou poulet César ?

— Je n'ai pas faim.

— Je vous laisse les deux.

Il pose le thé devant lui et quitte la pièce.

— Y en a pour longtemps ? lui lance Owen avant que la porte ne se referme.

L'agent s'immobilise dans l'embrasure.

— Je ne sais pas, répond-il d'un ton léger. Désolé.

Il n'y a rien à regarder dans la pièce. Rien pour s'occuper. Il contemple ses ongles. Il se caresse les cheveux, essaie d'aplatir sa pauvre frange asymétrique. Il touche la plaie sur son front. Il croise et décroise les jambes. L'attente semble interminable. Le temps passe lentement, comme s'il s'étirait proportionnellement à l'étrangeté de la situation.

Il attrape l'un des sandwichs. Thon, mayonnaise et concombre. Il déteste le thon, le concombre, et c'est du pain complet, pas son genre de nourriture. Il ne regarde même pas l'autre, il sait que cela ne vaudra guère mieux.

Il sirote doucement le thé brûlant. Son cœur s'emballe lorsqu'il pense que des policiers sont en train de passer sa chambre au peigne fin, se rapprochant des pilules dans le tiroir où il range ses sous-vêtements. Il réfléchit à ce qu'il va bien pouvoir raconter quand ils lui demanderont des explications là-dessus. Qu'est-ce qu'il va dire sur Bryn ? Comment pourrait-il justifier de connaître un incel barjot qui plaide en faveur du viol de masse ?

Owen pianote sur la table et essaie de maîtriser sa respiration. L'angoisse le submerge. Il se souvient des policiers derrière le miroir sans tain. Il ne peut pas se permettre de craquer. Barry sera bientôt là. Barry saura quoi faire.

Il prend une nouvelle gorgée de thé, trop vite cette fois, et sent le liquide lui brûler la bouche. Il grimace et murmure « Merde ».

Enfin, la porte s'ouvre, et les deux inspecteurs entrent.

— Nous avons contacté M. Blair, lui indique la policière. Il est en route. Si vous voulez, nous pouvons continuer le temps qu'il arrive. Plus vite on aura terminé, plus vite vous serez de retour chez vous. Ou bien on l'attend, c'est vous qui voyez.

Owen pense à nouveau au contenu du tiroir.

— On va l'attendre, je crois.

35

Pour une fois, Roan rentre tôt du travail.

Cate lève les yeux de son écran d'ordinateur quand il pénètre dans la cuisine.

— Tu es déjà là ?

Il marche devant elle, ouvre le réfrigérateur et se verse un verre de vin avant même d'avoir enlevé son manteau. Il ne repose pas la bouteille.

— Je t'en sers un ?

Il est à peine 18 heures, mais elle hoche la tête.

— Tu n'as pas passé une bonne journée ?

— Non, c'était un peu dur, répond-il en descendant la fermeture de son manteau. Assez glauque, même.

Elle sait qu'il n'en dira pas plus. Probablement une affaire de patient suicidaire ou violent, ou de choses répugnantes qui dégoulinent. À moins qu'il n'ait eu un différend avec un collègue ou un supérieur. Cate ne lui pose pas de questions. Elle se contente de faire tinter son verre contre le sien.

— Au vendredi soir.

Roan l'imite sans conviction et sort son téléphone, affichant une page sur l'écran, qu'il retourne vers elle.

— Tu as vu ça ?

Elle prend l'appareil, met ses lunettes et commence à lire.

— Mon Dieu…

Il s'agit d'une photo du voisin d'en face, la bouche ouverte. On voit ses plombages et sa langue grise. Il a du sang sur le front. Ses cheveux sont gras, en bataille. C'est une image choquante. Un titre précède la photo : « Le tueur de Saffyre ? Un homme en garde à vue suite à la découverte de traces de sang et d'une coque de portable à son domicile ».

— Tu as assisté à l'arrestation ?

— Non, pas moi. Mais Georgia, oui.

— Tu savais que les policiers avaient trouvé du sang ?

— Oui, une journaliste nous l'a dit. Et toi, qui te l'a dit ?

— Un collègue. Plusieurs collègues. On ne parle que de ça. C'est… putain, c'est horrible.

Elle tourne à nouveau le regard vers l'écran. Elle imagine les millions de téléphones dans les millions de mains, les millions d'yeux qui découvrent le visage de cet homme, maintenant. Cet homme qui vit en face de chez elle.

Elle lit l'article.

Dans l'après-midi, Owen Pick, trente-trois ans, a été entendu par la police de Londres en lien avec la disparition de Saffyre Maddox, dix-sept ans. M. Pick, qui vit à Hampstead avec sa tante Tessa McDonald, a récemment été suspendu de ses fonctions d'enseignant en informatique au lycée professionnel d'Ealing suite à des plaintes pour harcèlement sexuel déposées par plusieurs élèves. Maisy Driscoll, l'une d'elles, affirme que M. Pick avait la réputation d'être « un mec flippant ». Elle dit également qu'il lui aurait caressé les cheveux lors d'une fête au lycée et qu'il l'aurait éclaboussée de sa sueur volontairement à plusieurs reprises. L'établissement n'a pas souhaité répondre à nos questions.

Les voisins de la rue boisée de Hampstead où réside M. Pick le décrivent comme quelqu'un d'« étrange », de « solitaire », et l'une de ses voisines, Nancy Wade, vingt-cinq ans, raconte avoir été importunée par M. Pick dans la rue quelques minutes avant la disparition de Saffyre Maddox : « Il m'a volontairement barré le passage. Quand je lui ai demandé de me laisser passer, il s'est énervé et m'a insultée. J'ai eu peur qu'il ne me fasse du mal. »

Ernesto Bianco, soixante-treize ans, vit dans l'appartement situé au-dessus de celui de M. Pick et Mme McDonald. Il nous a confié que ce n'est pas la première fois que M. Pick est interrogé par les enquêteurs ces dernières semaines. Selon M. Bianco, M. Pick avait déjà reçu la visite de la police concernant une série d'agressions sexuelles dans le quartier, dont deux à proximité de son domicile. Pour l'instant, personne n'a été mis en examen dans le cadre de ces agressions. M. Pick devra probablement s'expliquer aussi à ce sujet.

Plusieurs sources indiquent que, lors de la fouille dans le jardin de M. Pick, les policiers ont trouvé divers objets qui appartiendraient à l'adolescente, notamment une coque de téléphone portable. Il semblerait également que des traces de sang aient été relevées sur le mur extérieur de la chambre de M. Pick et sur le sol. La police scientifique poursuit ses investigations. Aucun corps n'a été découvert. La police recherche toujours activement Saffyre Maddox.

Cate rend son portable à Roan. Elle repense à la culpabilité qu'elle avait ressentie en renvoyant les policiers vers Owen Pick il y a quelques semaines. Mais elle avait eu raison, se rassure-t-elle. Elle s'était fiée à son instinct et ne s'était pas trompée.

— Tu as lu l'article en entier ? Le harcèlement envers les lycéennes ? Ça commence à faire beaucoup, je trouve. Ce doit être lui.

Roan reprend son portable.

— On dirait bien, oui, renchérit-il.

Cate boit une gorgée et regarde son mari d'un air songeur.

— C'est quand même étrange qu'elle soit venue ici. Dans notre rue. Pourquoi ? Pourquoi devant chez nous ? Pourquoi lui et pourquoi elle ? C'est tellement…

Elle frissonne.

— C'est perturbant.

Roan hausse les épaules.

— Tu sais, elle habitait plus ou moins dans le quartier. C'est l'une des rues qu'on emprunte pour aller au village. Ce n'est pas si bizarre que ça.

— Où est-ce qu'elle allait ? Personne n'avait rendez-vous avec elle.

— Je n'en sais rien ! dit-il en écartant les bras. Je ne connais pas sa vie privée.

Cate soupire.

— Quand je pense qu'il a suivi Georgia le mois dernier…

— Mon Dieu, heureusement qu'elle a eu le réflexe de t'appeler.

— Oui. Je ne peux même pas…

— Non, moi non plus, l'interrompt-il en secouant la tête doucement.

Il fait nuit. Cate observe la rue depuis sa fenêtre. Elle veut voir si les policiers ramènent Owen Pick chez lui. À l'extérieur, rien ne bouge, à part une bruine légère qui se déverse des nuages noirs. Elle en discerne les filaments soyeux sous la lumière vive des lampadaires. Le cordon de police ne ferme plus la rue, mais le portail du terrain en construction est encore condamné. Demain, le week-end commence. Est-ce que les agents de la police scientifique travaillent sur les scènes de crime le week-end ? Elle n'en sait rien. Elle perçoit un bruit derrière elle et se retourne. Elle pensait voir Roan, mais non, c'est Josh.

— Qu'est-ce que tu fais ? lui demande-t-il.

— Je voulais voir s'il se passait quelque chose là-bas.

Il pose sur son épaule une main qu'elle recouvre aussitôt de la sienne.

— Je me sens mal pour lui.

Elle regarde son fils.

— Pour qui ?

— Lui. Le voisin d'en face. J'ai pitié. Tout le monde pense qu'il est coupable, alors qu'il est peut-être innocent.

— C'est ce que tu penses ?

— C'est pas ce que je dis. Mais il y a la présomption d'innocence, normalement. Les gens veulent trouver un coupable tout de suite. Ils veulent savoir qui est le monstre. Ils ont besoin de jeter des tomates pourries, des pierres. Ça me rend triste pour lui.

Cate se retourne face à Josh. Elle caresse son visage, sentant sous ses doigts le début d'un duvet d'adolescent, doux comme l'herbe d'été.

— Tu es adorable, Josh. Tu es si gentil.

Il lui sourit et frotte sa joue contre sa main, puis l'attire vers lui pour l'enlacer. Elle sent ses os, ses muscles, sa peau. Elle reconnaît l'odeur de l'adoucissant qu'elle utilise, et quelque chose d'autre, un vague relent de tabac froid. Elle se demande s'il fume. Et, le cas échéant, si cela la dérangerait. Elle aussi fumait à quatorze ans. Dans les champs, à côté du chemin de fer, derrière les murs et les haies. Des Dunhill. Elle les piquait à sa mère, jusqu'à ce que cette dernière s'en rende compte et se mette à cacher ses cigarettes. Ensuite, elle était passée aux roulées. Est-ce qu'elle peut lui en vouloir d'en faire autant ?

Dans le climat actuel, alors qu'un meurtre a peut-être été commis, elle se fiche de savoir si Josh fume. Elle s'en inquiétera plus tard. Elle desserre son étreinte et lui sourit.

— La justice fera son travail, reprend-elle d'un ton assuré. Le coupable sera condamné.

36

Il est presque minuit. Owen est toujours enfermé dans la pièce aux murs bleu pâle, à la longue fenêtre à barreaux et au miroir sans tain. Les deux inspecteurs sont assis en face de lui. Sur la table, entre eux, se trouvent deux gobelets vides, des papiers de barres chocolatées, des sachets de sucre froissés, trois touillettes en bois. Owen trempe le doigt dans une petite flaque de thé et lui dessine des tentacules, huit, jusqu'à obtenir une pieuvre.

Apparemment, ils attendent le rapport des policiers qui ont passé sa chambre au crible. Barry se tient à côté d'Owen, il arrache ses cuticules. Il porte des boutons de manchette en jade et une chemise à carreaux mauves et verts. Il donne l'impression de n'être pas du tout à sa place entre les inspecteurs neutres et robotiques, les murs dont la peinture s'écaille et Owen, qui commence à se sentir terriblement sale et malodorant.

Owen n'a pas parlé à Barry du Rohypnol dans son tiroir. Quand l'avocat est arrivé, quatre heures plus tôt, Owen a compris en un regard que la seule raison de sa présence était sa rémunération. Pas un sourire encourageant ni empathique, aucune marque de familiarité. Il avait été si professionnel que c'en était cruel.

La porte s'ouvre, et deux nouveaux policiers entrent. Ils lancent un regard inquiétant à Owen en passant, qui sent son estomac se soulever. Il sait très bien ce que cela signifie.

Ils emmènent l'inspectrice hors de la pièce quelques minutes, puis elle revient, seule. Elle dispose sur la table de nouveaux documents, se racle la gorge, dit quelque chose à voix basse à son collègue, et plante son regard dans celui d'Owen.

— Bien, monsieur Pick. Je crois…, commence-t-elle en réarrangeant les feuilles devant elle, prenant le temps de formuler la suite, pour s'assurer de tomber juste. Je crois qu'il nous faudrait peut-être revenir en arrière. Nous voudrions discuter de vos activités de ces dernières semaines, depuis que vous avez été suspendu de vos fonctions au lycée. Monsieur Pick, est-ce que vous pensez que cet événement vous a changé, vous a fait voir le monde différemment ?

Barry se penche vers lui et lisse sa cravate en soie de toute beauté.

— Ne réponds pas Owen, c'est une question ridicule.

Owen ferme la bouche.

L'inspectrice Currie inspire et attaque de nouveau.

— Monsieur Pick, nous avons étudié votre historique de navigation sur Internet. Nous avons trouvé des choses particulièrement inquiétantes, notamment sur ce qui semble être des forums incels. Monsieur Blair, vous savez qui sont les incels ?

— Oui, répond l'intéressé, ce qui prend Owen de court.

Barry semble sortir tout droit des années 1960. Il ne l'imagine pas du tout pianoter sur un ordinateur, et certainement pas connaître l'existence des incels.

— Vous fréquentez beaucoup ces forums depuis quelque temps, monsieur Pick, n'est-ce pas ?

Owen hausse les épaules.

— Pas vraiment, non.

— Je peux vous dire exactement combien de temps vous avez passé sur ces forums, monsieur Pick, j'ai les statistiques sous les yeux. Depuis le 17 janvier, le jour de votre suspension du lycée professionnel d'Ealing, vous avez traîné en moyenne quatre heures par jour sur ces forums.

— Owen, tu n'as pas à répondre à ça. Ça n'a rien à voir.

— Monsieur Pick, vous avez écrit des commentaires particulièrement violents sur ces plateformes. Vous avez participé à des discussions sur les différentes façons de violer une femme, sur le type de femmes qui méritent d'être violées, et pourquoi elles le méritent. Vous avez parlé des femmes en des termes si insultants que j'aurais du mal à les répéter. Vous êtes là, avec vos grands yeux tristes, on vous donnerait le bon Dieu sans confession, alors que vous avez et exprimez des opinions intolérables sur les femmes.

Sa voix est plus forte, ses pupilles étincellent. Pour la première fois depuis qu'il l'a rencontrée, Owen se dit qu'Angela Currie a peut-être une vraie personnalité. Elle tourne la feuille vers lui pour qu'il puisse lire les mots écrits dans ces moments d'excitation frénétique, de soulagement de rencontrer enfin ses semblables.

Les lettres se mélangent sous son nez.

… salope… bouche…
… poing…
… pute… dur… gueule…
… femelle…
… chienne… saigner… trou…

Owen ferme les yeux.

Ces mots ne veulent rien dire pour lui.

Il voulait juste s'intégrer. Le petit nouveau qui en fait des tonnes.

— Vous confirmez que c'est bien vous qui avez écrit ces messages ?

Owen lance un regard à Barry, qui cligne des yeux, l'air dégoûté. Owen hoche la tête.

— Nous avons besoin de vous entendre, monsieur Pick.

— Oui, j'ai écrit ces messages, mais ils ne reflètent pas ma pensée.

— Comment ça ?

— J'ai écrit ça parce que j'étais très énervé. J'avais été accusé à tort au travail…

— C'est-à-dire ?

— Je n'ai pas fait ce que ces filles *prétendent* que je leur ai fait.

— Vous pensez qu'elles ont mal interprété vos intentions ?

— Oui. Enfin non. Si. Je ne m'intéresse pas du tout aux adolescentes. Pas comme ça. Pour moi, ce sont des enfants. Donc quoi qu'elles pensent que j'ai fait, c'était complètement innocent, il n'y avait pas la moindre intention sexuelle.

L'inspectrice hoche à son tour la tête.

— Vous étiez donc énervé à cause de ça, vous avez trouvé ces endroits sur le Net, reprend-elle, et vous avez rédigé ces propos répugnants sur les femmes parce que vous étiez en colère ?

— Oui, répond-il en acquiesçant. C'est ça. Mais je ne le pensais pas.

— De la même façon, vous ne vouliez pas asperger ces élèves de votre sueur ni leur demander si elles aimaient les filles ou les garçons ?

— Quoi ? Je ne leur ai jamais demandé ça…

— En tout cas, c'est ce qu'elles vous ont entendu dire. Nancy Wade déclare qu'elle a eu peur que vous vous en preniez à elle quand elle vous a croisé un soir. Vos voisins vous ont désigné comme un potentiel prédateur sexuel quand une amie de leur fille a été agressée dans la rue le mois dernier, et un agent est venu vous interroger à ce sujet. Vous avez passé des dizaines d'heures sur des forums et des chats à parler des meilleurs moyens de violer des femmes, et nous avons découvert des traces du sang de Saffyre Maddox sur le mur et dans l'herbe sous la fenêtre de votre chambre, ainsi que la coque de son téléphone, et nous apprenons à présent, monsieur Pick, qu'une grande quantité d'un médicament interdit, le Rohypnol, a été trouvée dans un tiroir de votre chambre, et le Rohypnol, mais ça vous le savez bien, monsieur Pick, fait partie de ce qu'on appelle les « drogues du violeur ».

Elle s'interrompt un instant.

—Nous sommes le samedi 23 février, il est minuit passé de trois minutes. Owen Michael Pick, vous êtes en état d'arrestation pour l'enlèvement de Saffyre Maddox. Vous avez le droit de garder le silence. Si vous renoncez à ce droit, tout ce que vous direz pourra être et sera utilisé contre vous devant une cour de justice. Vous comprenez ?

Owen regarde Barry comme s'il pouvait intervenir pour le sortir de ce cauchemar.

Barry ferme les yeux et hoche la tête.

37

Saffyre

Quelques jours avant le Nouvel An, en revenant à la maison, je suis tombée sur Aaron dans l'entrée. Il ne tenait pas en place.

— Qu'est-ce qui t'arrive ?

— J'ai une surprise pour toi.

— Vraiment ? me suis-je étonnée en ouvrant grand les yeux.

— Enlève ton manteau, m'a-t-il ordonné en attrapant le vêtement puis en l'accrochant à un cintre. Suis-moi. Ne fais pas de bruit, d'accord ? Enlève aussi tes chaussures.

J'ai ôté mes baskets d'un coup de pied, l'air toujours aussi incrédule.

Je suis entrée dans le salon à sa suite. Il s'est planté devant le sapin et s'est écrié :

— Oh, regarde, il y a un nouveau cadeau ! Le Père Noël est repassé, tu as dû être vraiment une petite fille très sage cette année !

J'ai froncé les sourcils et je me suis agenouillée près du cadeau. C'était une boîte ronde, rouge et brillante, avec un couvercle et un nœud doré.

— Il vaut mieux l'ouvrir tout de suite, non ?

J'ai retiré le couvercle lentement. J'ai regardé à l'intérieur, puis j'ai poussé un petit cri et j'ai plaqué mes paumes sur ma bouche. J'ai levé les yeux vers Aaron.

— C'est pas vrai ?

— Si ! s'est-il exclamé avec un immense sourire.

À l'intérieur se trouvait un minuscule chaton beige. Le genre de bébé chat qu'on voit sur Instagram : de grands yeux bleus, tout doux. Il ouvrait la gueule comme un lion sur le point de rugir, mais il n'en sortait qu'un tout petit miaulement pathétique. J'ai explosé de rire et plongé les mains dans la boîte pour le prendre. Il ne pesait rien, c'était juste une boule de poils sans masse, comme une plume.

— C'est notre chaton ?

Aaron a secoué la tête.

— Non, c'est *ton* chaton. Rien qu'à toi.

Là, j'ai fait un bruit trop bizarre, à mi-chemin entre un couinement et un grognement. Toute ma vie, j'avais voulu avoir un animal de compagnie, mais on m'avait toujours dit « non », que c'était trop de responsabilité, qu'on n'avait pas assez de place, que papi était allergique, que c'était trop cher, trop tout. Au bout d'un moment, j'avais abandonné l'idée et, là, j'avais un chat. Enfin. Dans mes bras. Je lui ai fait un bisou sur la tête.

— Pour de vrai ?

— Oui, pour de vrai.

— Oh là là, mais j'en reviens pas ! Franchement, j'en reviens pas du tout !

J'ai posé le chaton à terre pour qu'il puisse explorer les lieux. Il s'est dressé sur ses pattes arrière et a tapé dans une boule qui pendait du sapin. J'ai regardé Aaron, et on s'est mis à rire.

— Tu vas l'appeler comment ?

— Alors ça… T'as une idée ?

— Je sais pas. Hmm, les yeux bleus… Frank Sinatra ?

— Qui ?

— Frank Sinatra. Un vieux chanteur. Il était connu pour ses yeux bleus. Tu vois pas de qui je parle ?

— Bah non, je suis jeune, moi ! Pas croulante comme toi !

— Mais Frank, c'est cool comme nom, non ?

J'ai pris le chaton et je l'ai regardé droit dans les yeux. Il a refait son petit cri. Non, il n'avait pas du tout l'air d'un Frank. Il ressemblait à un ange.

— Angelo. C'est ça, son nom.

Je sais bien pourquoi Aaron m'avait acheté le chaton. Je ne suis pas bête, et c'était assez gros. Il me l'avait offert pour que je reste à la maison. Je sais qu'il se faisait du souci à l'idée que je passe mon temps dehors. C'était sacrément habile de sa part. Comment est-ce que je pourrais avoir envie de sortir toute seule dans la nuit, dans le froid, sous la pluie, alors que je pouvais rester bien au chaud avec Angelo, le chaton de mes rêves ?

Mais ça n'a pas vraiment fonctionné. Quand je ne voyais pas le chat, je ne pensais pas à lui. Lorsque j'étais à la maison, j'étais obsédée par Angelo. Je ne le quittais pas des yeux, c'était comme si je regardais la meilleure série télé du monde. Tout ce qu'il faisait m'enchantait. Le matin, il me réveillait en marchant sur ma tête avec ses petites griffes, et ça ne me dérangeait même pas. Il avait l'odeur d'un nuage, d'un torrent d'eau fraîche, du sommet d'une montagne. Parfois, je l'attrapais juste pour le sentir. Je l'aimais. J'étais vraiment dingue de lui.

Mais ce n'était pas suffisant pour m'empêcher de sortir, de mettre ma capuche et de devenir invisible.

La première nuit que j'ai passée entièrement dehors fut celle du Nouvel An.

J'avais raconté à Aaron que j'allais à une fête chez Jasmin et que je dormirais chez elle. Aaron travaillait dans un bar de Kilburn ce soir-là, payé double et avec l'espoir de recevoir de bons pourboires. Il faisait ça chaque année et, en général, il se faisait environ deux cents livres en une nuit. Je lui avais dit que je rentrerais de bonne heure pour m'occuper d'Angelo, et Aaron avait promis de m'emmener déjeuner au restaurant si j'en avais envie.

J'ai préparé mon sac, j'ai sorti mon duvet de mon armoire (je ne l'avais plus utilisé depuis mon voyage scolaire de CM2, il y avait des gros cœurs roses dessus). J'ai pris de la nourriture, de la viande pour le renard, une bouillotte bien douillette, une batterie portable pour charger mon téléphone, un rouleau de papier toilette et du gel hydroalcoolique. J'avais mis plusieurs couches de vêtements, même s'il ne faisait pas si froid. J'ai attrapé Angelo, je l'ai embrassé, j'ai retiré ses griffes de mon pull, je l'ai senti puis je l'ai déposé dans la cuisine avec une boulette de papier et des croquettes dans sa gamelle.

La dernière chose que j'ai entendue en sortant de l'appartement, c'était le bruit de ses toutes petites dents mâchant sa nourriture.

Je suis quand même allée chez Jasmin. Elle avait organisé une soirée chez elle. Quand j'ai enlevé mon manteau et qu'elle a vu que j'étais en sweat à capuche en polaire et jogging super moche, elle a fait une tête horrifiée.

— T'essaies même plus, en fait.

— Je couve quelque chose, il faut que je sois bien couverte.

— S'te plaît, dis-moi que t'as une jolie brassière ou un truc sexy là-dessous.

— Non, je ressemble à rien. C'est comme ça.

Je suis restée jusqu'à 23 heures, je dirais. C'était pas mal. Il y avait des filles du lycée, un ou deux de leurs copains. J'ai bu un verre de rouge. Je me disais que ça m'aiderait à dormir. On écoutait de la musique, on discutait, et à un moment les tantes de Jasmin sont arrivées, elles étaient bourrées et elles parlaient fort, elles riaient, on a monté le son, dansé, c'était cool. Je savais que les gens ne me laisseraient pas partir avant minuit, qu'ils voudraient que je reste, alors j'ai attrapé mon sac et une bouteille de vin, et je suis partie en scred.

J'essayais de voir ce qu'il se passait chez Roan. Les fenêtres étaient un peu embuées, ils devaient être chez eux. Je me suis demandé ce que des gens comme Roan et sa femme pouvaient bien faire pour célébrer le Nouvel An. Est-ce qu'ils allaient dîner dans un restaurant chic ? Est-ce qu'ils faisaient la fête et réveillonnaient avec leurs amis ? Ou bien est-ce qu'ils discutaient tranquillement au salon en sirotant du vin ?

J'ai grimpé par-dessus le mur du terrain vague et je me suis installée derrière la pelleteuse. Si des gens venaient, ils ne pourraient pas me voir. Et j'étais protégée du vent. J'ai posé une couverture au sol, après avoir retiré certaines pierres. J'ai enlevé le pull qui me servait de première couche et je l'ai roulé en boule pour me confectionner un oreiller. J'ai remis ma doudoune et baissé mon bonnet sur mes oreilles. Je me suis assise, le dos contre la pelleteuse, et j'ai bu du vin. Je n'avais jamais bu plus d'un verre et je découvrais avec bonheur cette sensation agréable qui transformait le monde. J'ai regardé mon téléphone : Jasmin continuait à poster des vidéos de filles qui gesticulaient, criaient et faisaient de l'œil à la caméra. Je ne regrettais pas d'être partie.

Il était 23 h 28.

J'ai écrit à Jasmin en lui disant que j'étais rentrée chez moi parce que j'étais claquée et en lui souhaitant une bonne année. Elle ne m'a pas répondu, elle était sans doute encore en train de danser. Je ne voulais pas qu'elle s'inquiète pour moi.

J'ai fini la bouteille et j'ai senti le doux duvet de l'ivresse m'envelopper.

À minuit, le ciel s'est éclairé de mille feux d'artifice. J'ai pensé à Aaron, derrière son bar à Kilburn, remplissant un lave-vaisselle de verres, entouré de gens soûls. J'ai pensé à papi au ciel en train de faire ce que les gens morts font là-haut.

Puis j'ai entendu une porte s'ouvrir et se fermer, et un homme tousser. Je me suis approchée du mur, j'ai regardé entre les feuillages, et j'ai vu Roan enfiler son manteau et s'éloigner. Je me déplaçais sur la pointe des pieds pour le suivre. Il a tourné au coin de la rue et a sorti son téléphone.

— Coucou, c'est moi. Bonne année !

J'ai deviné une voix de femme.

— Ça va ? Tu… Oh, OK. Oui. D'accord. Non, je ne peux pas rester. J'ai dit que je sortais les poubelles. Ouais, c'est ça, on ne fait rien de spécial. On boit du champagne. On parle, tu vois. Non, pas du tout. C'est calme. Oui. Moi aussi. Mais oui, bien sûr. Tu sais très bien ce que je veux. J'en meurs d'envie. Alicia, je t'aime tellement, merde. Oui. Oui. L'année prochaine, je te jure. Oui, je te jure. Toi et moi, aux Maldives, ou aux Seychelles, oui ! On va se régaler. Mais oui, toi et moi ! Je te le promets. Je te le jure. Je t'aime tellement. Tellement. Putain. Alicia, il faut que je rentre. Crois en nous, mon bel ange. S'il te plaît. Oui, oui. Toi aussi. Bonne année. On se voit dans trois jours ! Je t'aime. Au revoir. Je t'aime.

Puis le silence.

Je suis retournée vers l'entrée du terrain, vers sa maison. Sa femme se tenait là, dans l'allée. Elle portait un pull à paillettes et un jean. Elle était en chaussettes, une flûte de champagne à la main.

— Tu étais passé où ? a-t-elle crié à Roan quand elle l'a aperçu à l'angle de la rue.

— Nulle part, il m'a semblé avoir entendu un truc.

— Ah bon ?

— Oui, un cri. Je voulais voir ce qu'il se passait. Mais c'était juste des fêtards, je pense.

Je n'ai pas saisi la réponse de sa femme, car une nouvelle salve de feux d'artifice a explosé au même moment. Mon cœur battait à toute allure. Roan Fours, l'homme à qui j'avais parlé chaque semaine pendant plus de trois ans, l'homme qui explorait les différentes couches de ma conscience avec tant de gentillesse et de douceur, ce même homme était en train de planifier de quitter sa famille pour une tentatrice aux cheveux d'or. L'année prochaine.

L'année prochaine, sa femme maigrichonne vivrait dans un appartement pourri dans un quartier craignos parce qu'elle ne pourrait rien se payer d'autre, et leurs enfants devraient faire la navette entre deux logements de tristesse, et supporter de pénibles conversations avec Alicia, et prendre soin de leur mère dont le cœur serait en miettes. Elle ne serait plus vraiment la mère qu'ils connaissaient, mais quelqu'un d'autre, et leur enfance serait brisée et changée à jamais. Et comment je savais tout ça ? Je le savais, c'est tout. Je pouvais le prédire dans la silhouette efflanquée de son fils avec son spliff et son renard, dans la démarche pleine d'assurance de sa fille mastoc à la voix retentissante qui pensait que la vie serait toujours une partie de plaisir. Je le lisais dans la façon convulsive dont elle se frottait les coudes, cette femme qui avait construit sa vie autour d'un homme qui ne devait jamais l'abandonner tout en sachant pertinemment qu'il finirait par le faire. Je le savais parce que je le voyais de mes yeux. Et aussi parce que je ne suis pas bête.

Je commençais à avoir mal au ventre à cause du vin rouge.

Je me suis planquée dans l'obscurité en entendant leur porte s'ouvrir à nouveau. Puis j'ai perçu des bruits de pas qui s'approchaient et tournaient à l'angle.

Une voix de garçon.

— Flynn, mon vieux. Je suis là.

— Yo.

— Bonne année, mec.

— Ouais.

— 2019.

— Ouais, putain.

— J'espère que ce sera mieux que cette année de merde.

— Toutes les années sont merdiques.

— C'est vrai. Carrément.

À travers la haie, je distinguais le contour des ombres des deux garçons qui se faisaient un check. Puis je les ai vus s'engager dans la rue adjacente, vers le trou qui menait au terrain. Je me suis enfoncée dans le coin le plus éloigné d'eux. De nouveaux feux d'artifice ont explosé, et j'ai profité du bruit pour couvrir le boucan que je faisais en me cachant.

— Waouh, regarde ça. Des SDF.

J'ai vu le faisceau de la lampe d'un téléphone éclairer mon petit campement.

J'ai eu une pulsion de possessivité, et j'ai dû me retenir de ne pas aller les engueuler et leur dire de ne pas toucher à mes affaires.

— Je me demande qui c'est.

— On dirait une fille. Le sac de couchage est rose.

— Putain, c'est trop triste. T'imagines être à la rue quand t'es une fille.

— Elle a du vin, au moins, fit remarquer l'un des garçons en attrapant ma bouteille.

Ils ont regardé autour d'eux. Quand ils ont été convaincus que la mystérieuse SDF n'allait pas leur sauter dessus, ils se sont installés et se sont roulé un joint.

Dans mon petit coin, j'étais assez proche de la chambre de « Clive ». J'ai vu qu'un peu de lumière tamisée filtrait entre ses rideaux et je me suis demandé ce qu'il faisait. Pauvre Clive, avec son horrible couvre-lit en nylon.

L'odeur de la weed m'a chatouillé les narines une minute plus tard. Les voix me parvenaient lentement, entre deux bouffées.

— Cette année, ça va changer.

Je ne savais pas lequel des deux parlait, impossible de les distinguer.

— Ah ouais, tu penses que…

— Ouais. Les masques vont tomber.

J'ai entendu un rire. Puis deux.

— On arrête de faire les gentils ?

— Exactement. On les nique, les gentils.

Nouveaux éclats de rire.

— Et dans un an…

— Ouais, l'année prochaine !

— Peut-être qu'on sera connus.

— Pour nos méfaits.

— Grave…

De nouvelles explosions m'ont empêchée d'entendre le reste. Au bout de quelques minutes, ils ont remballé et se sont levés.

— Pas de renard ce soir ?

— Il s'est planqué à cause des feux d'artifice, j'imagine.

Ils se sont immobilisés et ont jeté un dernier regard à mon campement.

— Je me demande si la SDF va revenir.

— Peut-être qu'elle est déjà là.

— Arrête, c'est flippant !

— On lui laisse quelque chose ?

— Quoi ?

— Ch'ais pas. Le champagne ?

J'ai alors remarqué que l'un d'eux tenait une bouteille par le goulot.

— Ouais, OK. J'en veux pas, moi.

Ils ont posé le cadeau délicatement au sol, parmi mes affaires.

— Bonne année, madame.

— J'espère que ça va s'arranger pour toi.

Et ils ont disparu.

Je les ai vus se séparer une fois dans la rue. Joshua est remonté tranquillement vers chez lui pendant que sa tige de pote partait dans l'autre sens, vers le bas de la colline.

Les feux d'artifice se sont taris, le ciel s'est éclairci, le silence régnait à nouveau. J'ai enlevé mes chaussures et enfilé les grosses chaussettes d'hiver que j'avais prises. Je me suis calée dans mon sac de couchage. J'ai touché l'étiquette de la bouteille de champagne à moitié vide, avant de songer que c'était sans doute une mauvaise idée. J'ai sorti mon téléphone et répondu à quelques messages, notamment à Aaron qui me disait qu'il avait fini au bar et qu'on se retrouverait le lendemain matin. J'ai regardé le ciel, le beau ciel de 2019. Noir, neuf, intact.

38

Ce dimanche, Cate va voir sa maison de Kilburn. Elle n'aime pas y aller en semaine, car les ouvriers sont là, elle les dérange, et ils la regardent avec un air bizarre, comme si elle venait de les prendre la main dans le sac.

Il est tôt lorsqu'elle quitte Hampstead. Les enfants dorment encore, Roan est au lit, assis le dos contre les oreillers, l'ordinateur sur les genoux, il travaille. Elle décide de faire le trajet à pied : il fait beau, et cela ne prend que trente minutes. Elle traverse la rue et jette un coup d'œil au terrain en construction, entre les branchages. On ne pourrait vraiment pas se douter que des inspecteurs, des voitures de police et des hélicoptères ont ratissé la zone cette semaine. C'est comme s'il ne s'était rien passé. Puis elle arrive devant la maison d'Owen Pick et, cette fois-ci, elle ne l'évite pas. Tout est calme. Les rideaux sont tirés. Le matin débute à peine.

Dans sa maison vide, son souffle forme de la buée en quittant son corps. Ses pas résonnent sur le plancher brut. La moquette et les carrelages ne sont pas encore posés, les rideaux, les meubles et les papiers peints non plus. Mais le squelette est en place, et elle parvient presque à visualiser sa maison à nouveau. Elle jette un coup d'œil à son jardin en friche par les fenêtres de la mezzanine. Il y a des sacs de ciment et des planches partout. La pelouse a disparu sous les gravats. Elle s'imagine là dans quelques mois, en plein été. Le ciel sera bleu vif, ils auront un nouveau mobilier de jardin (elle a déjà choisi des modèles qui lui plaisent dans le catalogue Ikea) et seront peut-être en train de faire un barbecue. Elle n'aura plus à voir la maison d'Owen Pick chaque fois qu'elle sort de chez elle. Elle n'aura plus à passer devant le terrain vague qui la terrifie, plus à entendre les glapissements des renards.

Elle inspire profondément et se cramponne au sentiment d'impatience diffuse qui l'envahit, aux joies futures. Elle monte l'escalier jusqu'à la chambre qui sera bientôt la sienne. Elle donne sur la rue, sur une ribambelle de maisons mitoyennes rassurantes, comme la leur. Il n'y a pas de trous sinistres, pas de vieux arbres croulants projetant leurs ombres sur son lit, pas de dangereux pervers rôdant derrière de lourdes portes et des rideaux miteux. Il n'y a que des demeures normales où vivent des gens normaux. Elle comprend maintenant à quel point c'est précieux.

Elle prend quelques photos des travaux pour Roan et referme à clé derrière elle. Elle touche affectueusement le mur de sa maison et reprend le chemin de Hampstead.

Quand elle arrive, Roan est dans la cuisine en train de se préparer un toast.

— Tu en veux ? Je peux faire une tartine de plus.

— Non, merci, j'ai déjà pris mon petit déjeuner.

Il a l'air particulièrement de bonne humeur. Enjoué.

— Tu as vu ? lui demande-t-il en désignant l'écran de son ordinateur, dont elle s'approche.

Le site de la BBC est ouvert. « Un enseignant arrêté pour l'enlèvement de Saffyre Maddox. »

— Oh, mon Dieu, ils l'ont arrêté !

— Oui, je suis vraiment soulagé.

Elle le regarde. Cela lui semble un choix de mot étrange.

— Pourquoi ?

— Parce qu'ils vont peut-être la retrouver, maintenant.

Elle regarde à nouveau l'écran et lit l'article.

Un enseignant de trente-trois ans, Owen Pick, a été placé en état d'arrestation pour l'enlèvement d'une adolescente de dix-sept ans, Saffyre Maddox, disparue il y a dix jours. Il est détenu au commissariat de Kentish Town. On est sans nouvelles de la jeune fille depuis le 14 février. Elle avait quitté le domicile familial pour se rendre à Hampstead où elle devait rejoindre une amie. Selon des sources policières, M. Pick, un célibataire qui vit chez sa tante, n'a pas donné d'explications concernant les traces de sang retrouvées chez lui. Il était également actif sur des « forums incels », des sites Internet où des hommes se définissant comme des « célibataires involontaires », souffrant de ne pas avoir des relations sexuelles avec des femmes, se rassemblent pour exprimer leur frustration. Selon nos sources, l'enlèvement de Saffyre Maddox pourrait être le résultat d'une radicalisation en ligne sur ces forums. Ces dernières années, de nombreuses fusillades de masse aux États-Unis ont été provoquées par des membres particulièrement virulents de ces forums en ligne.

La famille de M. Pick n'a pas souhaité répondre à nos questions. Le montant demandé pour sa libération sous caution serait de 1 million de livres.

— Des forums incels ? Ce n'est pas possible…, dit Cate à haute voix, sentant son estomac se tordre à cette idée.

Elle avait regardé un jour un documentaire sur cette communauté qui l'avait épouvantée. Tant de haine, de ressentiment, d'amertume.

— Je sais, mais ça n'est pas si surprenant… Quand tu le vois, que tu sais comment il vit. Enfin, c'est clair que personne ne s'intéresse à lui.

— Tu as déjà eu des patients comme lui ? Des garçons qui détestent les filles parce qu'ils n'arrivent pas à s'en faire aimer ?

— Bien sûr, des garçons qui iront certainement sur des forums incels pour discuter des meilleurs moyens de violer des femmes quand ils seront plus grands, j'en ai rencontré. Il y a quelques années, j'ai traité un garçon de onze ans qui écrivait en cours des histoires de viol particulièrement élaborées.

Cate secoue la tête doucement, prenant une fois de plus conscience de la nature terrible du métier de son mari.

— Est-ce que parfois ça t'affecte, de travailler avec des enfants comme ça ?

Il repose le couteau à beurre et se retourne vers sa femme.

— Bien sûr, Cate, tout le temps.

C'est le dernier dimanche des vacances d'hiver, ce qui veut dire que Georgia va passer la journée en pyjama à se plaindre des devoirs qu'elle n'a pas terminés, à répéter qu'elle déteste l'école, les exams, sa mère qui la force à aller au lycée, le gouvernement qui l'oblige à aller en cours, la vie et tout le monde, car elle se fout de recevoir une bonne éducation. Enfin, quand les devoirs seront terminés, elle se préparera quelque chose de sucré à manger, qu'elle savourera devant la télé en pensant que c'est une récompense bien méritée après son dur labeur, donc en l'appréciant d'autant plus. Elle va faire son cinéma toute la journée, qui sera donc épuisante, mais Cate sait ce qui l'attend dès qu'elle entend la porte de Georgia s'ouvrir à 11 h 30.

—Bonjour, ma belle.

—Pff, je me suis réveillée à genre 8 heures et j'arrivais pas à me rendormir.

—Je suis passée devant ta chambre vers 10 h 30, et tu dormais à poings fermés.

—Peut-être, mais j'ai fait que me réveiller.

—Tu as faim ?

Georgia bâille et secoue la tête.

—Il est presque midi, je vais attendre.

—Je suis allée voir la maison ce matin, raconte Cate en cherchant les photos dans son téléphone.

—Oh ! s'écrie sa fille d'une voix enjouée. La maison ! Trop cool ! Fais voir !

Cate lui tend son appareil et va jusqu'à la chambre de Josh pour le réveiller. D'habitude, il se lève avant sa sœur. Elle aurait dû entendre le bruit de la douche, la musique qu'il met sur son téléphone qu'il pose en équilibre contre le gobelet à brosses à dents. Ce matin, rien.

Elle frappe doucement à la porte.

—Josh ?

Pas de réponse.

—Joshua ?

Elle ouvre la porte.

Le lit est vide.

Elle va dans la salle de bains, où elle trouve Roan assis sur les toilettes, le pantalon aux chevilles, en train de jouer à Candy Crush.

— Tu as vu Josh ?

— Non. Il est encore au lit, j'imagine.

— Non, il est sorti.

Elle retourne dans la cuisine et prend son téléphone des mains de Georgia.

— Tu sais où est ton frère ?

Elle secoue la tête.

— Je crois que j'ai entendu la porte il y a une demi-heure.

Cate écrit un message à Josh.

Tu es où ?

Elle voit les coches apparaître, mais elles restent grises. Elle soupire.

Au bout d'une heure, elle essaie de l'appeler. Elle tombe directement sur le répondeur. Elle lui laisse un message. Cate a préparé des spaghettis aux crevettes, à l'ail et au piment pour le déjeuner. Elle garde la dernière portion dans un bol qu'elle recouvre de film plastique et met au réfrigérateur.

Vers 14 heures, Georgia s'installe enfin à la table de la cuisine pour faire ses devoirs. Roan et Cate s'installent dans le canapé du salon pour regarder un film, mais Cate n'arrive pas à se concentrer. La pièce s'assombrit tandis que le soleil chute lentement vers l'horizon. Cate consulte son téléphone toutes les trente secondes. Elle écrit cinq messages supplémentaires à son fils et tente de l'appeler trois fois. Quand le film se termine, elle se tourne vers Roan.

— On devrait prévenir la police.

— Quoi ?

— Il est presque 16 heures. Ça fait cinq heures qu'il est parti.

— Cate, il a quatorze ans. Il fait encore jour.

— Je sais, mais Josh n'est pas le genre de gamin à disparaître sans donner de nouvelles. Il me prévient toujours quand il sort. Pourquoi est-ce que son téléphone est éteint ?

— Il n'a sans doute plus de batterie, ou peut-être qu'il est dans le métro.

— Il ne prend pas le métro, répond-elle d'un air exaspéré.

Parfois, on a vraiment l'impression que Roan ne connaît pas ses enfants.

— Il fait des crises d'angoisse, tu sais ?

— Oui, peut-être, mais je pense vraiment qu'il serait excessif de prévenir la police.

— On attend jusqu'à quelle heure, alors ?

— Eh bien… 19 heures ? Mais, même à ce moment-là, ça ne fera pas douze heures.

Il se lève et s'étire.

— Je vais aller courir. Je vais peut-être le croiser.

— Très bien. En attendant, je vais essayer de trouver le numéro de Flynn.

C'est le seul ami qu'elle connaisse à son fils.

Il n'est jamais venu chez eux. Il rôde dehors et envoie un texto à Josh pour qu'il le rejoigne. Il n'est rien d'autre qu'une tignasse rousse et un prénom pour Cate.

— Georgia, tu n'aurais pas le numéro de Flynn, par hasard ?

— Flynn ?

— Tu sais, le copain de Josh. Le roux.

— Mais pourquoi j'aurais le numéro de Flynn ?

— Je ne sais pas, chérie, on ne sait jamais. Est-ce que tu le suis sur les réseaux ?

— Mais non, pas du tout.

— Tu connais son nom de famille ?

— Pff, non. Pourquoi je connaîtrais son nom de famille ? Je sais même pas qui c'est. C'est le pote de Josh, pas le mien.

— Est-ce que…, commence Cate avec précaution, est-ce que tu as une idée de l'endroit où se trouve ton frère ? Il ne répond pas au téléphone.

Georgia pousse un long soupir.

— Maman. J'essaie de faire mes devoirs, là. Et tu me déranges tout le temps.

— Tu as raison, désolée. Mais je m'inquiète, parce qu'il va bientôt faire nuit et…

— Maman, sérieux, il a quatorze ans. Y a pas de problème. Si tu veux, tu peux aller voir dans le terrain vague, là…

Cate se raidit.

— Quoi ?

— Le terrain en construction, tu sais. Là où il y avait la police. Il était tout le temps fourré là-bas l'été dernier. Avec Flynn, souvent.

— Mais qu'est-ce qu'il y fabriquait ?

— Qu'est-ce que j'en sais ? J'en ai rien à cirer de ce qu'il fait !

— Oui, mais…

— C'est ton fils, OK ? Je le connais pas. Tout ce que je sais, c'est qu'il traînait là-bas parfois.

— Comment est-ce qu'il entrait ?

— Il y a un passage, répond sa fille tranquillement, comme si tout le monde était au courant. Quand tu tournes dans l'autre rue. Là où le mur est plus bas.

Georgia repose les yeux sur son livre, et Cate se précipite hors de la cuisine. Elle attrape son manteau, ses clés, et sort dans la rue.

Le ciel abandonne ses teintes grises et se pare de nuances pétrole. Elle allume la lampe de son téléphone et tâtonne entre les branchages à l'angle de la rue jusqu'à ce qu'elle repère l'endroit où elle peut se faufiler. Elle arrive de l'autre côté, dans un carré de mauvaises herbes. Vu d'ici, le terrain a l'air très grand. Elle dirige le faisceau de sa lampe autour d'elle.

— Josh ?

Elle illumine les coins du terrain, la pelleteuse. Il n'y a personne.

De l'autre côté, elle va voir à travers les arbres et découvre le jardin arrière de la maison d'Owen Pick. Elle aperçoit une fenêtre à guillotine avec les rideaux tirés. Sa chambre. Elle l'imagine derrière le mur, le visage éclairé par la lumière de son écran, écrivant des choses ignobles sur les forums incels, préparant l'enlèvement d'une jeune fille fragile, rêvant de ce qu'il lui ferait quand il l'aurait enfin entre ses pattes répugnantes.

Elle regarde autour d'elle comme si elle allait la trouver, Saffyre Maddox, comme si les policiers qui avaient inspecté cet espace sans relâche pendant trois jours avaient pu passer à côté, comme si la malheureuse pouvait sortir de terre à tout instant et marcher vers elle.

Elle sent son téléphone vibrer dans sa main. Un message de son fils.

Je rentre, maman. À tout de suite.

Tu étais où ?

Au ciné. J'étais sur silencieux, désolé.

Elle éteint son écran et presse l'appareil contre son cœur, levant les yeux au ciel. Son fils est sain et sauf. Ses muscles se détendent. Son souffle s'apaise. Au cinéma. Son bébé était au cinéma.

Elle se hisse à nouveau sur le muret et surgit juste devant une dame qui promène son chien.

—Ah ! s'écrie la voisine, l'air paniqué.

—Désolée, je cherchais mon fils. Je l'ai retrouvé.

La femme regarde derrière Cate, comme si son fils allait suivre.

—Il était au cinéma, explique-t-elle hors d'haleine. Pas là-dedans.

La femme hoche la tête et continue son chemin. Derrière elle, son petit chien se retourne plusieurs fois et semble lancer à Cate des regards interloqués.

—Tu as vu quoi ? demande-t-elle à Josh quand il arrive quelques minutes plus tard, les joues roses et fraîches.

—Le film avec Dwayne Johnson. Sur les lutteurs. Je me souviens plus du titre.

—Et c'était bien ? insiste-t-elle, étonnée par ce choix.

—Ça va, répond-il en haussant les épaules. Y a un truc à manger ?

Elle sort les pâtes du réfrigérateur et les fait réchauffer au micro-ondes.

—Pourquoi tu ne m'as pas prévenue que tu allais au ciné ? Pourquoi tu es parti comme ça ?

—C'était pas prévu.

—Mais j'étais ici, dans la cuisine. Tu aurais pu me dire que tu sortais.

Il hausse à nouveau les épaules.

—Je suis désolé. J'ai pas réfléchi.

Pendant qu'ils discutent, elle fait une recherche sur son téléphone pour trouver le film dont il parle. *Une famille sur le ring*. Elle tourne l'écran vers lui et lui montre l'affiche.

— C'est ça que tu es allé voir ?

Il acquiesce.

— Est-ce que tu étais avec une fille ? s'enquiert-elle avec un sourire.

Une chaleur douce se répand dans son corps en imaginant son étrange petit garçon solitaire assis au fond d'une salle de cinéma, le bras autour des épaules de sa copine.

— Non, répond-il.

Il ment.

Si Georgia lui mentait aussi effrontément, elle n'hésiterait pas une seconde à lui dire qu'elle sait qu'elle ment. « Je ne te crois pas, dis-moi la vérité », et Georgia lui lancerait ce sourire spécial qu'elle arbore quand elle est dos au mur, avant de tout lui révéler.

Mais Cate ne supporte pas l'idée de mettre son fils en difficulté, de le faire souffrir. Il ne sourirait pas. Il se sentirait mal.

— D'accord, finit-elle par dire avant de sortir les pâtes du four.

39

— Vous avez de la visite.

Owen sursaute sur sa chaise. Cela fait trois heures que son interrogatoire est terminé et qu'il est dans une cellule, sans la moindre idée de ce qui l'attend. On lui a servi un repas, une sorte de viande panée avec des patates et des haricots verts, puis un gâteau beige fourré à la confiture. Il a presque honte, car ce repas lui a plu. C'est le genre de plat que sa mère cuisinait pour lui, basique, salé, équilibré. Il a terminé tout ce qui se trouve sur le plateau.

— Qui c'est ?

— Je ne sais pas, répond sèchement l'agent.

— Je dois aller voir, ou je patiente ici ?

— Je vous emmène dans une salle d'interrogatoire. Éloignez-vous de la porte.

Il va au fond de la pièce. L'agent ouvre puis le guide dans un couloir avec des portes sécurisées, jusqu'à une nouvelle petite pièce bleue. Tessie est là, emmitouflée dans un châle en velours vert, portant de grandes boucles d'oreilles en argent serties d'émeraudes assorties. Son expression témoigne déjà de son mécontentement.

Elle commence à parler alors qu'il n'est pas encore assis.

— Je ne vais pas rester longtemps, Owen. Je t'ai apporté quelques affaires. Ton téléphone. Mais j'imagine que tu n'y as pas droit. Des sous-vêtements et une tenue de rechange, ce genre de trucs. Je ne voulais pas fouiller dans ton antre. Surtout pas après ce que la police y a trouvé. Mon Dieu, Owen. Et cette fille, Owen ! Qu'est-ce qui est arrivé à cette pauvre gamine ?

Tessie se prend la tête dans les mains, et toutes ses bagues se cognent les unes aux autres dans un cliquètement métallique. Elle garde les yeux baissés un long moment, puis les relève. Ils sont pleins de larmes.

— Owen, s'il te plaît. Dis-moi la vérité. Où est-elle ? Qu'est-ce que tu lui as fait ?

Owen sourit. Il ne peut pas s'en empêcher. C'est tellement ridicule.

— Tessie, bredouille-t-il en s'appuyant au bord de la table. Tu crois vraiment que j'ai quoi que ce soit à voir là-dedans ?

— Qu'est-ce que tu veux que je pense ? Son sang sur le mur de notre maison ! Sa coque de téléphone retrouvée sous ta fenêtre. La drogue du violeur dans ton tiroir. Et toutes ces choses ignobles, atroces que tu as écrites sur Internet. Bon sang, Owen. Pas besoin d'être Miss Marple pour résoudre l'affaire. Songe à sa famille, avoue à la police ce qu'il s'est passé.

— Merde ! s'écrie-t-il en agrippant ses cheveux puis en tapant du poing sur la table. Je n'ai rien fait à cette fille ! Je ne suis même pas sûr de l'avoir aperçue ! J'ai vu *une* fille ! Et si ça se trouve, c'était même pas une fille ! C'était peut-être un garçon. Et si j'ai dit ça, c'est parce que je voulais les aider. Franchement, Tessie, si j'avais tué Saffyre ou si je lui avais fait du mal, pourquoi est-ce que je raconterais à la police que je l'ai vue ? Pourquoi ? Réfléchis, putain ! Réfléchis ! Ça n'a aucun sens.

Tessie hausse les épaules en se mordant la lèvre inférieure.

— Non, ce n'est pas logique. Mais, Owen, rien de tout ça n'est logique. Rien. Enfin, tu as quoi, trente-quatre...

Owen soupire.

— J'ai trente-trois ans, Tessie. Trente-trois.

— Voilà, et tu n'as jamais eu de copine. Tu ne sors presque jamais. Tu t'habilles...

Elle esquisse un geste vague dans sa direction.

— Eh bien, tu t'habilles très bizarrement pour quelqu'un de ton âge. Tu ne manges que des aliments de couleur blanche. Enfin, Owen, il faut regarder la réalité en face, tu es très étrange.

— Et du coup j'ai tué une adolescente ?

Elle fronce les sourcils en l'observant, mais ne répond pas.

— J'ai parlé avec ton père. Il est très inquiet.

— Je n'en doute pas, ironise Owen en levant les yeux au ciel.

— Je t'assure. Je lui ai suggéré de venir te rendre visite, mais il va falloir que j'insiste. Il est un peu... dépassé par les événements.

— Ce n'est pas la peine, Tessie. Je n'ai aucune envie de le voir. Et certainement pas dans ces circonstances.

Owen laisse sa tête tomber sur sa poitrine, son regard plonge entre ses genoux et se fixe sur le linoléum rayé. Il est fatigué. Cela fait deux nuits qu'il dort sur l'horrible lit de la cellule. Il a passé des heures interminables en interrogatoire à affronter des inspecteurs le poussant tous de plus en plus fort à leur révéler où se trouvait Saffyre Maddox, et Owen a vu assez de films policiers pour savoir comment ces moments sont organisés, mélangeant les approches jusqu'à ce que l'accusé ne sache plus différencier la gauche et la droite. Mais leurs tentatives pour l'embrouiller et le faire craquer resteront vaines, car sa seule certitude est qu'il n'a rien à voir avec la disparition de Saffyre Maddox.

Barry lui a dit quelque chose d'assez intéressant hier.

Apparemment, la jeune fille avait été la patiente du voisin en Lycra, celui qui court. Il semblerait que l'homme soit un pédopsychiatre officiant au centre Portman. Il a suivi Saffyre Maddox pendant plus de trois ans, mais il aurait un alibi incontestable : il était au lit avec sa femme.

Owen a du mal à croire que la police prenne au sérieux un alibi aussi spécieux. Bien entendu, on fait confiance aux gens mariés, et forcément, le soir de la Saint-Valentin, ils sont ensemble au lit. Pourquoi est-ce que des gens mariés mentiraient ?

Hier, il a parlé de Bryn aux inspecteurs. Il n'avait pas pu trouver d'autre solution pour expliquer la présence du Rohypnol dans sa chambre.

— Bryn comment ?

— Je ne connais pas son nom de famille.

— Son adresse ?

— Je ne sais pas où il vit. Dans la banlieue londonienne. Son train arrive à Euston, c'est tout ce que je sais. Et il a trente-trois ans, comme moi. Et un site Internet : www.tantpispourtagueule.net.

— Bryn quelque chose, en banlieue, trente-trois ans, qui a un site.

Dire qu'ils étaient sceptiques était un euphémisme. Mais ils avaient tout de même effectué des recherches et étaient venus ce matin lui annoncer que personne ne correspondait à ces critères. Que le site n'existait pas et que les seuls dénommés Bryn vivant au Royaume-Uni et âgés de trente-trois ans résidaient à Chester, Aberdeen, Cardigan, Cardiff, Londres, Bangor, Newport et Dartmouth. Aucun banlieusard prénommé Bryn n'avait trente-trois ans.

— Forcément, c'est logique, avait insisté Owen. Puisque les journalistes ont mis ma tête en une de tous leurs torchons, il a eu le temps de disparaître. Mais il est toujours sur les forums où j'allais. Cherchez-le. Il s'appelle TantPisPourTaGueule. Vous verrez, c'est un des mecs les plus suivis. Un influenceur. Les gens le respectent.

— Et vous aussi, vous le respectiez ? lui a demandé un inspecteur dont il n'a pas bien saisi le nom.

— D'une certaine façon. Mais pas comme *ça*, s'est-il repris rapidement. Quand il m'a donné la drogue, quand il m'a dit ce qu'il voulait que j'en fasse, ce qu'il voulait qu'on fasse, nous tous…

— Nous tous ?

— Oui, tous les gens des forums.

— Les incels, donc ?

Owen n'avait pas trop aimé son ton méprisant. Comme s'il appartenait à la famille de Charles Manson, au Ku Klux Klan, ou s'il était un extraterrestre.

— Vous vous considérez comme un incel, Owen ?

— Non, avait-il répondu en secouant la tête. Je suis allé sur ces forums, mais c'était juste une phase. C'était la conséquence de ce qui m'était arrivé au travail. J'étais énervé. J'étais frustré. Je me sentais impuissant. J'avais besoin de me défouler, et ces forums m'en donnaient l'occasion. Mais je n'ai jamais pensé que j'étais comme eux. Je n'avais pas ma place là-bas. Et Bryn…

— Oui, parlez-nous encore de ce Bryn.

Ils prononçaient son nom comme s'ils mettaient des guillemets, comme s'il s'agissait d'un personnage de fiction.

— Bryn était drôle, voilà. Beaucoup des utilisateurs de ces forums sont glauques, sans humour, ils prennent tout au sérieux. Bryn était différent. Charismatique. Il était très apprécié. Je l'admirais, moi aussi. Mais quand je l'ai rencontré, j'ai compris qui c'était en réalité.

— Et alors ?

— Il est fou, avait conclu Owen après un moment de réflexion.

Mais à présent qu'il est assis en face de sa tante et qu'il pense aux injustices cruelles qu'il subit parce qu'il est célibataire, parce qu'il est « bizarre », parce qu'il est seul, parce qu'il n'est clairement pas un homme assez bon ou honnête pour se trouver une partenaire qui lui donnerait des alibis pour couvrir ses crimes odieux, il sent que Bryn et ses théories lui manquent. Pas le délire sur l'insémination des femmes contre leur volonté, mais son discours sur le manque d'équilibre du monde, qui fait que tout va vers les mauvaises personnes pour les mauvaises raisons. Il voudrait parler de ce qui lui arrive avec quelqu'un qui verrait clairement les choses. Mais Bryn s'est volatilisé. Bryn, peu importe comment il s'appelle vraiment, a disparu comme le dé d'un tour de passe-passe. Pouf ! Et maintenant qu'on a trouvé dans sa chambre la drogue du violeur, personne ne veut croire qu'il n'a jamais eu l'intention de l'utiliser.

Il regarde à nouveau sa tante, qui observe ses cheveux avec insistance.

— Tu peux te laver ici ?

Il hoche la tête.

— Tu veux que je t'apporte du savon, un shampoing qui sent bon ?

Il acquiesce derechef.

— Oui, s'il te plaît, murmure-t-il. Et s'il te plaît, Tessie, est-ce que tu pourrais me rendre un autre service ? Je t'en supplie. Il faudrait que tu contactes quelqu'un de ma part. La femme avec qui je suis sorti à la Saint-Valentin. On se parlait tout le temps, par texto. Et on devait se revoir la semaine prochaine. Je ne voudrais pas qu'elle pense que je l'ai oubliée, tu comprends ?

— Owen, mon pauvre Owen, tu es dans tous les journaux, à la télé, à la radio. Je peux t'assurer qu'elle sait très bien pourquoi tu ne lui écris plus.

Il ravale un nouvel accès de rage, ferme les yeux puis les rouvre doucement.

— S'il te plaît, j'y tiens. Qu'elle soit au courant ou pas, je veux qu'elle sache que je pense à elle. Que j'aimerais… ne pas être ici, que rien de tout cela ne soit arrivé, que les choses soient… tu vois. S'il te plaît, Tessie.

Elle roule des yeux, puis sort un carnet et un stylo de son sac.

Il lui dicte l'adresse mail de Deanna, car il n'a pas retenu son numéro de téléphone.

— Dis-lui qu'elle est géniale, s'il te plaît, Tessie. Dis-lui que je ne suis pas le monstre dont ils parlent dans les journaux. Dis-lui que si elle veut venir me voir, je lui expliquerai tout. Dis-lui de venir, s'il te plaît. Rien d'autre, seulement ça. Tu vas le faire ?

Elle ferme les yeux et aspire l'intérieur de ses joues.

— D'accord. Mais je ne mentirai pas pour toi, Owen. Je ne dirai que ce qui est vrai.

— Non, ne dis rien d'autre que ce que je viens de te dire.

Elle soupire.

— D'accord.

Elle jette un coup d'œil à sa montre.

— Je dois y aller, là. Je suis attendue à la boutique. Mon Dieu…, reprend-elle en se levant et grinçant des dents. Qu'est-ce que je vais dire aux gens ? Ils vont me demander, Owen, c'est sûr.

Tessie travaille un après-midi par semaine à la librairie Oxfam dans le bourg de Hampstead. Cela lui donne bonne conscience. Il la regarde partir. Elle ne s'approche pas de lui, n'esquisse aucun signe d'au revoir. Elle part, tout simplement.

L'agent qui se trouve dans le coin de la pièce lui ouvre la porte et l'accompagne.

L'autre agent, qui était assis à table avec eux, se racle la gorge.

— Vous êtes prêt ?

Il se redresse et le suit jusqu'à la porte.

Tessie laisse dans son sillage un mélange d'odeur de velours poussiéreux, d'adoucissant premier prix et quelques notes d'iris.

40

Saffyre

Je suis rentrée à 6 heures le matin du 1er janvier. Aaron dormait, et Angelo était dans son petit panier à côté de mon lit. Il s'est levé paresseusement en me voyant pénétrer dans la chambre, je l'ai soulevé et humé longuement avant de le poser sur le lit. Je me sentais vide, creuse. Tout était si calme. J'avais passé la nuit à sursauter aux bruits des festivités, du vent dans les arbres, des voitures qui pétaradaient de temps en temps, des craquements des planches qui condamnaient l'entrée, des battements d'ailes des oiseaux. Dès que je m'endormais, je rêvais que le renard était là, me léchant le visage, respirant dans mon oreille, mais lorsque je me réveillais, j'étais seule. L'air froid était électrique. J'étais enfin vivante dans la nuit noire.

Chez moi, je regardais le mur blanc cassé du plafond de ma chambre, l'abat-jour en papier décoré de cœurs roses que j'avais choisi quand j'avais huit ans, et qui était assorti à ma housse de couette et à ma lampe de chevet. Je ne reconnaissais plus cette enfant, et je ne savais pas qui elle serait devenue si Harrison John ne lui avait pas fait ce qu'il lui avait fait quand elle avait dix ans.

Il n'y avait d'autre bruit que le ronronnement de l'immeuble endormi. Je n'avais pas ma place ici. Je devais être dehors.

Et encore une fois l'autre part de moi, celle qui fait ses devoirs, met du vernis à ongles et regarde *Le Meilleur Pâtissier*, m'a murmuré : *Tu es sûre que tu n'es pas folle ?* Je savais qu'elle avait tort. Je changeais, je me métamorphosais, je m'ouvrais au monde.

Le soir, j'ai à nouveau préparé mes affaires pour aller dormir en face de chez Roan Fours. J'ai dit à Aaron que j'allais chez Jasmin. Il m'a lancé un regard qui voulait dire : « Je ne te crois pas vraiment, mais tu es presque une adulte, tu es au bord du gouffre, et je ne veux pas te pousser dans le vide. »

La nuit suivante, je suis restée à la maison pour lui, pas pour moi. Je me sentais prise au piège, j'avais l'impression que mon matelas et ma couette allaient m'avaler, que l'air chaud qui tourbillonnait dans la chambre allait m'étouffer. J'étais claustrophobe, angoissée. Quand je me suis réveillée le lendemain matin, mon drap était entortillé autour de mes chevilles. L'espace d'un instant, j'ai pensé que j'étais paralysée. Une vague de panique m'a submergée. J'ai dégagé mes jambes et je me suis relevée, haletante. Je ne pouvais pas passer une nuit de plus à l'intérieur. Ma transformation était presque complète. Tous les soirs, j'attendais que Aaron aille se coucher et je quittais l'appartement.

Dehors, je ne dormais presque pas. Je restais allongée dans le noir pendant que mon âme s'emplissait, que ma tête vibrait, que mon sang courait dans mes veines, chaud, vif. Je n'avais pas besoin de dormir. Je fonctionnais autrement, puisant une étrange énergie de la terre sous moi, de la lune au-dessus de moi.

À l'aube, je rentrais à la maison et me préparais pour aller au lycée. Aaron ne savait pas ou, s'il s'était rendu compte, il ne disait rien. Il pensait probablement que j'avais un copain. Il se comportait avec moi comme avec du verre soufflé, il n'osait rien me reprocher. Ce qui m'arrangeait bien.

Puis un jour, vers la mi-janvier, c'est arrivé. Au fond de moi, je savais que ça finirait par se produire. Ce moment se profilait en périphérie de ma conscience depuis que j'avais dix ans. Parce que dans tout quartier, même un quartier situé au bord d'une artère principale à six voies où la circulation ne s'arrête jamais, matin, midi et soir, entre les bus à deux étages, les tours, les grands panneaux publicitaires et les banques, il y a toujours ce microcosme fait de petites rues où les passants se croisent, se voient, se frôlent, où on connaît les gens, car on sait à quelle école ils vont, où leurs mères font les courses, où on traverse les mêmes passages piétons en même temps et où on sait, car c'est inévitable, qu'un jour on tombera sur la personne qui a enfoncé ses doigts en vous quand vous aviez dix ans.

Et c'est arrivé, dans le brouillard froid de l'aube, alors que je quittais la rue de Roan pour descendre vers Finchley Road. Il était là, vêtu de noir, la capuche baissée comme moi, une doudoune comme moi, un sac à dos comme moi. Il n'y avait personne à part nous. La lumière brute du lampadaire éclairait dans l'air entre nous des particules diaphanes de vapeur d'eau. Au début, j'ai eu peur parce qu'il y avait un homme, qu'il faisait nuit et qu'on était seuls. Puis j'ai vu son visage, ses sourcils épais, le creux sur son arête nasale comme si quelqu'un lui avait appuyé sur le nez.

Harrison John.

Le garçon qui avait enterré la fillette qui aimait les abat-jour roses.

Il m'a regardée. Moi aussi.

Il m'a reconnue, puis a souri.

— Saffyre Maddox.

Je n'ai rien répondu, je l'ai dépassé le plus vite possible, à la recherche des phares des voitures matinales qui roulent sur Finchley Road.

— Saffyre Maddox ! Tu ne dis pas bonjour ?

J'avais envie de faire demi-tour, de remonter la colline, de me planter devant lui et de lui cracher : « Espèce de gros porc, sous-merde, j'espère que tu vas crever ! »

Je n'en ai rien fait. J'ai continué à marcher. Un pas après l'autre. Le cœur battant à tout rompre. À deux doigts de vomir.

Je suis rentrée à la maison et j'ai fouillé tous les tiroirs jusqu'à trouver un trombone. Je l'ai déplié pour former un petit crochet et j'ai baissé mes chaussettes. J'ai pressé la pointe sur ma peau. D'avant en arrière. Encore et encore jusqu'à ce qu'une perle de sang, puis deux, puis trois apparaissent. Et enfin j'ai senti quelque chose de plus fort que le pouvoir de Harrison John.

41

Les vacances d'hiver sont terminées. L'appartement est calme. C'est un silence différent de celui qui règne quand les enfants sont encore couchés, qu'on anticipe le mouvement, les portes des chambres qui s'ouvrent, les petits déjeuners et les douches qui suivront. Là, c'est la vraie paix, celle d'une maison vide : les manteaux ne sont plus accrochés dans l'entrée, les sacs ne traînent plus sur les chaises, les lits sont désertés, les tapis de douche humides, les enfants à l'école, Roan au boulot, et une journée rien que pour elle l'attend.

Cate devrait travailler, mais elle n'arrive pas à se concentrer.

La veille, il y a eu une nouvelle agression sexuelle. Les médias ne parlent que de ça, et la police a diffusé des consignes de sécurité pour les femmes résidant dans le quartier. Cette fois, la victime avait une cinquantaine d'années. Elle rentrait d'un déjeuner avec des amis, et la nuit tombait quand elle a été entraînée dans une ruelle derrière une agence immobilière de la rue principale et a subi une « agression sexuelle grave ». Au crépuscule. L'agresseur était décrit comme un homme blanc, mince, qui avait entre vingt et quarante ans, et le visage recouvert par une cagoule légère comme celles que portent les motards sous leur casque.

Il n'a pas prononcé un mot pendant l'attaque, et la victime a dû être hospitalisée.

Crépuscule.

Ce mot, dans l'article, l'avait marquée. Un terme si spécifique pour une partie de la journée si éphémère. Immédiatement, elle avait repensé au crépuscule de la veille, alors qu'elle explorait le terrain en construction avec sa lampe à la recherche de son fils introuvable. Fils qui était rentré à la maison quelques minutes plus tard, affamé, prétendant être allé voir un film de Dwayne Johnson tout seul.

Crépuscule.

Elle marche jusqu'à la chambre de Josh et pose la main sur la poignée.

Elle ouvre la porte. Le lit est fait, son pyjama est plié sur son oreiller. Elle écarte les rideaux et laisse pénétrer la faible lumière du jour. Elle allume le plafonnier. On dirait que personne ne vit dans cette pièce. Josh ne laisse traîner aucune affaire. Georgia, elle, a sur sa table de chevet trois tasses à moitié remplies d'eau croupie, des bijoux, un ou deux livres, des chargeurs emmêlés, une chaussette, un vieux mouchoir, un baume à lèvres sans couvercle et un tas de pièces, mais Josh n'a rien. À part un dessous de verre.

Crépuscule…

Elle s'agenouille et regarde sous le lit. Son ordinateur est là, branché au mur, le câble enroulé avec soin. Elle l'attrape et le pose sur ses genoux. Elle ne veut pas s'asseoir sur le lit, car elle doute de pouvoir tendre la couverture aussi bien que Josh. Il se rendrait compte qu'elle a violé son intimité.

Elle ouvre le portable, l'allume et sait bien qu'il n'utilise plus le mot de passe qu'il employait pour tout quand il était petit, le mot de passe qu'elle avait le droit de connaître (donkey123), et qu'elle va devoir trouver un autre moyen d'accéder au contenu de son ordinateur. Cela étant, elle est devenue assez douée pour deviner les mots de passe quand elle pensait que Roan la trompait. Elle était même parvenue à s'infiltrer dans son ordinateur professionnel. Elle attend que l'écran soit prêt, puis tape « donkey123 ». Elle se prépare à voir s'afficher un message d'erreur, mais la session s'ouvre. Elle est entrée.

Elle cligne des yeux, n'en revenant pas, et se sent immédiatement rassurée. S'il avait quoi que ce soit à cacher là-dedans, il aurait forcément utilisé un mot de passe que sa mère ne connaissait pas.

Elle regarde les différentes fenêtres ouvertes : un tableur de maths, iTunes, une dissertation sur *La Ferme des animaux* et le navigateur Internet avec dix onglets ouverts, presque tous liés à ses devoirs. Le dernier est celui du programme du cinéma du quartier.

Elle inspire profondément.

Voilà, pense-t-elle, *il disait la vérité. Il était bien au cinéma.*

Elle vérifie les horaires. *Une famille sur le ring* : 15 h 20. La séance se serait donc terminée bien après le crépuscule.

Elle consulte l'historique. Elle avait fait la même chose l'année passée avec l'ordinateur de sa fille, et avait découvert avec stupéfaction que Georgia, à quatorze ans, regardait des vidéos porno nombreuses et éclectiques.

La dernière recherche est « cinéma finchley road films horaires ». Elle note distraitement que son fils ne s'est pas connecté à Internet depuis la veille au matin. La recherche précédente est : « arrestation owen pick ».

Et avant : « owen pick ».

« owen pick saffyre maddox ».

« disparition saffyre maddox ».

« saffyre maddox ado disparition ».

Ce qui est tout à fait compréhensible.

Cate elle-même est obsédée par Saffyre Maddox depuis qu'elle a appris sa disparition. D'autant plus que c'était une ancienne patiente de Roan et que l'homme qui l'a enlevée vit en face de chez eux. Il est bien naturel que son fils s'intéresse particulièrement à cette affaire. Son propre historique de navigation ne serait pas bien différent.

Elle referme l'ordinateur et le repose délicatement sous le lit. Elle s'approche ensuite du placard. Ses vêtements sont soigneusement empilés. Elle aperçoit aussi les manuels d'école dont il n'avait pas besoin en cours aujourd'hui, des stylos et du papier pour faire ses devoirs. Son bureau, une table accrochée au mur qui se rabat quand il ne l'utilise pas, n'est pas ouvert. Cate ne comprend pas pourquoi chaque jour Josh range ses affaires dans le placard et replie son bureau. Il est bien le fils de Roan de ce côté-là. En bas de l'armoire se trouve son panier à linge sale. Tant qu'elle y est, autant faire une machine. Elle sort le panier du placard et voit, caché dans le fond, un sac en plastique.

Ce n'est certainement pas un objet qu'elle s'attendait à découvrir, alors elle l'attrape, l'ouvre et regarde ce qu'il contient. Des vêtements de sport sales. Une odeur de moisi et de quelque chose de plus violent l'assaille. Pas vraiment de la sueur, un parfum plus animal. Elle extrait un legging en Lycra, celui de son mari. Puis un tee-shirt à manches longues avec des bandes réfléchissantes orange en haut des bras, qui appartient aussi à Roan.

Ensuite viennent des chaussettes et une paire de gants adhérents. Et enfin, un morceau de jersey noir qu'elle ne parvient pas à identifier tout de suite. Elle le lève devant son visage, le tourne et le retourne, et passe la main dans un trou au milieu du tissu.

Soudain, elle comprend.

C'est une cagoule.

42

Tous les os de son corps lui font mal. Le matelas sur lequel il dormait chez Tessie doit bien avoir cent ans, il n'y a plus de ressorts, et il s'affaisse au centre, il est flasque et mou, mais il avait fini par s'y faire. Le lit dans sa cellule est composé d'un bloc de ciment surmonté d'une paillasse. La nuit, il sent ses hanches s'y cogner quand il se tourne.

Il ne se souvient pas de son lit à lui, dans le logement où il vivait avec sa mère avant qu'elle meure. Il ne sait plus si c'était ferme ou moelleux. C'était un lit simple dans une petite chambre dans l'appartement modeste qui était tout ce qui leur restait de leur maison de famille, celle dans laquelle ils avaient habité tous les trois jusqu'à ses onze ans, jusqu'à ce qu'ils soient contraints d'en vendre la moitié. La demeure se situait sur la ligne Piccadilly du métro, à Manor House, un quartier du nord de Londres qui ne connaîtra jamais la moindre gentrification. Sa mère était parvenue à rendre leur foyer agréable parce qu'elle était douée pour ça, mais en réalité c'était un taudis. Elle disait toujours : « C'est ton héritage, cet appartement te reviendra si quelque chose m'arrive. » Et quelque chose lui était arrivé. Une rupture d'anévrisme à l'âge de quarante-huit ans. En rentrant de l'école, Owen l'avait trouvée effondrée sur sa chaise, sa tête reposant sur la table de la cuisine.

Il avait cru un moment qu'elle était ivre, mais cette explication ne tenait pas la route : comme lui, elle ne buvait qu'en de rares occasions.

Finalement, l'appartement n'avait pas représenté un grand héritage. Après avoir épongé les nombreuses dettes de sa mère, il n'était presque rien resté. Quelques milliers de livres tout au plus.

Et c'est ainsi qu'il avait atterri dans la chambre d'amis de Tessie, sur le vieux matelas auquel il s'était habitué et qu'il acceptait sans se poser de question, comme tous les autres aspects de sa misérable existence.

On lui apporte le petit déjeuner : des tartines de pain rassis et de la mauvaise confiture, une tasse de thé et un œuf dur. Il engloutit le tout, sauf les croûtes du pain qu'il cache sous la serviette pour que l'agent qui vient récupérer le plateau ne les voie pas.

Quelques minutes plus tard, l'inspectrice Currie se présente devant sa cellule. Elle porte une robe près du corps avec de grandes poches sur l'avant, des collants épais et des bottes. Elle a les mains dans les poches, sauf les pouces qui ressortent. Elle a l'air joyeux.

— Bonjour, monsieur Pick, comment vous sentez-vous aujourd'hui ?

— Ça va.

— Vous avez bien mangé ?

— Ça va.

— Vous voulez bien discuter un peu plus avec nous ?

Owen hausse les épaules et soupire.

— On ne s'est pas déjà tout dit ?

— Oh non, monsieur Pick, répond-elle avec un sourire. On a encore plein de choses à se raconter…

Le garde ouvre la porte, et Owen suit l'inspectrice à travers les couloirs labyrinthiques jusqu'aux salles d'interrogatoire. Il a fait un shampoing la veille grâce à ce que Tessie lui a apporté. Ses cheveux sont propres, tout comme ses vêtements, mais il a encore sa plaie au front, là où il s'est coupé accidentellement avec les ciseaux, et cette frange asymétrique qui lui donne l'air d'un fou.

Il s'assied face aux inspecteurs Currie et Henry. Ce dernier semble particulièrement épuisé aujourd'hui. Apparemment, il a un bébé et il a vraiment du mal avec les nuits sans sommeil. Non pas que l'homme lui ait parlé de sa vie personnelle, mais Owen grappille des bribes d'information quand il les entend discuter.

Quelques instants plus tard, Barry entre dans la pièce. Il empeste l'after-shave, et pas le genre frais et sportif que l'on vend dans des bouteilles en verre bleu à l'aéroport, le genre capiteux et profond que l'on vend dans des flacons en verre fumé dans des arrière-boutiques d'antiquaires.

— Bonjour, Owen, marmonne-t-il sans croiser son regard.

L'interrogatoire se déroule toujours de la même façon. Owen s'éclaircit la voix, boit une gorgée d'eau du gobelet en plastique, le repose sur la table.

— Monsieur Pick, nous sommes aujourd'hui le lundi 25 février. Voilà onze jours que Saffyre a disparu. Le sang que nous avons trouvé sur le mur de votre chambre…

— Ce n'est *pas* le mur de la chambre de mon client. C'est le mur extérieur d'une maison où vivent de nombreux résidents. Cet élément ne permet pas de le désigner comme coupable.

Il doit chaque fois les corriger.

— Très bien. Dans ce cas, je vais reformuler. Le sang que nous avons trouvé sur le mur sous la fenêtre de votre chambre date d'au moins une semaine.

— Peut-être plus, renchérit Barry.

Tout est enregistré, et il ne veut pas les laisser s'en sortir avec des formulations douteuses qui pourraient incriminer Owen.

— Comme mon client l'a souligné à plusieurs reprises, nous n'avons aucune idée de l'ancienneté de cette trace de sang, et nous savons que des adolescents ont tendance à se regrouper dans les environs pour se droguer. Cette jeune fille qui était liée à la famille vivant en face du terrain en construction avait peut-être coutume de passer du temps à cet endroit. Elle était peut-être sous emprise, elle a peut-être été imprudente, et il n'est pas impossible qu'elle se soit blessée. La présence de son sang sur ce mur ne prouve rien. Rien d'autre que le fait que Saffyre Maddox s'est tenue à proximité de la maison où réside mon client.

— Oui, concède l'inspectrice avec un grognement, vous avez raison. Cependant, nous avons bel et bien trouvé le sang de Saffyre sur le pan de mur qui se situe sous votre fenêtre. Et puisqu'elle a été vue à proximité de votre résidence à peu près au moment de sa disparition, nous avons assez d'éléments pour continuer à vous interroger à ce sujet. Si nous ne le faisions pas, ce serait une faute professionnelle. Donc, monsieur Pick, cela fait onze jours que vous l'avez aperçue devant la maison de vos voisins.

— Ce n'était pas elle, j'en suis sûr maintenant. Je me repasse la scène en boucle dans mon esprit, et plus j'y pense, plus j'ai la certitude que ce n'était pas elle. C'était un garçon.

Il voit les inspecteurs soupirer de lassitude.

— Selon votre dernière déclaration, il s'agissait d'une personne qui pourrait correspondre au signalement de la jeune fille disparue.

— Oui, c'est vrai, mais ça ne veut pas dire que c'était elle. Ça pourrait être n'importe qui d'autre correspondant à la description que j'ai faite. Tout le monde se ressemble avec une capuche sur la tête.

L'inspectrice Currie ne répond pas. À la place, elle sort un tas de feuilles d'une des pochettes devant elle en prenant tout son temps. Elle fait mine de relire leur contenu, dans une mise en scène évidente. Cela n'échappe pas à Owen.

— Monsieur Pick, recommence-t-elle en lui montrant les papiers. Vous vous souvenez de nous avoir dit que vous n'étiez pas attiré par les adolescentes ?

Il se sent rougir. De nouveaux ennuis se profilent à l'horizon. Il se racle la gorge.

— Oui.

— Vous vous souvenez d'une jeune femme nommée Jessica Beer ?

— Non.

— Son nom ne vous dit rien ?

— Non, répète-t-il avec impatience.

— Eh bien, monsieur Pick, Jessica Beer, elle, se rappelle très bien de vous. C'était l'une de vos élèves en… 2012. Elle avait dix-sept ans. Aujourd'hui, elle en a vingt-trois. J'ai pu la rencontrer hier. Nous avons discuté. Elle m'a raconté un événement assez éclairant pour notre affaire.

— Hein ? Jessica comment, vous dites ?

Il essaie de lire les documents, mais il ne voit rien qui puisse l'aider à comprendre ce qui va lui tomber sur le coin du nez.

— Jessica Beer. Selon elle…

L'inspectrice s'interrompt pour ménager ses effets (mais la route vers l'Oscar de la meilleure interprétation est encore longue).

— Vous l'auriez agressée lors d'une fête de Noël sur votre lieu de travail, vous lui auriez dit que vous la dévoriez des yeux pendant les cours, que vous la trouviez belle… *parfaite*, même. Elle affirme que vous avez caressé son visage en lui disant que sa peau était sublime. Que vous lui avez murmuré des mots doux à l'oreille.

—Quoi ? Mais non, je n'ai jamais fait ça !

L'inspectrice sort une photo de son dossier et la lui montre. C'est une jolie jeune fille métisse avec des cheveux bouclés, des taches de rousseur, des lèvres pulpeuses et roses. Owen sait qu'il la connaît, mais il ne parvient pas vraiment à se souvenir d'elle. Elle a peut-être été l'une de ses élèves, mais c'était il y a au moins six ou sept ans, et il a eu des centaines d'élèves depuis, des centaines de jolies adolescentes ont assisté à ses cours. Alors oui, il a peut-être été son prof, mais il est certain de ne lui avoir jamais rien dit de tel.

—C'est n'importe quoi, proteste-t-il. C'était peut-être l'une de mes élèves dont je n'arrive pas à me souvenir, mais je ne lui ai jamais parlé de cette façon-là, ni à aucune autre élève d'ailleurs. Je m'en souviendrais.

—Aviez-vous bu lors de cette soirée de Noël de 2012, monsieur Pick ?

—Comment voulez-vous que je sache ? C'était il y a sept ans !

—Un tout petit peu plus de six ans, pour être exact.

—Six ans, sept ans, qu'est-ce que ça change ? Je ne me rappelle ni cette fille ni cette fête.

Mais Owen s'en souvient tout à fait. Et même très précisément. C'est après cette fête-là qu'il a évité les soirées de Noël pendant des années. Il avait beaucoup trop bu. Des garçons avec qui il s'entendait bien en cours avaient passé la soirée à lui servir des shots de tequila. À un moment, la salle s'était mise à tanguer. Il se souvient d'être resté planté au milieu de la piste de danse quelques minutes, à fixer une boule à facettes qui tournait avant de se rendre compte que toute la pièce tournait et que lui aussi tournait, et il avait couru aux toilettes et vomi dans la cuvette. Heureusement, personne ne l'avait vu ni entendu. Une demi-heure plus tard, il était sorti des cabinets, livide et moite, et était rentré immédiatement chez lui. Il n'y avait pas eu d'incident avec cette élève. Aucun. Il ne l'avait pas abordée. Il savait qu'il n'aurait jamais fait une chose pareille.

— Elle ment, cette jeune femme. C'est clair. Comme les autres élèves.

— Elle ressemble un peu à Saffyre, vous ne trouvez pas ? lui demande l'inspectrice en tournant à nouveau vers lui la photo tout en faisant une mimique exagérée, comme si c'était la première fois qu'elle remarquait la ressemblance.

— Je n'en sais rien. Je sais à peine à quoi ressemble Saffyre.

— Tenez, insiste-t-elle en lui tendant le portrait de la jeune fille disparue.

— Elles ont la même couleur de peau, c'est tout.

— Et le même âge. Et elles sont toutes les deux particulièrement jolies.

— Nom de Dieu ! explose Owen en posant les mains sur la table. Je vous répète que je ne connais pas cette fille. Je ne l'ai jamais vue de ma vie. Et celle-ci non plus, ajoute-t-il avec un geste de la tête vers la photo de Saffyre. Je ne fais pas de mal aux gens. Je ne les touche pas. Je ne drague jamais de femmes, jamais, et c'est précisément pour cette raison que je suis puceau à l'âge de trente-trois ans. Je n'arrive pas à regarder les femmes en face. Elles me font peur. Les filles aussi. C'est vraiment la dernière chose que je ferais, accoster une jolie fille à une soirée et lui dire des trucs salaces à l'oreille. Jamais je n'aurais l'idée de faire ça, et même si l'idée m'avait traversé l'esprit, je n'oserais jamais !

— Peut-être pas si vous aviez bu, monsieur Pick. Ça a l'air d'être un élément crucial dans ce qui nous occupe, n'est-ce pas ? Cet incident, dit-elle en tapotant la photo de Jessica Beer, a eu lieu lors d'une fête et, selon cette jeune femme, vous n'étiez pas sobre. Et dans le cas des élèves d'Ealing, les faits se sont également produits lors d'une soirée, et là encore vous aviez bu. Votre désagréable rencontre avec Nancy Wade dans la rue, lorsque vous avez essayé de lui barrer le passage…

— Selon *elle*, intervient Barry. C'est sa version des faits.

— Lorsque Nancy Wade dit que vous vous êtes mis en travers de son chemin et que vous l'avez insultée. C'était le soir de la Saint-Valentin, et vous nous avez confié que vous n'étiez pas sobre. Voici ma théorie, monsieur Pick. Sous l'emprise de l'alcool, vous êtes capable d'avoir des comportements radicalement différents de ce que vous êtes en temps normal. Vous n'êtes pas le genre d'homme qui accoste des femmes ou qui flirte avec des adolescentes, qui les touche, ou qui insulte des inconnues dans la rue, mais après quelques verres vos inhibitions disparaissent, et une autre facette de vous fait surface, une autre personnalité. Et cet autre vous, qui vous paraît peut-être répugnant, est lui capable d'enlever une jeune fille et de lui faire du mal. Et cela fait onze jours, monsieur Pick, onze jours depuis la Saint-Valentin. Vous ne croyez pas que la comédie a assez duré ? La famille de Saffyre souffre, ses proches réclament des réponses. Monsieur Pick, s'il vous plaît, repensez à ce soir-là, rappelez-vous que vous étiez soûl, que vous vous êtes peut-être comporté d'une façon qui ne vous ressemble pas, que vous avez peut-être fait quelque chose sans le vouloir, guidé par des forces que vous ne maîtrisez pas. S'il vous plaît, dites-nous ce qu'il s'est passé. Dites-nous ce que vous avez fait à Saffyre Maddox.

— Je n'ai rien fait à Saffyre Maddox, répond Owen doucement et, en prononçant ces mots, il sent un tout petit souvenir poindre à la périphérie de sa conscience, comme un moucheron qui tournoierait autour de sa tête.

La fille, la capuche. Le prénom Clive. Un écho sous ses pieds. Le bruit de ses pas, à la suite de la fille à la capuche. Il l'interpelle. Il s'engouffre derrière elle dans le terrain vague.

43

Cate passe le reste de la matinée à essayer de contenir la vague de terreur qui menace de la submerger.

Elle n'a rien fait avec le sac et son contenu chiffonné, à part le refermer et le replacer derrière le panier à linge.

Cate est censée fournir à ses éditeurs la première version d'un nouveau manuel à la fin du mois, mais elle n'est pas du tout prête. Elle s'assied à table et rédige précautionneusement un mail pour annoncer qu'elle ne sera pas en mesure de respecter le délai initialement prévu. Elle soupire en appuyant sur *envoyer*, elle n'a pas l'habitude de rendre son travail en retard. Mais elle est trop distraite pour terminer dans les temps, et dès qu'elle regarde son écran, sa tête se vide instantanément.

Elle ouvre son navigateur et tape « agressions sexuelles Hampstead ». Elle saisit un carnet et ôte le capuchon d'un stylo.

La première agression de la série serait survenue le 4 janvier à Pond Street, et l'agresseur était cagoulé.

Il était habillé en noir et avait ceinturé et peloté une jeune femme de vingt-deux ans aux alentours de 11 h 30, avant de prendre la fuite sur un vélo municipal en voyant quelqu'un approcher.

Cate écrit : « 11 h 30, 4 janvier ».

L'agression suivante avait eu lieu trois jours plus tard : une femme de soixante ans dont la poitrine avait également été malmenée par un jeune homme vêtu de noir. Elle avait des hématomes. Cela s'était passé vers 16 heures près du centre de loisirs et de l'école.

Elle prend note.

Ensuite, celle du 16 janvier, celle qu'elle et Roan avaient découverte dans le journal. Une femme de vingt-trois ans, sur qui l'agresseur avait bondi par-derrière avant de la tripoter sous ses vêtements. Elle n'avait pas vu son agresseur, mais avait parlé de l'odeur de lessive qu'il dégageait, et de ses petites mains.

Cate ajoute une ligne à la liste.

Elle connaît les deux agressions suivantes, survenues à proximité de chez elle, en plein jour. Là aussi, des attouchements et des hématomes. Et enfin la dernière, le 24 février, s'était produite au crépuscule, sur Finchley Road, près du cinéma. C'était la plus grave de toutes, la victime avait été emmenée à l'hôpital.

Elle inspire profondément et ouvre son agenda numérique. Elle compare les dates et les heures avec le calendrier de ses activités, à la recherche d'un élément permettant de disculper ses proches de ces horribles agressions.

Elle pense à Josh, à ses câlins, à sa part de mystère, à son silence.

Un nouveau frisson la parcourt.

Mais ce ne sont pas les vêtements de Josh, ce sont ceux de Roan, et Roan aussi a ses zones d'ombre. Il s'absente toute la journée et reste injoignable. Le soir, il court avec sa tenue en Lycra noir, pendant deux heures minimum. Quand il revient, il est rayonnant, plein d'énergie. Il a ses secrets. Même si ce n'était pas une liaison, l'an passé, il se tramait bien quelque chose. Puis elle songe à cette carte de Saint-Valentin écrite par une enfant, et dont l'enveloppe ne correspond pas. Et cette adolescente qui était sa patiente et qui a disparu juste devant chez eux.

Il y a trop d'éléments louches. Et maintenant, ce sac rempli de vêtements de sport qui empestent. Et surtout la cagoule.

Aucune des dates ne lui permet d'exclure tout à fait la responsabilité de son fils ou de son mari. Ils n'étaient peut-être pas à la maison lorsque ces agressions ont eu lieu.

Elle regarde l'horloge digitale : presque 11 heures. Josh est au collège, Roan au travail. Ces failles. Ces fissures où le doute peut s'infiltrer.

Elle attrape son téléphone et cherche le numéro de la mère de Tilly, Elona. Elle s'apprête à appuyer sur le bouton d'appel, mais le courage lui manque. Elle lui écrit un texto.

Chère Elona, j'espère que tu vas bien, et Tilly aussi. J'aimerais discuter de quelque chose avec toi. Est-ce que tu serais disponible pour un café dans la semaine ? Dis-moi ce qui t'arrangerait !

Elona répond trente secondes plus tard.

Bien sûr. Je suis libre maintenant si ça te va !

Elles se retrouvent au Caffè Nero de Finchley Road. Elona est très apprêtée : ses cheveux bruns sont noués en queue de cheval, elle porte une cape noire avec un col en fourrure, un jean sombre et des bottes à talons hauts. Cate ne comprend pas comment certaines femmes font pour être aussi séduisantes. Les efforts qu'elles déploient quotidiennement pour prendre soin de leur apparence, l'attention, le temps, l'argent… Elona lui donne une accolade et l'enveloppe de son doux parfum de miel.

—Je suis contente de te voir, Cate, déclare-t-elle de sa voix mélodieuse aux accents d'Europe de l'Est. Tu as l'air en forme !

—Merci, répond-elle, tout en sachant que c'est faux.

—Je vais te chercher un café, ou autre chose ?

Cate n'a pas l'énergie de se battre pour l'inviter. Elle se contente de sourire en commandant :

—Un petit americano, s'il te plaît, avec du lait chaud.

Elle s'installe dans un fauteuil et sort son téléphone. Elle a un message de Georgia.

Maman ?

Puis un autre arrive.

Je veux faire un gâteau ce soir. Tu peux acheter de la farine et des œufs ?

Et deux minutes plus tard :

Et de la cassonade ? <3

Cate envoie un pouce levé et range son portable.

Si on lui avait dit, il y a quelques années, que Georgia deviendrait le cadet de ses soucis, elle n'y aurait pas cru.

Elona revient avec le café de Cate et un thé à la menthe.

—Alors, comment ça va ? lui demande-t-elle.

—Oh, tu sais, il se passe tellement de choses en ce moment, commence Cate. Je ne sais pas si tu as entendu ?

Elona hoche la tête vigoureusement.

— Oui, oui…

Cate se rend compte qu'Elona a probablement remis à plus tard tout ce qu'elle avait à faire en recevant son message.

— Qu'est-ce qui te tracasse ?

— Déjà, ils ont arrêté ce type, tu sais, le voisin d'en face.

— Oui, j'ai lu ça. Waouh. Et tu en penses quoi ? C'est lui, à ton avis ?

— Eh bien, les apparences ne sont pas à son avantage, c'est sûr. Il a la tête de l'emploi. Cela dit, c'est lui qui a signalé à la police qu'il avait vu Saffyre. Pourquoi est-ce qu'il aurait raconté ça si c'était lui qui avait fait le coup ? Sans son témoignage, la police n'aurait jamais su qu'elle était dans les parages ce soir-là. Ils n'auraient jamais fouillé le terrain vague, ils n'auraient jamais retrouvé sa coque de téléphone et les traces de sang. Ça me paraît un peu bizarre.

— Peut-être qu'il voulait se rendre ?

— Oui, c'est une possibilité. Mais tout de même, il y a quelque chose qui cloche.

— Alors, c'est quoi ta théorie ?

— Je n'en ai pas, répond Cate avec un rire nerveux. J'ai juste une anti-théorie, c'est tout.

Elona sourit, l'air déçue. Elle s'attendait à plus croustillant.

Cate change de sujet.

— Comment va Tilly ? Ça fait longtemps que je ne l'ai pas vue.

— C'est vrai, approuve Elona, les yeux perdus dans les feuilles de thé qui flottent à la surface de sa tasse. Elle est assez casanière en ce moment. Elle ne veut plus sortir. C'est probablement à cause de la saison, tu sais. La nuit quasi permanente…

— Ça a commencé quand, ce changement de comportement ?

— Oh, je ne sais pas… Il y a quelques semaines, environ ? Depuis le Nouvel An. Elle a l'air… Elle est plus heureuse à la maison.

— Est-ce que tu penses…

Cate s'interrompt pour réfléchir aux bons mots.

— Est-ce que tu penses que c'est lié à l'incident du mois dernier ? Quand elle est partie de chez nous et qu'elle a dit avoir été agressée.

Elona plante son regard dans celui de Cate.

— Oui, l'idée m'a effleuré l'esprit.

— Et ?

— Tilly jure qu'il ne s'est rien passé ce soir-là. Qu'elle a tout inventé.

— Mais c'est étrange, non ? Et le timing… Ça correspond au moment où se sont produites toutes ces autres agressions dans le quartier, et il se trouve que les autres cas ressemblent beaucoup à ce qu'elle a décrit.

— Comment ça ?

— J'ai lu ça dans le journal. Il y a eu six agressions sexuelles depuis le début de l'année. Et l'agresseur est toujours décrit de la même façon : un jeune homme habillé en noir. Il s'attaque aux femmes par surprise pour les violenter avant de prendre la fuite.

Elona a l'air choquée.

— Est-ce que tu penses qu'elle aurait pu se rétracter pour éviter les interrogatoires ?

— Je ne sais pas du tout. On n'en a presque pas parlé. Je lui en ai tellement voulu d'avoir menti et fait perdre son temps à tout le monde… J'avais honte de son comportement. Tu sais, je suis toute seule, alors je me sens responsable de tout ce qu'elle fait, et elle admire tellement Georgia, et toi, et votre famille…

— Ah bon ?

— Mais oui, complètement. Elle n'a jamais eu de vraie amie comme Georgia avant. Elle l'adore. Je crois que toutes les deux, on était un peu chamboulées par les événements.

— Oh, mais il ne faut jamais s'inquiéter de ce qu'on pense, ni de ce que Georgia pense. Rien ne la bouleverse. Elle a la peau dure ! Tu peux dire à Tilly que quoi qu'il se soit passé ce soir-là, que ce soit vrai ou inventé, elle peut se confier à Georgia. Ma fille ne la jugera pas. Et personne dans la famille non plus, d'ailleurs.

Elona sourit et pose sa main sur celle de Cate. Un lourd bracelet doré entoure son poignet fin, et ses ongles sont peints en taupe.

— Merci beaucoup, Cate. Merci. Je vais lui en parler dès ce soir et voir si elle me cache quelque chose. C'est très gentil à toi de te soucier d'elle.

Cate s'efforce de sourire. Ce n'est pas de la gentillesse. C'est un mélange de désespoir et de terreur, qui lui noue les entrailles.

Sur le chemin du retour, elle s'arrête au supermarché pour acheter tous les ingrédients dont Georgia a besoin pour son gâteau. À la caisse, elle regarde vers la bouche de métro, s'attendant inconsciemment à ce que son mari s'y engouffre et que se répète la scène d'il y a deux semaines.

Elle fait quelques détours pour repérer plusieurs des lieux mentionnés dans les journaux. L'agence immobilière à côté du cinéma, où elle voit des policiers condamner la porte arrière et où un véhicule de patrouille est garé. Puis elle passe par le coude qui forme la rue parallèle à la sienne, là où il y a une boîte aux lettres. Elle ne sait pas où le drame s'est produit précisément, mais elle frisonne tout de même en songeant à cet espace à l'abri des regards où une femme pourrait facilement se faire agresser sans que personne ne le remarque.

Elle presse le pas pour rentrer chez elle, les nerfs à vif, le souffle court. En tournant dans sa rue, elle découvre quelqu'un assis sur le muret devant chez elle. Un homme jeune, grand, qui porte un manteau gris par-dessus un sweat à capuche vert vif. En s'approchant, elle remarque qu'il est métis et très beau. En apercevant Cate, il se lève.

— Vous habitez ici ?

— Oui, répond-elle en se disant qu'elle devrait se méfier, mais étonnamment elle n'est pas inquiète. Je peux vous aider ?

— Je… Peut-être. Je ne sais pas. Ma nièce, Saffyre. Elle est venue ici, je crois. Vous savez, Saffyre Maddox ? Elle a disparu. Je…

Il se frotte le menton en parlant, comme s'il essayait de faire sortir les mots.

— Vous êtes son oncle ?

— Oui. Aaron Maddox. Vous êtes madame Fours ?

— Oui.

— La femme de Roan Fours ?

Elle acquiesce.

— Est-ce que je peux vous poser quelques questions ?

Cate sait qu'elle devrait dire « non ».

J'ai déjà tout raconté à la police, merci, au revoir.

Mais un détail dans l'apparence de cet homme suggère qu'il porte en lui plus que la douleur de la disparition de sa nièce.

— Quel genre de questions ?

— J'ai trouvé quelque chose dans sa chambre. Je sais que je devrais en parler à la police, mais je tenais à vous le montrer avant. Parce que… je ne sais pas. Je ne comprends pas. Je peux entrer ?

Cate lance un regard vers l'appartement d'Owen Pick. Calme, vide. Elle jette aussi un coup d'œil aux fenêtres des voisins.

— Bien sûr, suivez-moi.

Dans la cuisine, Aaron Maddox s'installe sur une chaise sans enlever son gros manteau.

— Attendez, je vais vous débarrasser.

— Merci.

Sur son pull, il y a un grand dessin de Spiderman et le logo Marvel. Cate trouve ça rassurant.

— Vous voulez boire quelque chose ? Un thé ? Un soda ?

— Je veux bien un verre d'eau, merci.

Elle le lui sert et le pose sur la table devant lui.

Il se racle la gorge et sourit, gêné.

— Vous savez, j'ai rencontré votre mari. J'ai assisté aux premières séances de Saffyre. C'était en 2014. C'est un homme bien.

— Oui, et il est très bon dans son travail.

— Je lui ai fait confiance tout de suite. Vous savez, quand on vit avec une petite fille qui se fait du mal, on sait que la situation est grave, mais on ne sait pas comment mettre des mots sur sa douleur. Mais lui, il a plongé avec elle. Il a gagné sa confiance. Et elle a arrêté.

— Elle se mutilait ?

Elle est déjà au courant, non pas parce que Roan lui en a parlé, mais parce qu'elle a fouillé dans ses affaires et lu ses dossiers l'an passé.

— Oui. Ça a commencé quand elle avait dix ans. C'était horrible. Elle a encore les cicatrices, ici, explique-t-il en montrant ses chevilles. Mais votre mari l'a aidée à surmonter ça. C'était génial. Et de penser qu'elle était là, devant votre maison, le soir de sa disparition… ça me dépasse. J'ai du mal à croire qu'il s'agisse d'une coïncidence. Enfin, je sais très bien que ça n'a rien à voir avec lui, poursuit-il en ouvrant les bras. Je sais que vous étiez de sortie ce soir-là, je sais que vous étiez ensemble. Mais c'est vraiment bizarre, et je n'arrête pas d'y penser. Ça tourne en boucle dans ma tête. Je pensais qu'elle ne l'avait pas revu depuis la fin de la thérapie, et je ne sais même pas comment elle connaissait son adresse. C'est incompréhensible. Comment a-t-elle pu se procurer cette information ?

Il laisse la question en suspens entre eux, tournoyant comme un pendule.

— Elle a peut-être vu son adresse écrite quelque part dans son bureau, je ne sais pas…

Aaron acquiesce.

— Oui, c'est possible. C'est ce que je me suis dit. Et cet homme…, continue-t-il d'une voix prête à se briser en faisant un geste derrière lui, vers la rue. Celui qui l'aurait enlevée… Qui c'est ? Vous le connaissez ?

Elle fait un signe de dénégation.

— Non, enfin de vue, c'est tout. Je ne le saluais même pas quand je le croisais. Il a parlé à mon mari une fois, il y a quelques semaines. Apparemment, il avait bu et il lui a demandé s'il était marié. C'était assez bizarre. Mais maintenant qu'on sait ce qu'il manigançait sur Internet…

— Oui, c'est tellement malsain. Je n'avais jamais entendu parler de ça avant, les incels. Mon Dieu. Ces pauvres types…

— La masculinité toxique. Il y en a partout.

Il hoche la tête, puis la secoue.

— Non, pas chez nous. Je peux vous l'assurer. Saffyre vivait avec deux hommes, et nous n'avons pas cette mentalité-là. Chez nous, les filles sont à égalité avec les garçons. Il faut que vous le sachiez. J'ignore ce qu'il s'est passé, mais elle n'essayait pas de fuir des problèmes à la maison. Chez nous, tout allait bien. Tout va bien.

Elle le croit. Ses paroles sont d'une sincérité évidente.

— J'ai appris que vous aviez perdu votre père récemment.

— Oui, répond-il en baissant les yeux. En octobre. Ça a été dur pour Saffyre. Elle a cessé de s'alimenter, de faire ses devoirs. Je lui ai proposé de retourner consulter votre mari, de m'occuper de prendre les rendez-vous, mais elle m'a dit qu'elle n'en avait pas besoin. J'ai demandé à quelqu'un du lycée de venir la voir, une psychologue scolaire. Mais ça n'a pas été d'un grand secours. Et puis, début novembre, elle s'est remise d'un coup. Elle a recommencé à se nourrir, à s'intéresser à ses études. On a passé de très bonnes fêtes, ensemble, comme une vraie famille. Et puis, sans que j'arrive à deviner pourquoi, après Noël, elle a commencé à… s'éloigner.

— Comment ça ?

— Elle n'était pas souvent à la maison. Elle traînait beaucoup chez sa meilleure amie. Ou elle allait marcher pendant des heures. Elle ne dormait pas souvent dans son lit. Et je me disais : « Bon, elle a dix-sept ans, elle est presque majeure, elle a besoin de son indépendance. » Elle n'était pas très en avance sur ce plan-là, un peu immature. Elle n'avait pas une vie sociale très intense, n'allait pas aux soirées avec les jeunes de son âge, elle n'a jamais eu de petit copain, vous voyez. Donc je me disais que c'était une bonne chose, qu'il était temps que ma nièce trouve sa place dans le monde, et puis…

Elle voit ses yeux s'embuer et se fait violence pour ne pas lui toucher le bras en signe de soutien. Il hausse les épaules et sourit tristement.

— Alors voilà, je me pose toutes ces questions. J'ai commencé à regarder un peu dans ses affaires. Il n'y avait pas grand-chose, en fait. Les enquêteurs ont pris son ordinateur, mais je pense qu'ils n'ont rien trouvé d'utile, ils m'en auraient déjà parlé. Tous les soirs en rentrant du travail, je m'assois dans sa chambre et je cherche un indice qui puisse me permettre de comprendre ce qui s'est passé. Pourquoi était-elle ici ? Qu'est-ce qu'elle faisait ? Et, hier soir, j'ai trouvé quelque chose dans un de ses pantalons…

Il plonge la main dans sa poche et sort un morceau de papier plié en quatre. Il l'ouvre et le fait glisser sur la table, vers Cate.

Elle lit les mots qui y sont écrits, et son sang se fige.

44

SAFFYRE

Les cours avaient repris le 7 janvier, et j'avais renfilé le costume de l'autre Saffyre Maddox, celle qui venait tous les matins fraîche, propre, les cheveux bien coiffés, avec un soupçon de mascara, une touche de gloss. Ce n'était pas que je voulais être jolie, mais si je ne faisais pas cet effort, les gens l'auraient remarqué, se seraient mis à me poser des questions, et la psy du lycée m'aurait convoquée dans son bureau pour que je lui explique ce qui n'allait pas. Alors je faisais bien mes devoirs, je participais aux conversations, je souriais aux garçons tout en les maintenant à distance. J'étais un peu comme Superman, avec mes deux personnalités. Le jour, j'étais Saffyre Maddox, lycéenne sympathique, réservée mais populaire, au bulletin scolaire excellent. Mais, le soir, je me transformais en une sorte d'animal nocturne, l'équivalent humain d'un renard. Mon super pouvoir, c'était de disparaître. Dans la cour, dans les couloirs du bahut, tout le monde me regardait, mais la nuit je n'existais plus, j'étais la Fille Invisible. Et c'était la version de mon existence que je préférais.

Tomber par hasard sur Harrison John avait été une expérience terrible, à bien des égards. La façon dont il avait prononcé mon nom. Mon nom dans sa bouche. La même bouche qui souriait quand il m'avait fait subir ça. Sa carrure, qui n'était plus celle d'un enfant mais d'un homme. La façon dont il avait surgi de l'ombre, tout de noir vêtu. De penser qu'il était là, maintenant, qu'il pouvait aller où bon lui semblait, faire tout ce qu'il voulait… Quand j'ai pris conscience de ça, tout a changé. Je me suis dit que je ne devais pas me faire de mal, mais lui en faire à lui. Lui et moi, on évoluait sur le même territoire. On était tous les deux invisibles, mais on s'était repérés, comme deux renards qui se font face dans la rue, la nuit. Je me suis dit : je ne veux plus souffrir à cause de ce que cette personne m'a fait. Je me suis dit : c'est à son tour de souffrir.

Partout où j'allais, je le cherchais sans relâche.

Je savais que, bientôt, nos chemins finiraient par se croiser.

Mi-janvier. On se caillait comme jamais. Je m'étais endormie dans le terrain vague en face de chez Roan, que je considérais un peu comme mon jardin maintenant. Je dormais rarement, mais quand ça arrivait, le sommeil me tombait dessus d'un coup, et ça durait en général entre dix et trente minutes. Les bruits me réveillaient. Tous les bruits. Sauf celui-là. Sauf celui d'un garçon entrant furtivement sur le chantier à 2 heures du matin et s'installant devant la pelleteuse, à l'opposé de moi et de mon petit campement.

Il ne savait pas que j'étais là, et moi non plus. Tout à coup, j'ai pris une grande inspiration, comme ça arrive lors d'un réveil brutal, et je me suis assise. J'ai levé les yeux et j'ai vu un visage connu.

— Putain de merde ! s'est écrié le garçon en claquant sa main sur sa poitrine. C'est quoi, ce bordel ?

— Josh ?

— Ouais. Putain, mais comment tu connais mon nom ?

J'étais encore un peu désorientée par ma sieste, je n'avais pas les idées claires.

— Je connais ton père, j'ai dit en remontant mon sac de couchage jusqu'aux épaules, car j'avais froid.

— Comment ça se fait ?

— C'était mon psy.

— Ah bon ?

— Oui, pendant plus de trois ans.

— Mais pourquoi tu dors ici ?

— C'est trop long à raconter.

— T'as pas de maison ?

— Si, si.

— Mais alors… C'est à cause de mon père ?

Je ne savais vraiment pas par où commencer.

— Mouais, on peut dire ça. Enfin… au début, c'était à cause de ton père. Maintenant, c'est beaucoup d'autres raisons. Mais en gros : j'aime être dehors. Quand il y a un plafond au-dessus de moi, j'ai l'impression que je ne peux plus respirer.

— T'es claustro ?

— Ouais, peut-être. Mais seulement la nuit.

— Tu dors ici tous les soirs ?

— Oui. C'est nouveau, mais oui.

— Alors c'était toi, au Nouvel An ?

— Oui, j'étais là. Je me cachais dans le coin là-bas.

Je ne sais pas pourquoi je répondais à ses questions. Il avait dans le regard quelque chose de pur, d'innocent. J'avais l'impression qu'il me comprenait.

— Alors tu nous as entendus discuter ?

— Un peu, oui. Toi et ton pote, vous allez faire tomber les masques, ou un truc du style.

— Ah ouais, c'est vrai. On était peut-être un peu bourrés.

— J'ai cru que vous étiez en train de préparer une fusillade pour buter tout le monde à l'école.

— Euh… pas vraiment, non, a démenti Josh d'un ton amusé.

— Tant mieux. Vous parliez de quoi, alors ?

— On se disait juste que le moment était venu de changer. Qu'on allait cesser d'être invisibles. Qu'on voulait être dans le coup.

— C'est naze. Il faut être invisible. Rester dans l'ombre. C'est là qu'on est bien.

Pendant un moment, on s'est tus, puis Josh est venu s'asseoir à côté de moi.

— Mon père, il est bien ? Je veux dire, c'est un bon psy ?

— Ouais, pour certains trucs, j'ai répondu en haussant les épaules. Mais pour d'autres, non. Genre, les séances étaient cool, et j'ai arrêté de me scarifier, mais il a laissé quelque chose à l'intérieur de moi. Et ça me ronge.

— Quoi ?

— C'est comme un cancer. Il a fait partir les symptômes, mais la tumeur est toujours là.

— Ça craint.

Il s'est interrompu, puis a avoué :

— Je déteste mon père.

Ses mots m'ont tirée de mes réflexions.

— Ah bon ? Pourquoi ?

— Parce qu'il trompe ma mère, ce tocard.

— Comment tu sais ça ?

— Je l'ai vu. Il se cache même pas. Ma mère est trop naïve pour voir ce qui se passe sous son nez. Ils se sont presque séparés l'année dernière, et je crois que c'était à cause d'une autre liaison.

— Qu'est-ce que tu veux dire par : « Je l'ai vu » ?

— Je l'ai vu avec cette meuf, genre il lui touchait les cheveux et tout. Je te jure, il essaie même pas d'être discret. Et c'est... Ma mère, c'est la meilleure personne du monde. Elle est trop gentille, elle nous aime, elle pense tout le temps à nous. Elle sacrifierait tout pour nous. Et lui, il fait de la merde... Il se comporte comme s'il pouvait faire ce qu'il veut et rentrer à la maison, mettre les pieds sous la table et se plaindre de son boulot qui est trop stressant. Son métier, c'est de s'occuper des autres, de soigner les troubles psychiques, d'aider ses patients à guérir, alors j'arrive vraiment pas à comprendre comment il peut infliger ça à quelqu'un. Ça me rend malade.

J'avais tant de détails à lui révéler, mais j'ai gardé le silence et j'ai glissé mes mains entre mes genoux pour les réchauffer.

— Tu vois, c'est une des choses que je veux changer cette année. Comme je disais au Nouvel An, je veux plus être le mec sympa.

— Qu'est-ce que tu vas faire alors ?

Sa tête est tombée sur sa poitrine.

— Je sais pas.

— Elle s'appelle Alicia Mathers.

Sa tête s'est relevée comme un ressort.

— Hein ?

— La maîtresse de ton père. Elle s'appelle Alicia Mathers. Je sais où elle habite.

— Comment ça se fait ? m'a-t-il demandé, incrédule.

— Je les ai vus. Ils travaillent ensemble. Elle est psy, comme lui. Ils ont commencé à se fréquenter cet été. Ils ont passé une nuit ensemble à l'hôtel juste avant Noël. Elle habite à Willesden Green. Elle a vingt-neuf ans. Elle a une licence, un master et un doctorat. Elle est très intelligente.

Pendant un moment, il s'est tu. Puis il m'a lancé un de ces regards, on aurait dit son père.

— Tu es qui, en fait ? T'es réelle ?

J'ai ri.

— Tu es très jolie.

— Merci.

— Je suis dans un rêve ou pas ? Je comprends pas. Je pige que dalle, là.

— On s'est déjà vus.

— Quoi ? Quand ?

— L'année dernière. Tu as fait des cours d'essai au dojo. Je t'ai parlé dans les vestiaires. Tu te souviens ?

— Tu avais les cheveux roses à l'époque, non ?

— Oui, c'était moi.

— Tu savais qui j'étais à ce moment-là ?

— Ouais, je savais.

— C'est pour ça que tu m'as abordé ?

— Yep.

— J'étais trop gêné. Tu étais tellement belle.

— Bon, ça va, tu peux arrêter de répéter ça maintenant.

— Pardon.

J'ai souri. Ça ne me dérangeait pas. Il y avait quelque chose de si naturel avec ce garçon.

— T'inquiète, je plaisante… Pourquoi tu as arrêté le dojo ?

— J'ai pas arrêté. J'y vais toujours, mais plus au même cours. J'y vais le vendredi.

— T'es bon ?

— Ça va. Ceinture verte. Je me débrouille.

— Tu m'avais dit que tu voulais apprendre à te défendre, tu te rappelles ? C'est pour ça que tu prenais des cours. Tu as vraiment été agressé ?

Il a hoché la tête.

— Qu'est-ce qui s'était passé ?

De sa poche, il a sorti un petit sac. Il allait se rouler un joint en parlant.

—Un mec, a-t-il commencé en tirant une feuille de son paquet. Il a surgi par-derrière. C'était l'été dernier. Dans une rue pas loin. Il m'a coincé la gorge dans son coude et il serrait fort. Il m'a demandé ce que j'avais, il m'a fait les poches, et j'ai essayé de me défendre, mais il m'a dit qu'il avait un couteau. Il a pris mon téléphone, mes écouteurs, ma carte bancaire, et il m'a poussé, super fort, et j'ai failli tomber. Je me suis rattrapé au mur de justesse. Puis il est parti en courant. Et moi, je suis resté là. J'arrivais plus à respirer. C'était vraiment super flippant. Et j'ai rien pu faire. Je l'ai laissé me dépouiller, prendre des trucs que mes parents travaillent dur pour m'offrir, et sur lesquels il a aucun droit. J'avais grave les boules. Je pense que si je le recroisais, je le buterais.

Je me suis pris ces mots en pleine face. J'ai inspiré profondément.

—Je sais exactement ce que tu ressens.

Et là, et je sais que c'est trop bizarre, après avoir dépensé les impôts des contribuables pendant trois ans pour que Roan me soigne dans son cabinet du centre Portman, après toutes ces heures passées à parler sans jamais cracher le morceau, c'est venu tout seul. J'ai réussi à lui dire ce qui s'était passé avec Harrison John.

—Il m'est arrivé une expérience similaire. Quelqu'un m'a volé quelque chose. Et je n'ai rien pu faire.

—Qu'est-ce qu'on t'a piqué?

J'ai laissé passer quelques secondes. Puis tout est sorti.

—Quand j'avais dix ans, un garçon qui avait un an de plus que moi m'a prise sous son aile. C'était le plus grand mec de l'école. Il avait deux petites sœurs et il les protégeait tout le temps. Il faisait des conneries, mais les profs l'aimaient bien.

Il m'a choisie. Quand on jouait à la balle au prisonnier à la récré, il disait aux autres de pas me tirer dessus, de me donner le ballon. Il me lançait des regards pour m'indiquer qu'il veillait sur moi. Je me sentais vraiment unique à ses yeux. Et puis, un jour…

J'ai dû m'arrêter pour éviter d'être emportée par mes émotions.

— Un jour, il m'a appelée dans le coin de la cour où les petits vont jouer. À ce moment-là, ils étaient tous en classe, et il m'a dit : « Tu veux voir quelque chose de magique ? » Alors j'ai dit oui et je l'ai suivi. Il m'a dit : « Il faut que tu t'accroupisses comme ça » et il m'a montré. J'ai fait comme il m'avait demandé et j'ai levé les yeux vers lui en lui disant : « C'est bon, vas-y, montre-moi la magie. » Et puis il m'a… Tout s'est passé si vite. Il a mis ses doigts à l'intérieur de moi, et ça m'a fait mal, mais très mal, alors j'ai crié, et il m'a dit : « T'inquiète pas, ça fait mal que la première fois. Après, c'est magique. » Il m'a caressé les cheveux et il a sorti sa main et me l'a montrée en souriant, puis il a dit : « La prochaine fois, ce sera mieux, je te jure. »

C'était comme si, à chaque mot que je prononçais, le corset qui m'emprisonnait se desserrait d'un cran. Après avoir tout raconté, j'ai eu l'impression de pouvoir enfin respirer. Mes yeux étaient pleins de larmes, et dans mon esprit résonnait la douleur de cette petite fille qui avait attendu en vain la magie promise, mais je pouvais enfin respirer. Trois fois, je l'avais laissé faire. Puis la fin de l'année était arrivée, il était parti, et je ne l'avais jamais revu. Mais, dans ma tête, il était toujours là. Gravé dans mon ADN, ma moelle, mon souffle, mon sang, dans toutes mes cellules. Toujours là. Ma tumeur.

Josh a léché la feuille à rouler, fermé le joint et fait glisser un bout de carton à l'autre extrémité pour créer un filtre. Puis il a sorti un briquet de la poche de son manteau.

— Quel bâtard. C'est vraiment dégueu.

— Ouais. Et tu sais quoi ? Je l'ai croisé, l'autre jour. Le mec qui m'a fait ça.

— Putain, où ça ?

J'ai esquissé un geste vers le bas de la colline.

— Par-là, je remontais depuis Finchley Road. Lui, il descendait. Il m'a appelée. Il m'a reconnue, il a dit mon nom, et c'était… J'avais l'impression d'être dans cette cour de récré à nouveau. Comme s'il avait un droit sur moi, sur mon corps, sur mon âme. Tu comprends ? Pendant un ou deux jours, j'ai cru que j'allais replonger, comme si j'étais arrivée au sommet d'une montagne mais que je perdais l'équilibre, que je dégringolais et que j'essayais de m'accrocher à quelque chose pour me retenir, mais sans succès. Jusqu'à ce que je trouve un exutoire.

Josh me regardait avec les yeux écarquillés, le visage éclairé par la flamme orange du briquet qu'il utilisait pour allumer son joint.

— Quoi ?

— La vengeance. J'ai trouvé la vengeance.

— Arrête. T'as fait quoi ?

— Rien, pour le moment. Mais je sais que c'est la seule façon de m'en sortir. C'est comme ça que je vais me débarrasser de lui. Il faut que je le fasse souffrir.

Josh s'est mis à fumer. Il a plissé le front et hoché la tête.

— T'as bien raison.

Je lui ai jeté un regard à la dérobée. Je venais de mettre en mots un plan qui était enfoui si profondément en moi que je ne savais même pas que c'était là avant de le formuler. J'avais besoin d'avoir l'avis de quelqu'un d'autre.

— Tu le penses vraiment ?

— Ouais, carrément. Tu sais, il a probablement jamais arrêté de s'en prendre aux autres. S'il t'a fait du mal quand il avait onze ans, sans se faire choper, alors…

Il m'a proposé le spliff. J'ai décliné d'un signe.

On s'est retournés en même temps en entendant du bruit dans les fourrés. Les deux lueurs d'ambre. Le chatoiement de la fourrure rousse. Une truffe qui hume l'air. J'ai mis la main dans la poche extérieure de mon sac à dos, là où je gardais toujours des biscuits pour chien. J'ai ouvert le paquet, et le renard s'est approché.

J'ai déposé la nourriture autour de nous, et on l'a regardé manger les croquettes.

— Je veux t'aider. Pour ta vengeance. S'il te plaît.

Le renard s'est assis et a regardé mon sac avec espoir. Il s'est léché les babines d'un coup de langue.

Je me suis tournée vers Josh.

— D'accord.

45

— Ils peuvent me garder combien de temps ?

Barry sort des documents de sa serviette.

— Maintenant qu'ils t'ont arrêté, ils peuvent te garder aussi longtemps qu'ils le souhaitent.

— Mais ils n'ont pas de nouveaux éléments. Enfin, ils ne peuvent pas faire un procès avec le peu qu'ils ont, si ?

— Non, mais ils peuvent poursuivre leurs investigations, et crois-moi, Owen, ils analysent au microscope chaque minute de ta vie, et ils vont continuer à chercher jusqu'à ce qu'ils trouvent ce dont ils ont besoin. Et, pendant ce temps-là, ils te pousseront dans tes retranchements et te harcèleront jusqu'à ce que tu craques.

— Que je craque ? s'indigne Owen. Mais je ne vais pas craquer, je suis innocent !

Mais, en disant ces mots, une chape de doute lui tombe dessus. Sa conscience lui fait revivre encore et encore un épisode qu'il n'est même pas sûr d'avoir réellement vécu. Juste après avoir aperçu cette silhouette de l'autre côté de la rue. Juste avant qu'il se retourne, rentre à la maison et aille se coucher.

Car, en réalité, il ne se souvient pas de s'être retourné et d'être rentré à la maison.

Et, depuis l'interrogatoire de ce matin, Owen a repensé à toutes les fois de sa vie où il a bu et s'est rendu compte que, souvent, il ne lui reste que des flashs de certains moments, mais rien du reste de la soirée.

Il ne se rappelle jamais comment il rentre chez lui. Il n'a aucun souvenir du moment où il enlève ses vêtements. Il ne sait pas qui est Bill, dont il a pourtant trouvé le numéro de téléphone au fond de sa poche, le lendemain d'un pot de départ, deux ans plus tôt. Il ne se souvient pas d'avoir acheté la bouteille de whisky qu'il a découverte dans un sac en plastique sur le sol de sa chambre avec un ticket de caisse portant son numéro de carte, prouvant que c'était bien lui qui était allé au supermarché et avait réalisé cette transaction. Il ne se rappelle pas avoir caressé les cheveux de ces filles sur la piste de danse et encore moins les avoir éclaboussées de sa sueur.

Il ne se souvient pas d'avoir dit à une certaine Jessica que sa peau était douce et qu'elle était belle. Et il ne se rappelle absolument pas du moment où il s'est couché le soir de la Saint-Valentin. Il sait qu'il s'est réveillé le lendemain, en chemise, avec une seule chaussette. Il sait qu'il a dormi tard. Il sait qu'il avait la gueule de bois. Il se souvient de la femme qui l'a insulté, du voisin avec le chien blanc et de la fille au pull à capuche. Mais il ne se souvient pas du reste.

Pourtant, une image le hante : une silhouette qui passe devant lui et s'engouffre dans le terrain vague. Cela pourrait être elle, la fille à la capuche. Ou quelqu'un d'autre. Cela pourrait aussi être une hallucination folle de son cerveau, une scène inventée par son inconscient pour rendre le traumatisme supportable. On lit ça souvent, des gens qui confessent des crimes qu'ils n'ont pas commis. Et si c'était ainsi que ça arrivait ? Et si c'était son cerveau qui jouait au flic véreux au point d'implanter dans sa mémoire de faux souvenirs pour le piéger ?

Il regarde ses mains. Elles lui semblent étrangères, comme si elles appartenaient à quelqu'un d'autre et avaient été greffées au bout de ses bras. Il commence à perdre la notion de soi, de son identité, de ses actes, de son passé. Il essaie de se représenter au restaurant italien, avec Deanna, il essaie de revoir la façon dont elle le regardait ce soir-là, plutôt que la façon dont l'inspectrice Currie le dévisage pendant les interrogatoires. Si seulement il pouvait s'accrocher à ça, son cauchemar prendrait peut-être fin.

Barry touche sa grosse cravate en soie, il est encore en train de parler.

— Une mineure a disparu. Ils n'ont aucune piste en dehors de toi. Que tu sois coupable ou innocent ne fait aucune différence à leurs yeux. Ils ne te lâcheront pas tant qu'ils n'y seront pas obligés.

— Je suis innocent, tu sais.

Barry ne bronche pas.

— Je suis innocent.

Barry plisse les yeux en le regardant.

— Innocent de quoi ?

— Je ne l'ai pas enlevée. Je ne lui ai pas fait de mal.

Barry ne répond pas, puis il lui lance un regard implacable.

— D'accord, Owen. Le moment est venu de le prouver. Vas-y. Donne-moi un argument irréfutable. Dis-moi quelque chose qui me permettra de te sortir de là. S'il te plaît. Pour nous deux.

— Monsieur Pick, reprend l'inspectrice Currie qui commence à perdre son teint lumineux habituel. S'il vous plaît, je sais que nous en avons déjà discuté, mais cela vaut la peine de revenir une nouvelle fois sur ces événements. Plus nous en parlons, plus les chances sont grandes que vous vous rappeliez de nouveaux détails. Pouvez-vous nous raconter encore une fois le déroulement de votre soirée du 14 février ?

Owen se vide les poumons. Il refuse de tout répéter, c'est au-dessus de ses forces.

— Et Bryn, vous l'avez trouvé ?

Un petit sourire sec s'invite sur le visage de la policière.

— Non, malheureusement.

— J'aimerais que vous le cherchiez. C'est lui qui devrait être ici, à ma place. C'est lui, le criminel. Pendant que vous me posez les mêmes questions en boucle, il est probablement en train de violer des femmes.

L'inspectrice se redresse et lui lance un regard méprisant.

— Très bien, monsieur Pick. Et si vous avez un élément qui nous permettrait de localiser ce « Bryn », n'hésitez pas à nous en faire part. Quand vous voulez. Je vous en prie, conclut-elle en croisant les bras.

Owen soupire. Il se masse les tempes et essaie de se souvenir de quelque chose que Bryn aurait pu dire. Il repense au premier billet qu'il avait lu sur son blog. Bryn, au pub, un jour de neige, observant les Chad et les Stacy. Il se concentre et pousse sa mémoire à lui donner ce dont il a besoin. Le pub qui semblait tout droit sorti d'un livre de Dickens, emmitouflé dans un manteau blanc, les vieux lampadaires dans la rue, l'allée pour les calèches où l'on attachait autrefois les chevaux, et le nom du pub avait récemment changé, avec le rachat de l'établissement, et avant il s'appelait le… *Hunters' Inn*.

Owen attrape les coins de la table.

— La ville où il vit ! s'exclame-t-il. Il y a un pub gastronomique qui s'appelait autrefois le *Hunters' Inn*. C'est en face d'un square, avec une mare, des canards. C'est le pub de son quartier. Il est tout le temps fourré là-bas. Si vous trouvez ce pub, vous pourrez lui mettre la main dessus. Il est petit, avec des cheveux roux bouclés. Il porte une veste bleue avec une tache à côté d'un bouton. Demandez à n'importe qui dans le pub, ils le reconnaîtront. Il a un physique très particulier.

L'inspectrice lève les yeux au ciel. Elle ne s'attendait pas à ce qu'il puisse leur fournir une piste et semble contrariée par le degré de précision du signalement.

— Très bien, on va faire nos recherches, monsieur Pick. On s'en occupe. Mais, même si on retrouvait ce fameux « Bryn », il aurait supprimé son blog et toute trace de sa présence sur les forums incels. À votre avis, qu'est-ce qu'il va dire quand on lui demandera pourquoi il y avait du Rohypnol chez vous ? Vous pensez sincèrement qu'il va appuyer votre version des faits, à savoir que vous vous êtes retrouvé en possession de ces pilules à l'insu de votre plein gré et que vous n'aviez aucune intention de les utiliser ? Monsieur Pick, si cet homme existe et que nous l'interrogeons, il prétendra ne pas vous connaître, un point c'est tout.

— Mais ses empreintes digitales doivent figurer sur la boîte. Et est-ce que vous avez demandé au pub, à Euston, s'ils avaient encore les vidéos des caméras de surveillance de ce soir-là ? Ça prouverait qu'il me connaît. Et on le voit peut-être même me donner le flacon sur une vidéo.

— Monsieur Pick, ce que vous semblez avoir du mal à comprendre, c'est que ça ne change rien, de toute façon. Vous aviez ces pilules chez vous, dans votre chambre, et à vrai dire, nous n'avons pas besoin de savoir comment vous vous les êtes procurées. Si vous voulez nous prouver que vous n'avez pas enlevé Saffyre Maddox et que vous ne lui avez pas fait du mal la nuit du 14 février, il va falloir changer de tactique.

Barry jette à Owen un regard qui signifie : « Je te l'avais bien dit. »

Owen inspire profondément et ferme les yeux un instant, puis il fixe l'inspectrice.

— S'il vous plaît, expliquez-moi ce qui est arrivé à Saffyre, selon vous. J'aimerais vraiment savoir ce que vous pensez que je lui ai fait. Comment est-ce que j'aurais capturé cette fille, qui n'a pas l'air d'une petite chose fragile, soit dit en passant, et comment est-ce que je l'aurais emmenée là où vous pensez que je l'ai emmenée. Moi, tout seul. Comment est-ce que je l'aurais déplacée dans les rues de Hampstead à minuit sans que personne ne me remarque, le soir de la Saint-Valentin, alors que le quartier grouille de monde. Je n'ai pas de voiture. Je ne suis pas particulièrement costaud. J'aimerais beaucoup que vous me fassiez part de vos théories, parce que sincèrement, de mon point de vue, cette histoire ne tient pas la route.

L'inspectrice pince les lèvres.

— Monsieur Pick, nous savons faire notre travail. Nous étudions de nombreuses pistes, croyez-le bien. Nous avons plusieurs théories concernant l'enlèvement de Saffyre, et je peux vous assurer que nous ne serions pas en train de dépenser des milliers de livres d'argent public pour vous garder ici si nous n'avions pas un dossier complet vous reliant à la disparition de Saffyre. Je vous demande donc de nous raconter depuis le début les événements de la soirée du 14 février. Commencez quand vous quittez votre maison pour aller retrouver une femme nommée Deanna Wurth dans un restaurant de Covent Garden.

Owen se tasse sur sa chaise.

— Vers 18 heures, je suis sorti de chez moi et j'ai descendu la rue vers la station de métro Finchley Road…

46

Cate est assise, elle attend le retour de Roan. Le morceau de papier est posé devant elle, sur la table. Aaron le lui a laissé. Elle ne sait toujours pas pourquoi il ne l'a pas remis directement entre les mains des policiers. Une sorte de loyauté mal placée envers Roan, sûrement. Il était venu la trouver en espérant qu'elle pourrait lui offrir une explication logique.

Elle pose à côté la feuille qu'elle a retirée de son carnet, celle où elle avait pris ses notes. Ses yeux vont de l'une à l'autre, observant les similarités, et la seule grande différence. Ses mains tremblent lorsqu'elles aplatissent ces deux feuilles.

Elle consulte l'horloge : 19 h 18.

Mais qu'est-ce qu'il fabrique ?

Elle est quasiment certaine désormais que quelque chose de terrible s'est passé. Elle avait tressailli quand son fils l'avait serrée dans ses bras cet après-midi, en rentrant du collège.

— Ça va, maman ? avait-il demandé, ses yeux bleus pleins d'inquiétude.

— Oui, mais j'ai l'impression de couver un rhume. Je ne veux pas te refiler mes microbes.

Il avait un exemplaire du journal gratuit à la main. Il le lui avait tendu en montrant la une.

—Regarde, ils ne savent toujours pas ce qui est arrivé à Saffyre.

Cate s'était fait la réflexion qu'il prononçait son nom d'une façon familière.

—Tu la connais? avait-elle questionné comme si de rien n'était.

—Qui?

—Saffyre. Tu l'as déjà rencontrée? Elle vivait juste en face de ton collège, et apparemment elle fréquentait le même dojo que toi. Tu l'as peut-être déjà croisée.

Il avait secoué la tête.

—Non, pas du tout. On mange quoi ce soir?

Elle ne lâche pas des yeux ces deux morceaux de papier. Celui où est écrit le nom de son fils, trouvé dans le pantalon de Saffyre. Et pas seulement le nom de son fils, mais aussi les dates et les lieux des agressions qui se sont produites dans le quartier depuis le début de l'année. Les mêmes dates que sur son morceau de papier à elle. Il y a une différence cependant: sur la liste de Saffyre figure aussi la date du 21 janvier. Les journaux n'ont pas parlé d'attaque ce jour-là. Mais si elle en croit son agenda, c'est le jour où Tilly dit avoir été violentée devant chez eux.

Sous les dates, dans une écriture soignée, sont inscrits des noms qui semblent notés là au hasard.

Clive.
Roan.
Josh.
Alicia.

— Ces noms ont probablement un sens, lui avait dit Aaron. J'ai lu dans le journal que votre fils s'appelle Josh. Je sais que c'est un prénom courant, mais quand même. Est-ce que vous pourriez lui demander s'il sait ce que ça signifie ? S'il connaît Saffyre ?

Cate avait tout de suite compris à quoi correspondaient les dates.

— Bien sûr, je lui en parlerai, avait-elle répondu en essayant de dissimuler l'angoisse qui pointait dans sa voix.

Dès qu'il était parti, elle avait arraché la page de son carnet pour comparer. Sa main s'était posée autour de son cou.

Elle était allée dans la chambre de Josh et avait sorti le panier à linge de l'armoire. Le sac en plastique avait disparu. Elle avait ouvert les manuels de la bibliothèque de son fils et avait tourné les pages frénétiquement, ignorant ce qu'elle cherchait. Qui étaient Clive et Alicia ? Pourquoi Saffyre avait-elle inscrit les noms de Roan et Josh à côté d'une liste de dates où des agressions avaient été commises ?

Que faisait-elle devant chez nous le soir de sa disparition ?

Elle n'avait rien trouvé dans la chambre de son fils. Rien dans son historique de navigation. Georgia était rentrée la première, elle avait filé dans sa chambre pour retirer son uniforme, avait passé un tablier, affiché une recette sur l'iPad, qu'elle avait posé sur la table, et s'était absorbée dans la préparation de son gâteau. Cate lui avait tenu lieu de commis de cuisine, rangeant les ustensiles au fur et à mesure, les mettant au lave-vaisselle, marmonnant des « oui, oui » de temps en temps tandis que sa fille monologuait d'une voix surexcitée sur ce qu'elle voulait comme décoration pour sa chambre dans la nouvelle maison, qui devrait peut-être être sombre, genre super sombre, avec des murs noirs, en fait, ou bien anthracite, ou alors différentes nuances de blanc, comme sa chambre ici ? Mais ça serait sans doute plus sympa en noir, non ?

Josh était rentré une heure plus tard et s'était enfermé dans sa chambre sans dire un mot à sa mère.

Le gâteau trône sur le plan de travail, recouvert de glaçage et saupoudré de copeaux de chocolat. Il est déjà entamé d'un côté, là où Georgia s'est coupé une part, et on voit la crème à la vanille à l'intérieur.

Au four, un gratin de nouilles. La seule odeur lui donne la nausée.

Elle regarde à nouveau l'horloge : 19 h 31.

— Maman ! On mange quand ? lui crie sa fille.

— Bientôt, quand ton père sera là !

Elle met la table machinalement, prépare une salade, coupe une baguette en tranches. Ils dîneront sans lui s'il le faut.

Mais, une minute plus tard, elle entend la porte de l'appartement s'ouvrir, et Roan entre dans la cuisine, luisant après son footing, plein d'énergie.

— Tu as couru ?

— Oui, sur le chemin du retour.

Il n'a pas encore tout à fait repris son souffle. Il retire ses gants, son col, son bonnet.

— J'avais pas mal de choses à… évacuer. J'ai couru jusqu'au village et je suis revenu. J'ai découvert cet endroit, de l'autre côté du bourg, vraiment épatant, digne d'un décor de James Bond, poursuit-il en ôtant sa veste. Des immeubles très bas, futuristes, des allées, le tout planqué au milieu d'une clairière.

Il accroche sa veste au dossier d'une chaise.

— J'ai fait une petite recherche, et apparemment ce sont les logements sociaux les plus chers de l'histoire du pays. Une expérience socialiste menée par un gouvernement de gauche dans les années 1970. Maintenant, ça a été revendu bien sûr, et ça vaut une fortune. Mais c'est vraiment un endroit à part. On se croirait sur une autre planète. Ou dans un film de science-fiction.

Roan est intarissable. Cate voit les mots sortir de sa bouche. Elle voudrait lui répondre : « Oui, je connais cet endroit ! », mais elle n'arrive pas à parler, et elle ne peut pas détacher son regard du torse de son mari, de la façon dont le Lycra moule ses bras musclés, de la longue ligne que forme la bande orange fluorescente du bas des manches jusqu'aux épaules.

— Tu l'as trouvé où, ce tee-shirt ? l'interrompt-elle.

— Pardon ?

— Ce tee-shirt. Il était où ?

— Je ne sais pas. Dans le tiroir, je pense. Pourquoi ?

— Je croyais…

— Quoi ?

— Rien. Ça faisait longtemps que je ne l'avais pas vu.

D'une façon ou d'une autre, ce tee-shirt qui était caché au fond de l'armoire de Josh avait été lavé et remis à sa place parmi les affaires de Roan.

Son mari hausse les épaules.

— Je vais me doucher. On mange quoi ce soir ?

— Un gratin de nouilles, répond-elle d'une voix légèrement suraiguë. Avec de la salade.

47

Saffyre

Josh m'a demandé à quoi ressemblait Harrison John, alors je l'ai cherché sur Google. Mes mains tremblaient en tapant son nom. Je ne voulais pas trop en apprendre sur lui, savoir par exemple s'il avait un enfant, s'il avait fait une bonne action, s'il était intelligent, ou quoi que ce soit de positif. J'avais peur qu'il se soit racheté et que ma soif de vengeance s'amenuise, parce que c'était la seule chose à laquelle je pouvais me raccrocher. C'était ma raison de me lever le matin, d'aller au lycée, de manger, de respirer.

J'ai cliqué en retenant mon souffle. Et il est apparu : son visage avec son nez épaté, ses sourcils épais. Il prenait une pose débile de gangster. Si l'on en croyait l'article qui accompagnait la photo, il faisait partie d'une sorte de groupe musical, un projet en lien avec le lycée où il allait.

Je l'ai montré à Josh.

— C'est lui.

— Harrison ?

— Oui.

— Il a vraiment une tête de boloss.

— Grave.

J'avais dit à Josh de me retrouver au petit square en bas de chez moi. Je portais encore mon uniforme.

— On dirait une autre personne ! s'était-il exclamé en me voyant.

— Je te présente mon alter ego.

— Bon, c'est quoi le plan ?

J'ai rangé mon portable.

— Déjà, je sais où il vit maintenant.

— Comment tu sais ça ?

— Je t'ai dit, je suis maligne !

— Tu vas le stalker, lui aussi ?

Je lui ai donné un coup de coude.

— Je suis pas une stalkeuse !

— Un peu quand même, a-t-il répondu en souriant.

J'aimais son sourire. Un peu comme quand un chien vous lance un regard si pur et que vous vous dites qu'il est bien trop bon pour ce monde. C'était exactement ce que je ressentais quand Joshua Fours souriait. Ce garçon était bien trop bon pour ce monde pourri.

— Bref, j'ai commencé à bosser. Je l'ai suivi jusqu'au supermarché aujourd'hui, il ne m'a pas remarquée.

— Qu'est-ce qu'il a acheté ?

— Des bonbons. Et des clopes.

— Classe.

— N'est-ce pas ? À présent, je sais dans quel lycée il va. Il ne peut plus m'échapper.

— Je peux venir avec toi ?

— T'es sûr de vouloir être mon complice ?

— Ouais.

— Ça marche.

— On y va maintenant ?

J'ai regardé l'heure sur mon portable. Il était presque 17 heures.

— C'est parti ! me suis-je exclamée en sautant du muret. C'est par là, suis-moi.

Harrison vivait à l'autre extrémité de la très longue rue où j'habitais, vers Chalk Farm, dans un complexe d'immeubles bas tout moches qui longeaient la voie ferrée. On s'est assis sur un banc en face de l'entrée. Il gelait, et j'entendais Josh claquer des dents.

— Ça va ? Tu peux rentrer chez toi, si tu veux.

— Non, je veux le voir en vrai.

Je lui ai fait un petit sourire, avant de me retourner vers le bâtiment.

Soudain, il était là. Il a poussé la porte. Il était habillé en noir, avec sa doudoune, un jogging, des baskets, une bande de cheville nue entre les deux, un sac à dos. Il a allumé sa roulée en sortant dans la rue. Il louchait quand il tirait sur sa cigarette. Il a pris à droite, vers le sommet de Haverstock Hill. On s'est mis en chasse, furtivement. D'un coup, il s'est mis à courir pour sauter dans le bus qui allait à Hampstead, juste avant que les portes ne se referment.

Avec Josh, on s'est regardés. C'était un bus sans étage. On n'aurait pas réussi à le prendre sans se faire repérer. Je suis rentrée chez moi, Josh chez lui. Rendez-vous était pris pour le lendemain, même heure, même endroit.

Deux jours plus tard, j'ai lu dans le journal qu'il y avait eu une agression sexuelle à Hampstead Heath. Un homme en noir avec une cagoule, qui avait entraîné une femme dans une allée peu fréquentée. Il avait mis sa main dans sa culotte. Il lui avait peloté les seins, puis il avait pris la fuite.

Je me suis souvenue de Harrison John montant dans ce bus qui allait à Hampstead à 17 h 20, deux jours plus tôt, vêtu de noir. C'était lui. J'en étais sûre.

Le 21 janvier, Josh m'a passé un coup de fil, affolé.

— Je crois que Harrison a attaqué la pote de ma sœur. Les policiers sont là. Putain, je fais quoi ?

Il m'a expliqué que la copine de sa sœur était venue chez eux après le lycée et qu'elle était partie juste avant le dîner. Quelques minutes plus tard, elle était revenue et avait déclaré qu'on l'avait agressée.

— Elle a dit à quoi il ressemblait ?

Josh n'a pas répondu tout de suite.

— Elle prétend qu'elle ne l'a pas vu. Il ne lui a rien dit. Il l'a attrapée par-derrière, par les hanches, et il s'est frotté contre elle, il a essayé de lui tripoter les seins, mais elle a réussi à s'échapper et est revenue chez nous en courant. Est-ce que tu veux que j'en parle à la police, Saffyre ? Qu'on pense savoir qui lui a fait ça ?

Mon plus grand regret est de ne pas lui avoir dit : « Oui, donne-leur son nom. Laisse-les aller jusque chez lui, fouiller son sac, prendre ses empreintes, bousiller sa vie. Laisse-les le détruire. »

Ce n'était pas que je voulais être celle qui le coincerait, que je voulais ma vengeance. Mais s'ils arrivaient chez lui, qu'il disait que ce n'était pas lui et qu'ils le croyaient, alors il s'en tirerait à bon compte, une fois de plus, et il se croirait plus malin que tout le monde. Ou bien s'ils l'arrêtaient, mais que ce n'était pas lui ? Je voulais que ce soit lui. J'avais besoin que ce soit lui. Il était dangereux et il fallait l'empêcher de nuire.

C'est pour ça que j'ai répondu à Josh :

— Non, ne leur dis rien. Ne leur parle pas. Je m'en occupe, t'inquiète.

48

Barry entre dans la salle d'interrogatoire. Owen est maintenant capable de reconnaître le bruit de ses semelles en cuir sur le parquet alors qu'il est encore dans le couloir, tout comme l'odeur entêtante de son after-shave qui le précède toujours.

— Bonjour, Owen.

— Je peux rentrer chez moi ?

Barry s'arrête et ferme les yeux.

— Non, malheureusement. Tiens, je crois qu'il vaut mieux que tu saches ce qu'il se passe à l'extérieur, dit-il en sortant un journal plié de sa serviette avant de le jeter sur la table.

C'est le numéro du jour de *Metro*.

LE SUSPECT DANS L'AFFAIRE MADDOX AVAIT PRÉVU UNE SÉRIE DE VIOLS

Et sous le titre figure encore cette photo d'Owen poussé dans la voiture de police, le front en sang, avec ses cheveux mouillés, asymétriques, en pétard, le regard ahuri, ses dents de travers.

Il regarde Barry.

— Mais… Je n'ai pas…
— Lis, Owen.

OwenPick, l'enseignant tombé en disgrâce et qui est actuellement placé en détention dans un commissariat du nord de Londres pour l'enlèvement et la séquestration de l'adolescente Saffyre Maddox, avait ourdi des plans de grande ampleur, selon l'un de ses amis sur un forum incel qu'il fréquentait. Cet ami, qui souhaite garder l'anonymat, nous a fait part du plan diabolique qu'OwenPick lui avait révélé lors d'un rendez-vous, le mois dernier, dans un pub. « Une partie du problème que rencontre la communauté *incel* est que nous sommes une espèce en voie d'extinction. Les femmes ne nous considèrent pas comme des partenaires sexuels potentiels, nous n'avons donc pas l'occasion de nous reproduire. Notre patrimoine génétique est volontairement effacé par le gouvernement, les médias, la société tout entière. Ce problème essentiel est profondément ancré dans la psychologie des incels. Et c'est quelque chose dont nous discutions beaucoup avec Owen. Bien que je sois en accord avec cette théorie générale et que je participe activement à cette communauté afin de changer la façon dont nous perçoit la société, j'ai été très alarmé par notre dernière conversation. On se rencontrait pour la première fois, et il avait choisi un vieux pub un peu miteux, donc j'étais surpris de le voir si bien habillé. Selon moi, il ne ressemblait pas vraiment à un incel. Il donnait plutôt l'impression de pouvoir facilement s'intégrer en société. Je ne comprenais pas pourquoi il n'arrivait pas à séduire les femmes. Mais il avait quelque chose d'étrange, de glaçant. Il m'a mis mal à l'aise. Je pense que c'est un psychopathe. Et il m'a dit qu'il avait un plan et m'a montré une boîte de pilules. Je ne savais pas ce que c'était. Il l'a posée sur la table et m'a tout expliqué. Il voulait trouver des femmes sur les applications de rencontre, les droguer et les inséminer pendant qu'elles étaient inconscientes. Il m'a dit qu'il faisait ça pour le bien de la communauté incel, mais ça ne m'a pas plu. Il était vraiment fou, narcissique, et dénué de toute compassion, d'humanité. Je pense qu'il avait un grave problème psychologique et qu'il utilisait la communauté incel et nos croyances pour légitimer son délire personnel. À mon avis, OwenPick est un violeur qui se fait passer pour un incel. »

Un bruit indescriptible et incontrôlable sort du corps d'Owen, venu du tréfonds de ses entrailles, un grognement purement animal. Il lève les poings, qui se sont serrés comme des rocs pendant qu'il lisait, et les abat sur la table. Puis il attrape le journal, le froisse en boule et le jette de toutes ses forces à travers la pièce.

— Merde ! hurle-t-il. Va te faire foutre ! Allez tous vous faire foutre !

Il se laisse choir sur sa chaise, appuie son visage contre les paumes de ses mains et se met à pleurer. Quand il se calme, il voit Barry, assis en face de lui, arrangeant les manches de sa chemise. Il lui tend un mouchoir qu'il sort de sa poche.

— Ce n'est pas une bonne nouvelle, Owen, lui annonce-t-il posément.

— C'est de la merde en boîte, tu le sais, non ? Que des conneries ! Ça ne s'est pas passé comme ça ! Il a retourné toute l'histoire. C'est lui ! C'est lui qui m'a donné la drogue. Il profite de ce qui m'arrive pour propager ses idées et il me pousse du haut de la falaise en même temps. Putain !

Barry ne détourne pas le regard.

— Bon, il nous reste beaucoup de travail. En tout cas, ça, poursuit-il en montrant du doigt le journal roulé en boule, c'est de la diffamation et ça ne sera pas utilisé dans l'enquête. On passe outre et on va voir ce que nos amis nous réservent aujourd'hui, d'accord ?

Quelques instants plus tard, les inspecteurs Currie et Henry entrent dans la pièce. Owen sent qu'ils sont dans une nouvelle dynamique. Depuis deux jours, leurs pistes supposées ne les menaient nulle part, et ils semblaient moins en forme, car ils n'avaient rien de nouveau à ajouter au dossier d'Owen. Mais aujourd'hui, ils paraissent satisfaits et sortent leurs documents avec entrain.

L'inspectrice Currie commence sans préambule.

— Owen, connaissez-vous une femme nommée Alicia Mathers ?

Il fait « non » de la tête.

— Jamais entendu ce nom.

— Elle prétend vous connaître.

Owen soupire. Il est au fond du gouffre. Il vit dans un monde où on lui dit que le ciel est vert, l'herbe bleue, que deux et deux font cinq, que le noir est blanc et que le blanc est noir. Et dans ce monde, bien entendu, une certaine Alicia Mathers le connaît.

— Vraiment ?

— Oui. Elle dit qu'elle vous a vu ce fameux soir. Que vous discutiez avec une jeune fille qui avait une capuche sur la tête.

Il pose son front sur la table, contre le plastique froid. Il ferme les yeux et compte jusqu'à cinq avant de se redresser.

— Et elle ne se manifeste que maintenant parce que…

— C'est délicat, mais disons qu'elle a de très bonnes raisons de ne pas nous avoir contactés plus tôt. Des raisons personnelles.

— Qui sont ?

— Je ne peux pas en parler avec vous.

— Bien sûr que non. Allez-y, continuez, qu'est-ce que cette Alicia dit avoir vu ?

— Elle dit vous avoir vu discuter avec une fille qui portait une capuche devant chez vous.

Le souvenir s'impose à nouveau dans l'esprit d'Owen. Ce moment perdu qui ne se dévoile à sa mémoire que de façon fugace et fragmentaire, dès qu'il ferme les yeux. La fille à la capuche qui ne s'éloigne pas, mais marche vers lui. Qui lui parle. Il pensait qu'il avait inventé la scène de toutes pièces. Apparemment, c'est bien vrai.

— Oui, ça s'est peut-être produit, acquiesce-t-il, sentant une vague de soulagement déferler en prononçant ces mots. J'ai des sortes de flash-back depuis un ou deux jours. C'est peut-être arrivé. Mais je ne sais pas du tout de quoi on a parlé. Je ne sais pas ce qu'elle a dit, ce que j'ai répondu. Aucune idée.

Owen entend son avocat pousser un soupir et il voit le visage des deux inspecteurs s'épanouir.

— Alicia Mathers dit vous avoir vu parler avec elle devant votre immeuble, et vous avoir vu la suivre dans votre jardin.

— Oui…, confirme Owen, la tête pleine de nouvelles images floues.

Son bras le picote au souvenir du contact d'une main féminine.

— C'est peut-être arrivé, oui. Elle a couru vers moi. Une autre femme marchait vers la maison d'en face, et la fille a couru vers moi. Elle a traversé la rue et…

Enfin, ils sont là, resurgis des méandres de sa mémoire : *« Clive ! C'est toi, Clive ? »*

— Elle m'a appelé Clive. Elle voulait voir quelque chose. Elle…

Qu'a-t-elle fait ensuite ? La pièce est plongée dans un silence total. L'inspectrice semble retenir son souffle. Owen regarde ses mains. La peau de ses paumes le démange, un autre souvenir s'annonce.

— Elle voulait que je lui fasse la courte échelle. Pour monter sur le toit du garage. J'ai joint les mains, comme ça. Elle pesait lourd. Je ne suis pas très fort. Elle a failli me tomber dessus, mais elle a réussi à s'agripper à quelque chose. À la gouttière, je crois. Et elle s'est hissée. Et ensuite…

Il se pince les arêtes du nez. Où avaient disparu ces souvenirs pendant tout ce temps ?

— Je ne sais pas. Je montais la garde. J'ignore combien de temps ça a duré. Je ne lui parlais pas. Puis elle a sauté. Elle est descendue. Elle a poussé un cri de douleur. C'est ça !

Il sursaute alors qu'un nouveau souvenir lui revient.

— C'est là qu'elle s'est blessée, sur le mur. Et que son téléphone est tombé. Elle s'est baissée pour le ramasser. Puis elle s'est remise à courir. Elle m'a dit : « Merci, Clive » et elle est partie en courant.

— Clive ?

— Oui, c'est bizarre. Je ne sais pas pourquoi elle m'a appelé ainsi. Elle m'a peut-être confondu avec quelqu'un.

Les deux inspecteurs échangent un regard.

— Et elle est partie ?

— Oui ! s'écrie-t-il avec joie. Elle a sauté, elle a crié, elle a fait tomber son portable, elle l'a ramassé, elle a dit : « Merci, Clive » et elle est partie en courant.

Il est tellement heureux d'avoir retrouvé le moment manquant entre sa vision d'elle devant chez Lycra Man et celle où elle court dans la rue, l'écho de ses pas résonnant contre le trottoir froid et sec.

— Et la femme qui arrivait en face ?

— Je ne me rappelle pas. Je ne… Elle était…

Et la voilà, enfin, comme une vieille photo oubliée depuis qu'elle était tombée derrière le canapé : la dernière pièce du puzzle.

— Elle était avec le voisin. Celui qui fait du footing. Le psy, vous savez. Elle lui parlait. Elle criait, même. Elle pleurait. Et c'est tout. C'est tout ce dont je me souviens.

Le silence retombe dans la pièce. L'inspectrice prend des notes, puis elle s'éclaircit la voix.

— Merci, Owen, merci pour ce témoignage. Je dois dire que je trouve ça assez surprenant, que cela vous revienne après tout ce temps.

— C'est parce que vous m'avez parlé de cette femme. Je savais, enfin j'avais l'impression qu'il manquait un élément, mais je n'arrivais pas à définir lequel jusqu'à ce que vous mentionniez cette Alicia.

— Il s'agit probablement d'une perte de la mémoire à court terme, cela peut arriver quand on boit trop, suggère Barry. Les souvenirs perdus peuvent resurgir s'ils sont stimulés par un détail oublié.

Owen regarde Barry. Quelque chose a changé dans son comportement, dans son intonation. Il est plus doux, plus attentif. On dirait presque qu'il le croit enfin.

L'inspectrice cherche un passage dans ses notes.

— Est-ce qu'on a examiné le toit du garage ?

L'inspecteur parcourt ses propres notes, beaucoup trop vite pour pouvoir vraiment les lire.

— Je ne suis pas sûr. Je vais vérifier.

L'inspectrice pose ses mains sur la table et observe Owen.

— Excusez-nous un moment.

Ils sortent tous les deux, et Barry se retourne vers Owen. Et pour la première fois depuis vendredi, depuis qu'il le conseille, il sourit.

— Très bon travail, Owen. Maintenant, on va voir ce qu'il reste dans leur chapeau.

49

Le téléphone de Cate vibre sur la table de la cuisine. Elle le prend et regarde l'écran. C'est Elona, la maman de Tilly.

— Cate ?

— Oui, bonjour !

— Bonjour. C'est Elona. Est-ce que tu as cinq minutes ?

— Oui, bien sûr…

— J'ai parlé à Tilly hier soir à propos de ce qui s'est passé. Ça l'a chamboulée. Je crois qu'elle était choquée que je lui en reparle. Je pense qu'elle croyait que c'était fini. Elle répétait : « Pourquoi tu me demandes ça, pourquoi tu me parles de ça ? » Après, elle s'est mise à pleurer et elle m'a dit qu'elle ne pouvait pas parler. Je lui ai demandé pourquoi. Elle m'a dit : « Parce que c'est grave. Je ne peux pas. » Ensuite, elle a dit, enfin là j'interprète un peu parce que ce n'était vraiment pas très clair, enfin elle m'a plus ou moins raconté ce qui est arrivé. Elle s'est bien fait agresser, et elle connaît la personne qui lui a fait ça, mais elle avait trop peur de me dire qui c'était.

Cate se replonge immédiatement dans cette soirée du 21 janvier. Tilly dans la cuisine. Un curry sur le feu. Josh disant : « J'ai envie de manger un truc épicé. » Tilly qui part. Tous les quatre, assis à table. Ils étaient bien tous les quatre, n'est-ce pas? Elle se concentre pour mieux visualiser la scène. Le curry, la table, Georgia, Roan, Josh. Est-ce qu'ils étaient déjà assis quand Tilly était revenue? Non, il était encore trop tôt. Elle devait être en train de mettre la table, ou de servir les assiettes. Elle ne se souvient plus de qui était dans la cuisine avec elle. Si, Georgia. Et probablement Roan et Josh également. Elle en est presque sûre.

Mais, en se disant ça, elle sent le doute enfoncer ses griffes dans sa mémoire.

— D'accord, répond-elle brusquement. Merci de m'avoir tenue au courant.

— Mais qui aurait pu lui faire ça? demande Elona d'une voix désespérée. Si c'est vraiment arrivé, et qu'elle a trop peur pour en parler, qui ça peut bien être?

— Je n'en sais rien, Elona, je suis désolée.

— Tu penses que je devrais rappeler la police?

— Je ne sais vraiment pas. On ne dirait pas que Tilly soit prête à en parler…

— Mais ils enquêtent en ce moment sur cet homme qui a agressé la femme derrière l'agence immobilière et… Ça pourrait être lui. Il faudrait que je leur dise, non?

— Je n'en sais rien, je ne peux vraiment…

— J'ai peur, Cate. Tu imagines, si ce pervers rôde toujours dans les parages et qu'il suit Tilly? Si elle le connaît, il sait peut-être où elle habite. Qu'est-ce que je dois faire, Cate? Aide-moi.

L'estomac de Cate se soulève. Elle éloigne le téléphone de son oreille et respire profondément. Elle reprend la conversation quelques secondes plus tard.

— Je suis navrée, Elona, sincèrement, mais je dois y aller. Pardon.

Et elle raccroche.

50

Son déjeuner se compose d'un mince sandwich au jambon, de carottes râpées, d'un jus d'orange et d'un muffin aux myrtilles. Quel dommage, ces myrtilles, ça gâche tout. Owen les retire et les pose sur le bord du plateau.

L'ambiance a changé depuis ce matin, depuis qu'il s'est souvenu des pièces manquantes de la soirée du 14 février. Il est à peu près sûr qu'on le considère maintenant moins comme un monstrueux pédophile. Puis il repense au journal du matin, à l'histoire inventée de toutes pièces par Bryn. Quoi qu'il advienne ici, entre ces murs, peu importe le moment où il aura le droit de rentrer chez lui, que les chefs d'accusation soient abandonnés et qu'il reçoive des inspecteurs Currie et Henry une poignée de main d'excuse, peu importe ce qui pourra se passer jusqu'à sa libération, il restera à jamais l'homme qui a fait la une de la presse avec le front en sang, et son nom restera associé aux incels et à la drogue du violeur. Il sera toujours le type bizarre qui a traité de salope une fille dans la rue, et qui a été viré parce qu'il avait éclaboussé ses élèves de sa sueur lors d'une soirée. Il sera toujours Owen Pick, l'affreux bonhomme, qui certes n'a pas tué Saffyre Maddox, mais qui a bien dû faire *quelque chose*. Il n'y a pas de fumée sans feu.

La porte s'ouvre, et les inspecteurs entrent à nouveau. Ils s'asseyent bien droit et regardent Owen.

—Nous avons envoyé quelqu'un examiner le toit du garage, lui annonce l'inspectrice Currie. Nous venons d'avoir les résultats de cette inspection. On a relevé des traces de pas qui correspondent à celles des chaussures de Saffyre. Il y a également ses empreintes digitales sur la gouttière. Nous n'avons pas trouvé de signe de votre présence sur le toit. Cependant, monsieur Pick, nous ne pouvons pas simplement croire ce que vous nous racontez concernant les événements de ce soir-là. Nous ne pouvons pas abandonner les charges qui pèsent contre vous, vous restez le suspect principal dans cette affaire. Si vous vous souvenez de quoi que ce soit d'autre, merci de nous l'indiquer.

Ils rangent leurs dossiers et sortent.

Owen regarde Barry et expire longuement.

—On avance, lui confirme son avocat. Au fait, Tessie m'a envoyé quelque chose pour toi. C'est un mail. Tu veux le lire ?

—Euh oui... d'accord.

Barry allume son téléphone et le fait glisser vers Owen.

Un courriel de Deanna.

Chère Tessie,

Je vous remercie sincèrement de m'avoir écrit au sujet de votre neveu Owen. J'ai passé une très bonne soirée avec lui lors de la Saint-Valentin, mais j'ai assez de soucis à gérer dans ma vie à l'heure actuelle, et je ne peux pas m'encombrer d'un fardeau aussi lourd. Je ne sais pas quoi penser de son arrestation, de tout ce qu'on raconte sur lui dans les journaux. Cela n'a rien à voir avec l'homme que j'ai rencontré ce soir-là, qui était gentil, courtois et attentionné.

J'imagine que les gens peuvent dissimuler leur noirceur derrière des masques très élaborés. Je suis désolée que vous ayez à traverser cette épreuve et j'espère, pour vous et pour Owen, que cela va bientôt se terminer, qu'il y a erreur sur la personne. S'il vous plaît, dites-lui que je pense à lui, mais que je ne peux pas envisager de poursuivre notre relation dans ces conditions.

Bien à vous,

Deanna Wurth

Owen le lit deux fois. Ses yeux s'arrêtent sur les mots positifs. À aucun moment elle n'écrit qu'elle le croit capable d'avoir commis un meurtre. Elle ne dit pas non plus qu'elle ne veut plus jamais le revoir. Ni qu'elle le déteste ou qu'il la dégoûte. Voilà, enfin, sa lueur d'espoir. Quelque chose à quoi se raccrocher.

51

Josh rentre tard du collège ce soir-là. Comme à son habitude, il se rend dans la cuisine et enlace sa mère. Sa peau est encore toute fraîche.

— Je t'aime.

— Moi aussi, répond-elle sans conviction.

Puis avant qu'il quitte la pièce, avant qu'elle n'explose, elle lui lance :

— Josh, est-ce que je peux te demander quelque chose ? Ça va peut-être te sembler étrange.

Il se retourne vers elle. Il a maigri, remarque-t-elle, et ses pommettes ressortent plus.

— Oui.

— Je suis allée dans ta chambre hier.

Ses yeux s'écarquillent légèrement, assez pour laisser transparaître l'inquiétude qui l'a saisi.

— Pourquoi ?

— Je voulais laver ton linge sale, et j'ai trouvé un sac derrière le panier. Dedans, il y avait les affaires de sport de ton père. Tu peux m'expliquer ce qu'elles faisaient là ?

Il ne répond pas tout de suite.

— Je suis allé courir.

— Ah bon ? Quand ?

— Ch'ais pas, deux-trois fois.

Cate ferme les yeux. Elle pense à la démarche de Josh. Flegmatique. Indolente. Elle se souvient que, quand il était petit, elle devait toujours l'attendre dans la rue pour qu'il la rattrape.

« Arrête de traîner la patte ! »

Et même maintenant, alors qu'il mesure un mètre quatre-vingts, il avance toujours à vitesse d'escargot. Il fait tout avec lenteur. Elle a du mal à l'imaginer courir.

— Vraiment, toi ?

— Bah oui. Pourquoi pas ?

— Parce que… Je sais pas. Tu ne cours jamais.

— Les gens peuvent changer, non ?

Elle soupire.

— Oui, sans doute. Mais ce qui est bizarre, c'est que je n'ai pas lavé le contenu du sac, je l'ai laissé là. Et pourtant, il n'y est plus, et ton père porte ces vêtements. Il dit qu'il les a pris dans son tiroir.

Josh hausse les épaules et se balance d'un pied sur l'autre.

— Ouais, c'est parce que je les ai lavés.

— Tu les as lavés ?

— Ouais.

Elle ferme les yeux plus longuement.

— OK, je récapitule. Tu as emprunté les affaires de sport de ton père pour aller courir. Sans me dire que tu allais courir. Puis tu les as laissées dans un sac en plastique au fond de ton armoire. Et ensuite, tu as sorti ces vêtements, et tu les as lavés et séchés avant de les ranger dans le tiroir de ton père ?

— Oui.

— Je ne comprends pas, Josh, ce n'est pas logique.

— Pourquoi ? C'est tout à fait logique.

— Non, pas du tout. Et tu me mets très mal à l'aise. Comme si tu me cachais des secrets…

Et là, Josh fait quelque chose que Josh ne fait jamais. Il se met à crier. Il ouvre la bouche, grogne, puis hurle :

— OK, putain ! Je me suis pissé dessus, t'es contente ? J'étais sorti courir et je sais pas ce qui s'est passé, je sais pas pourquoi, mais je me suis pissé dessus. J'en avais partout. Et je ne t'ai rien dit parce que j'avais trop honte. Alors j'ai mis les fringues dans le sac, je l'ai caché et, dès que j'ai pu, je les ai lavées, OK ? C'est bon ?

Cate sent l'onde de choc de la colère de son fils se répercuter dans tout son corps. Elle s'approche de lui et le prend dans ses bras.

— Je suis navrée, dit-elle en le serrant fort. Je ne voulais pas te pousser dans tes retranchements ni te blesser. Excuse-moi, d'accord ?

Il la prend dans ses bras à son tour et plonge sa tête dans son cou. Il pleure.

— Maman, je suis désolé. Je suis tellement désolé. Je t'aime tellement. Tellement.

Elle lui caresse la nuque et murmure dans son oreille :

— Tout va bien, Josh. Ce n'est pas grave. Et quoi qu'il se passe, tu peux m'en parler. Je te le jure. Tout ira bien.

— Je ne peux pas t'en parler. Jamais.

Il se détache de cette étreinte et s'enferme dans sa chambre.

52

Saffyre

Le soir de la Saint-Valentin, vers 20 heures, j'ai reçu un texto de Josh.

Ça part en couille ! Alicia a envoyé une carte de Saint-Valentin à mon père, et Georgia l'a ouverte. Mais personne l'a lue encore. Je fais quoi ?

Brûle-la.

Je peux pas. Mon père sait qu'elle est là. Je vais lui demander des explications.

Il m'a envoyé une photo de la carte.

Je ne peux pas patienter plus longtemps.
Je meurs sans toi. Quitte-la, ou je me suicide.

Je me suis dit : *Mon Dieu, mais quelle drama queen ! Comment est-ce que ces gens-là peuvent-ils être habilités à assurer le suivi psychologique d'enfants en détresse ?*

Ne fais rien. Attends.

Non, le moment est venu.

Mon cœur battait à tout rompre. J'avais la tête qui tournait, comme si c'était ma famille qui était sur le point d'imploser.

Après, je n'ai pas eu de nouvelles de Josh pendant plusieurs heures. Il faisait froid et humide, et il y avait un petit crachin alors je n'avais pas trop envie de dormir dehors cette nuit-là. J'ai enfilé mon jogging bien confortable, j'ai réchauffé des lasagnes au micro-ondes et j'ai regardé *Shakespeare in Love* qui passait à la télé. Aaron est rentré vers 23 heures, et on discutait quand j'ai reçu un nouveau message.

Elle est là ! Chez nous ! Elle pète les plombs ! Tu peux venir ?

J'ai lancé à Aaron, qui était dans la cuisine :

— Je vais faire un tour rapide chez une copine.

— Laquelle ?

— Une fille du lycée. Elle habite à Hampstead. Je reviens vite, OK ?

Je suis arrivée devant chez Roan vers 23 h 15. Tout semblait paisible.

Je suis dehors. Il se passe quoi ?

Je crois que j'ai réussi à la faire partir.

Et tes parents ?

Ils sont au resto.

OK. Je monte la garde.

J'ai marché jusqu'au coin de la rue et je me suis assise sur le muret. C'était très calme. Au bout d'un quart d'heure, j'ai vu Roan et sa femme arriver. Ils avaient l'air éméchés et heureux, ils se tenaient la main. Puis le silence est revenu.

Je pense qu'elle est rentrée chez elle. En tout cas, je ne la vois pas ici. J'attends jusqu'à minuit, OK ?

T'es la meilleure.

Ce à quoi j'ai répondu avec un smiley et un émoji de médaille.

Un autre quart d'heure s'est écoulé. Un couple est passé, elle avec une rose à la main. J'ai vu un homme qui promenait un petit chien blanc. Une femme qui lisait sur son téléphone en marchant.

Soudain, j'ai distingué une silhouette en périphérie de mon champ de vision. Il y avait une femme devant chez Roan. Elle avait son portable à la main. Elle s'est tournée, et j'ai reconnu Alicia.

J'ai traversé la rue et je me suis dirigée vers elle.

— Alicia ! j'ai murmuré.

Elle a pivoté vers moi. Elle avait pleuré, et bu.

— Oui ?

— Je ne sais pas ce que vous avez prévu de faire, mais il faut arrêter tout de suite.

— Je vous connais ?

— J'étais une patiente du centre Portman. Je connais Roan. Et je sais ce que vous fricotez avec lui.

— Ça ne vous regarde pas.

— Non, c'est vrai. Mais Josh est mon ami, et si vous continuez, vous allez détruire sa vie.

Elle s'est retournée vers la porte.

— Ne faites pas ça, Alicia, s'il vous plaît.

J'ai entendu des bruits de pas venant de l'autre côté et, en regardant par-dessus mon épaule, j'ai vu un homme qui marchait vers nous. Il n'allait pas vite, il traînait des pieds. Quand il s'est approché, j'ai reconnu Clive. Enfin, Owen. Peu importe. Je me suis glissée près d'Alicia, les bras croisés, et je lui ai répété de rentrer chez elle.

À ce moment-là, la porte s'est ouverte, et Roan est sorti. Je me suis précipitée de l'autre côté du portillon, hors de sa vue. J'ai entendu Alicia lui dire quelque chose du genre : « Tu ne peux pas me faire ça, Roan », puis sa voix était étouffée, comme si quelqu'un l'avait bâillonnée, et j'ai vu Roan la tirer hors de son jardin, dans la rue. Je voulais voir ce qu'il se passait, mais je n'avais pas de visibilité. Je me suis retournée et j'ai aperçu Clive, planté devant chez lui, à regarder ce que trafiquait son voisin. Alors j'ai couru vers lui.

— Clive, j'ai besoin que tu m'aides à monter sur le toit du garage. Vite !

Il a fait exactement ce que je lui ai demandé et m'a aidée à me hisser sur le toit. De là-haut, je pouvais voir tout ce que je voulais.

J'ai sorti mon téléphone et j'ai fait une vidéo. Alicia était devenue complètement folle. Elle donnait des coups de poing à Roan, qui ne se défendait pas, et elle disait qu'elle allait se tuer et que ce serait sa faute. Il lui a saisi les poignets en lui disant : « Chut, chut, Alicia… Moins fort, s'il te plaît. Tais-toi. » Il était évident que Roan s'inquiétait plus que sa femme découvre sa liaison plutôt qu'Alicia se donne la mort. Elle criait de plus en plus fort, et il a plaqué sa main sur sa bouche. Elle l'a mordu, et il l'a giflée. Elle a essayé de le frapper aussi, mais il a attrapé ses bras et l'a repoussée si fort qu'elle est tombée à la renverse. Mes mains tremblaient. C'était horrible. Comme regarder des animaux se battre.

Enfin, elle est partie, et Roan est resté sur le trottoir, pantelant. J'ai continué à filmer jusqu'à ce qu'il disparaisse chez lui.

Clive m'a appelée.

—Je rentre maintenant.

—Attends, attends ! Aide-moi à descendre.

—Je dois aller me coucher.

—Non, Clive, attends.

Il était sur le point de me planter là, alors j'ai sauté, mais j'ai mal calculé mon coup, et ma jambe a heurté le mur, déchirant mon jogging. J'ai atterri sur les fesses, n'importe comment, et j'ai fait tomber mon téléphone. J'avais le souffle coupé par ma chute et je sentais le sang couler, mais j'ai quand même réussi à me relever. J'ai tâtonné dans l'herbe pour retrouver mon portable, puis je suis passé devant Clive et j'ai couru après Alicia. Je voulais m'assurer qu'elle allait bien.

J'étais sur le point de la rattraper quand j'ai entendu le bruit d'une caméra de surveillance qui pivote devant la porte d'entrée d'un manoir. Je me suis baissée et j'ai resserré ma capuche autour de ma figure. J'étais de nouveau la Fille Invisible.

Devant moi, Alicia pressait l'allure, elle sentait que je la suivais. D'un coup, je me suis arrêtée. J'avais entendu des pas derrière moi. Une grande ombre s'approchait.

Je n'avais pas besoin de distinguer son visage pour savoir de qui il s'agissait.

53

Le lendemain matin, on lui apporte du porridge tiède, une petite banane et une sorte de jus de fruits indéfini (goût tropical, peut-être ?). Owen se dit que ces repas lui manqueront quand il sera de retour à la maison. Il aime la nourriture de la prison. C'est presque meilleur que ce qu'il se cuisine, et tout lui paraît plus simple. Il apprécie la façon dont le repas est présenté sur le plateau, et surtout de ne pas avoir à s'en soucier. Il se dit qu'il pourrait prendre goût à la prison, finalement. Il est peut-être plus heureux ici qu'en liberté, dans ce monde où il devra se préoccuper de faire à manger, où il devra affronter le regard des femmes qui croiront avoir affaire à un violeur, où il faudra s'inquiéter de trouver un travail, une copine. Et si c'était son destin ? Si on découvre le corps de Saffyre Maddox coupé en morceaux sous son lit, il se souviendra peut-être que oui, finalement, il l'a tuée. Affaire classée, prison à perpétuité. Et des plateaux-repas jusqu'à sa mort. Peut-être qu'il deviendra un homme fascinant aux yeux de toutes sortes de femmes bizarres qui voudront épouser le monstre qui a massacré une jeune fille de sang-froid. Tout compte fait, peut-être qu'être désigné coupable lui conviendrait mieux.

Il tend le plateau vide au policier de l'autre côté de la porte. L'agent Zizhy. Il est d'origine bulgare. Il n'a absolument aucun humour, ce qui ne doit pas être facile avec un nom pareil.

Il est 8 heures. Le soleil brille. Est-il possible de devenir complètement assisté en moins d'une semaine ? Owen ne sait plus du tout à quoi ressemblait sa vie d'avant. L'homme qui se coupait les cheveux tout seul dans la salle de bains de Tessie lui semble être un lointain souvenir. Celui qui allait au travail tous les jours pour enseigner à des adolescents les langages informatiques lui paraît aussi irréel qu'un rêve. Et le mec dont parlent les journaux, l'incel qui veut inséminer des femmes inconscientes, est une fiction. La seule version tangible de lui-même, c'est celle qui se trouve ici et maintenant, dans la solitude d'une cellule de Kentish Town. Il reste assis quelques instants de plus, observant les formes mouvantes peintes par le soleil sur les murs. Étrangement, il se sent plein d'espoir. Deanna ne voit pas en lui un monstre. C'est suffisant. C'est tout ce dont il a besoin pour continuer à vivre.

Ses pensées quittent la cellule lumineuse, dépassent la coupe de cheveux inachevée dans la salle de bains, les vitres embuées de sa salle de classe à Ealing College, la main de Tessie posée sur son épaule à l'enterrement de sa mère, puis la vision de sa mère écroulée sur la table de la cuisine, comme si elle était soûle alors qu'elle était morte. Ses souvenirs s'arrêtent face à l'adorable garçon qui ne voulait pas sourire à l'appareil photo dans le studio de l'agence de mannequins. Qui était-il, ce petit gars ? Comment s'était-il retrouvé dans ce pétrin ?

Il essaie de se remémorer les moments de souffrance qui l'ont mené jusqu'ici. Il songe aux mois qui ont précédé la séparation de ses parents quand il avait onze ans. Un divorce abîme les enfants, tout le monde le sait. Mais s'était-il passé un incident particulier à ce moment-là, qui avait pu engendrer cette version emprisonnée de lui, parmi tous les Owen potentiels ?

Il repense à la maison dans laquelle ils vivaient ensemble autrefois, à Winchmore Hill. Un bâtiment bas d'après-guerre, avec une façade en galets, des petites fenêtres, un porche envahi par les toiles d'araignée, une commode sombre avec un téléphone et un carnet pour noter les appels, un petit chandelier. Sa mère avait une passion pour les chandeliers. Il se souvient d'elle assise sur la première marche de l'escalier, le combiné à la main, discutant avec une amie, un mouchoir froissé sur le nez, disant : « Je crois que c'est fini cette fois, Jenny, vraiment. »

Il se souvient de la fumée de cigarette qui montait jusqu'à l'endroit où il était posté, sur le palier. Dès qu'elle avait raccroché, il était descendu voir sa mère.

— Qu'est-ce qui est fini, maman ?

Et sa mère de sourire en écrasant sa cigarette.

— Rien, Owen. Rien du tout. Retourne te coucher. Demain, il y a école.

Mais, à partir de ce moment-là, il avait été en état d'alerte. Il s'était mis à scruter ses parents avec inquiétude, cherchant à découvrir un indice qui l'aiderait à comprendre la situation.

Un souvenir enfoui lui revient brutalement en mémoire, une séquence qui l'avait longtemps hanté, mais à laquelle il ne pense plus depuis des années, depuis la mort de sa mère, parce que c'est insupportable.

Il se souvient de son père rentrant tard du travail un soir, laissant dans son sillage l'odeur des pubs londoniens. Depuis le palier, Owen l'avait vu poser d'un geste sec les clés sur la commode, retirer sa veste, soupirer, puis s'étirer les épaules comme s'il se préparait à un exercice physique.

— Ricky ? avait appelé sa mère depuis le salon.

Son père avait soupiré à nouveau, puis s'était approché de la porte.

— Bonsoir, chérie.

Et puis il avait entendu de la musique quand son père avait ouvert la porte, pas le bruit de la télé, mais une sorte de mélodie étrange, onirique, un homme à l'accent américain qui interprétait une chanson douce à propos de jeux interdits.

— Bonsoir, chéri, viens, entre dans mon boudoir.

Owen avait descendu quelques marches sur la pointe des pieds et regardé à travers les barreaux de la rambarde. Il avait vu sa mère, debout dans une salle illuminée par des dizaines de bougies, portant une tenue étrange : des sous-vêtements en dentelle, quelque chose autour du cou, des talons hauts, ses lèvres rouge vif, et quand le père d'Owen était entré, elle avait attrapé sa cravate et l'avait attiré vers elle, en disant :

— Je veux que tu me baises comme une pute.

La porte s'était refermée, et il avait entendu des bruits étouffés, des grognements, des coups, des gémissements, qui s'étaient arrêtés brusquement. Sa mère était en larmes quand son père avait quitté la pièce, reboutonnant son pantalon, le visage écarlate.

— T'as voulu que je te traite comme une pute, maintenant assume.

— Ricky ! avait sangloté sa mère. S'il te plaît. J'ai envie de toi, j'ai besoin de toi. S'il te plaît, je ferai tout ce que tu voudras !

Le mascara dégoulinant sur ses joues. Un sein sorti du soutien-gorge en dentelle, tombant, fripé.

— Ricky, s'il te plaît…

Son père attrapant sa veste, ses clés, puis ouvrant la porte.

La chanson sur les jeux interdits.

La porte d'entrée qui claque.

Deux semaines plus tard, le père d'Owen part pour de bon. Il faut séparer la maison en deux. Vendre l'autre appartement. Sa mère meurt. Son père le déteste. La nouvelle femme de son père le déteste. Sa tante le déteste. Les filles le détestent. Il est arrêté pour le meurtre d'une adolescente. Il se rend compte qu'il prend goût à la nourriture de la prison.

Est-ce aussi simple ? D'abord, la vision de sa mère se dégradant pour plaire à son père, puis le rejet. Était-ce à l'origine de tout ce qui clochait dans sa vie ? Sa peur des femmes ? Et si c'était l'explication, est-ce qu'il y avait une solution pour supprimer cet événement de son histoire, pour recommencer à zéro ? Comment ? Comment guérir de ce traumatisme psychique ? Owen comprend que le seul moyen de faire la paix avec lui-même est d'affronter ce souvenir. De parler à son père.

Il va à la porte de sa cellule et cogne au battant.

L'agent Zizhy ouvre la trappe.

— Oui ?

— Il faut que je passe un coup de fil, s'il vous plaît. C'est très urgent.

L'agent le regarde d'un air apathique.

— Je vais voir si c'est possible.

— S'il vous plaît, je n'ai encore appelé personne, et c'est mon droit.

Il referme la trappe.

— Je vais me renseigner.

Quelques instants plus tard, il revient.

— Prenez vos affaires.

— Quelles affaires ?

— Vos vêtements, votre trousse de toilette. Apparemment, vous pouvez partir.

— Quoi ? Je ne...

— Je n'en sais pas plus, je vous répète ce qu'on m'a dit, c'est tout. Vous pouvez récupérer vos effets personnels et rentrer chez vous. Allez.

— Je ne comprends pas. Qu'est-ce qui s'est passé ? Ils l'ont retrouvée ?

— Dépêchez-vous.

Owen regroupe ses affaires et jette un dernier regard aux ombres dorées sur le mur, à la forme de son corps sur le matelas, à la couverture bien pliée, au carré de ciel bleu qu'il aperçoit par la fenêtre de la cellule. Il songe aux heures enfermé ici, dans cette pièce qui lui semble être le seul endroit qu'il connaisse en ce bas monde. Et pourtant, il est libre.

S'il a une certitude, c'est qu'il ne retournera pas à son ancienne vie. Il n'habitera plus dans l'appartement de Tessie aux portes verrouillées. Il ne redeviendra pas le genre d'homme qu'on pense capable de viol et de meurtre. Il ne fréquentera plus les forums incels et ne prendra plus de verres avec de dangereux misogynes patentés.

L'agent ouvre la porte, et Owen le suit en silence dans les couloirs, à travers des pièces où on lui restitue ses affaires et on lui demande de signer des papiers. Puis il est dehors. Sur le trottoir de Kentish Town. Le soleil brille fort, le réchauffe. Les prémices du printemps. Les prémices d'une vie nouvelle.

Il sort son portefeuille pour vérifier qu'il a bien sa carte bleue et de la monnaie, puis lève le bras pour héler un taxi.

54

Cate et Josh sont au commissariat de Kentish Town. Elle n'en a pas parlé à Roan, ni à Georgia. Elle a appelé le collège ce matin pour leur dire que son fils avait un rendez-vous médical urgent.

Elle pose son sac sur ses genoux et s'éclaircit la voix nerveusement, fixant la porte battante qui s'ouvre toutes les dix secondes, laissant passer des agents en uniforme ou en civil avec des dossiers, des sacoches, des gobelets de café, leurs téléphones collés à l'oreille.

Elle se tourne vers son fils.

— Ça va ?

Il hoche la tête avec nervosité. On dirait qu'il lutte de tout son corps contre une envie irrépressible de se lever et de prendre la fuite.

Enfin, après un quart d'heure, l'inspectrice Currie apparaît.

— Bonjour madame Fours, merci d'avoir fait le déplacement. Et bonjour, Josh.

Josh lui serre la main.

— Suivez-moi, s'il vous plaît. Je crois que j'ai trouvé une salle disponible pour notre entretien. Nous sommes complètement submergés aujourd'hui.

Ils lui emboîtent le pas et s'arrêtent devant une porte à laquelle elle toque. Un homme répond.

— Je vous présente mon collègue, l'inspecteur Henry. Nous travaillons ensemble sur la disparition de Saffyre Maddox. Asseyez-vous. Je peux vous servir un café, un thé ?

On leur apporte des verres d'eau, et l'inspectrice les observe en souriant.

— Josh, ta mère m'a dit que tu sais où se trouve Saffyre.

Cate regarde son fils, qui fait « non » de la tête, puis acquiesce.

— Je ne sais pas où elle est, mais je sais ce qu'il s'est passé. C'est tout.

— Ce qu'il s'est passé... ?

— Le soir de la Saint-Valentin. Je sais que le voisin d'en face est innocent. C'est sûr. Mais je ne sais pas où elle est maintenant. Pas du tout.

Les inspecteurs échangent un regard.

— Josh, où étais-tu le soir de la Saint-Valentin ? lui demande l'inspectrice avec un sourire encourageant.

Cate inspire profondément, car Josh lui a déjà tout raconté. Elle sait ce qu'il va dire et imagine que ce sera encore plus difficile à entendre la seconde fois.

Il était venu dans sa chambre ce matin et s'était assis sur son lit.

— J'ai quelque chose à te dire, maman. C'est très grave.

Elle avait posé la lingette qu'elle était en train d'utiliser pour se laver le visage et s'était installée à côté de lui.

— Je t'écoute.

Et il lui avait raconté.

Son monde s'était écroulé.

— Explique-nous ce que tu as vu.

— Pas ce que j'ai vu, ce que j'ai fait. Avec Saffyre, on essayait de mettre un terme à quelque chose. Ça ne s'est pas passé comme prévu. Alors elle a couru. Elle s'est enfuie. Et je ne sais pas où elle est allée. Elle ne répond pas à mes messages, et j'ai peur qu'il lui soit arrivé un truc grave. J'ai vraiment peur.

L'inspectrice prend le temps de souffler, puis son sourire inamovible réapparaît.

— Bien, Josh, je crois qu'on est allés un peu trop vite. Il vaut mieux qu'on reprenne au début. Quand as-tu rencontré Saffyre ? Comment est-ce que vous vous êtes connus ?

Josh lance un coup d'œil furtif à sa mère et appuie ses paumes sur la table.

— Elle dormait dans le terrain vague en face de chez nous. Et moi aussi j'y allais parfois. Pour être tranquille, tout seul, vous voyez. Et il y avait un renard, aussi.

— Un renard ?

— Oui, presque apprivoisé. En général, il restait à côté de moi. Une nuit, j'y suis allé pour voir le renard, et elle était là. Saffyre. Elle m'a dit qu'elle était une ancienne patiente de mon père.

— Elle t'a dit ce qu'elle faisait là ?

Josh regarde sa mère. Elle pose ses doigts sur les siens pour l'encourager.

— Elle épiait mon père. Ma famille. Je ne sais pas vraiment pourquoi. Elle avait des soucis. Elle était claustrophobe, aussi. Elle n'arrivait plus à dormir chez elle. Du coup, elle dormait dehors, à la belle étoile.

— Et pourquoi était-elle fascinée par ton père ?

Cate serre la main de son fils.

— Au début, je pense que c'était parce qu'elle se sentait abandonnée. Il avait été son psy pendant trois ans, ou quelque chose comme ça. Elle avait l'impression qu'il avait mis un terme à sa thérapie sans l'avoir vraiment soignée. Elle n'était pas prête à arrêter. Donc elle le suivait, elle l'observait. Elle voulait continuer à faire partie de sa vie. Et, pendant qu'elle le pistait, elle s'est rendu compte que…

Josh déglutit.

— Que mon père trompait ma mère.

Cate sent son sourire se figer comme du ciment.

Pour la seconde fois de la journée, elle a l'impression qu'on lui a donné un coup de poing dans l'estomac. Et, encore une fois, cette sensation disparaît presque immédiatement pour laisser place à une prise de conscience cruelle, insupportable. Évidemment, Roan la trompait. Il n'avait probablement jamais cessé de lui être infidèle au cours de leurs trente années de mariage. Une succession ininterrompue de liaisons depuis Marie jusqu'à Alicia. Évidemment, s'était-elle dit. Évidemment.

— Après ça, je pense qu'elle a fait une fixette sur lui, sur ce qu'il faisait, et sur nous, sa famille. Je crois qu'elle voulait nous protéger. Et cette première nuit, quand je l'ai rencontrée, on a discuté. C'était vraiment bizarre. On a commencé à se parler à cœur ouvert. Pendant des heures. Il lui était arrivé des choses vraiment graves quand elle était petite, mais elle avait enfin trouvé le moyen de s'en remettre. Et je lui ai dit que je l'aiderais. Et, à partir de là, la situation s'est mise à… partir dans tous les sens.

— C'est-à-dire ?

— Ça s'est vraiment mal passé.

55

La maison du père d'Owen ressemble beaucoup à leur ancienne maison de Winchmore Hill : construction d'après-guerre, fenêtres à croisillons, petit jardin avant, porche, vasistas en verre coloré au-dessus de la porte d'entrée. C'est la première fois qu'Owen vient ici, mais il connaît l'adresse par cœur, à force d'avoir envoyé des cartes d'anniversaire et de vœux. Il paie le chauffeur et remonte l'allée. Son père travaillait dans la fonction publique, mais il est désormais à la retraite.

Il appuie sur la sonnette électronique. Il se racle la gorge et attend. Une ombre apparaît derrière le verre dépoli de la porte. Owen inspire. Il espère que c'est son père, et non sa femme. La porte s'ouvre. C'est bien lui. Owen voit son visage se décomposer, passer de la surprise à la peur, à l'horreur.

— Mon Dieu, fiston, qu'est-ce que tu fais ici ?

Son père a pris un coup de vieux. Il est à la retraite depuis un an, mais il a beaucoup vieilli durant cette période. Ses cheveux, qui étaient châtains et gris, sont désormais presque entièrement blancs.

— Ils m'ont libéré.

— La police ?

— Oui, il y a une heure. Ils m'ont dit de partir.

— Alors… quoi ? Ce n'était pas toi ?

— Non, bien sûr que ce n'était pas moi ! s'exclame Owen en jetant un œil par-dessus l'épaule de son père. Je peux entrer ?

— Honnêtement, ce n'est pas vraiment le bon moment, soupire-t-il.

— Papa, qu'on soit bien clairs, ce n'est jamais le bon moment pour toi. Jamais. Mais tu sais quoi, je viens de passer une petite semaine dans la cellule d'un commissariat, après avoir été arrêté et interrogé pour un crime que je n'ai pas commis. J'ai fait la une de tous les journaux du pays, et des gens qui ne me connaissaient même pas ont raconté des horreurs sur moi. Et maintenant, je suis disculpé, je suis libre, je n'ai rien fait de mal et j'ai le droit de reprendre le cours de ma vie. Donc voilà, peut-être que c'est le bon moment pour *moi*, là.

Son père baisse la tête. Quand il la relève, ses yeux sont embués.

— Très bien, entre. Mais je n'ai pas beaucoup de temps, je suis désolé.

La maison est chaleureuse. Les murs sont peints avec des teintes vives. Il y a aussi des panneaux lumineux pour les égayer : « Le gin, c'est par ici », « Love », « Chez nous ». Un arc-en-ciel. Une licorne qui change de couleur quand elle se cabre.

— Gina adore les tons flashy, lui explique son père en le guidant dans le salon.

La pièce est éclairée par une petite fenêtre en saillie, avec des stores en bois, et meublée de deux canapés en velours rose couverts de coussins sur lesquels sont brodés des animaux de la jungle et d'autres slogans.

— Assieds-toi, je t'en prie.

Il ne lui propose rien à boire, mais Owen s'en fiche.

— Papa, j'ai pas mal réfléchi pendant mon incarcération. Je me suis demandé comment j'ai bien pu me retrouver dans ce pétrin. Pourquoi je suis comme je suis. Tu vois ?

Son père hausse les épaules. Il porte un pull gris, un pantalon bleu marine et, avec ses cheveux argentés, il a l'air d'une anomalie dans cette pièce aux couleurs vives.

— Tu sais bien que j'ai toujours été bizarre, papa. Depuis que je suis gamin. Mais maintenant, je suis grand, je suis un adulte. J'ai trente-trois ans, presque trente-quatre. Et la pire des choses qui puisse arriver à un innocent m'est arrivée parce que je suis comme ça. Tu m'as abandonné. Tu m'as laissé partir chez Tessie ce soir-là, à dix-huit ans, alors que je venais d'enterrer ma mère. Tu m'as laissé tomber. Pourquoi ?

— Ça semblait être la meilleure des solutions, lui répond-il en se tortillant sur le canapé rose. Notre appartement était trop petit pour nous tous. On avait un enfant en bas âge. Tu n'étais pas heureux chez nous…

— Je n'étais pas heureux parce que je n'étais pas le bienvenu. Du tout.

— Il y a peut-être une part de vérité là-dedans, mais ce n'était pas contre toi. C'était à cause de la situation. Alors quand Tessie a proposé de t'héberger…

— Mais tu connais Tessie, papa. Tu sais qu'elle ne m'a jamais aimé. Tu sais que je n'ai jamais eu le droit d'aller dans son salon. Tu sais ça ? Qu'elle ferme la porte à clé ? Et je suis son neveu. Pourquoi est-ce que tu ne voulais pas de moi ?

— Je te l'ai dit, Owen, ce n'était pas contre toi.

— Mais si, papa. Forcément. C'était contre moi. Comme tout. Tout ce qui m'arrive, c'est contre moi. Les gens ne m'aiment pas.

— Oh non, Owen, ce n'est pas vrai. Je t'aime beaucoup.

— Papa, dis-moi ce qui s'est passé avec maman. Pourquoi est-ce que vous vous êtes séparés ? Est-ce que c'était à cause de moi ?

— Quoi ? Non ! Mon Dieu, pas du tout. Ça n'avait rien à voir avec toi. On était... On n'était pas faits pour être ensemble. C'est tout. Elle n'était pas... assez. Pour certaines choses. Et, pour d'autres, elle était trop. Elle voulait un second enfant, mais cela n'est pas arrivé. Elle s'est repliée sur elle-même. Elle est partie très loin.

— Une fois, commence doucement Owen, j'ai assisté à une scène bizarre. Quand j'avais onze ans. J'ai vu maman, dans le salon. Elle portait de la lingerie sexy. Il y avait des bougies. Elle t'a attrapé. Et ensuite...

Son père pousse un profond soupir.

— Oui, je l'avais prévenue que tu risquais de nous surprendre. Je lui ai dit que c'était bête.

— Tu l'as traitée de pute. Et après tu es parti. Est-ce que c'était une pute ? Est-ce que c'est pour ça que tu nous as laissés ?

Il connaît la réponse, bien sûr, mais il a besoin de l'entendre de la bouche de son père.

— Ta mère ? Non, bien sûr que non !

— Alors pourquoi tu lui as dit ça ?

— Owen, je ne sais pas. Je ne me souviens plus.

— Tu lui as dit : « T'as voulu que je te traite comme une pute, maintenant assume. »

Owen sent un muscle de sa mâchoire palpiter. Il attend la réponse de son père.

— J'ai dit ça ?

— Oui.

— C'était un moment difficile pour nous. On s'éloignait. Elle savait que j'avais rencontré quelqu'un d'autre. Elle était...

désespérée, j'imagine. Elle était prête à tout pour que je reste. C'est absolument terrible, les femmes désespérées. Terrible.

Un silence s'installe entre eux.

— Tu sais, je l'aimais profondément. Et toi aussi.

— Moi ?

— Oui. Ça m'a tué de devoir te laisser.

— Ah bon ?

— Bien sûr. Tu étais mon petit garçon. À l'aube de ta vie. Tu allais bientôt t'épanouir. Mais j'avais beaucoup de pression. Gina n'était plus toute jeune. Elle voulait avoir un autre enfant tout de suite. Elle ne m'a pas laissé d'autre choix que de partir. Et je me rends compte que ça a été très dur pour vous.

— Tu n'as pas quitté maman parce que c'était une pute. Tu l'as fait parce que Gina te voulait pour elle toute seule.

Son père hoche la tête.

— On peut dire ça comme ça, oui.

Owen se tait un instant pour digérer.

— Et tu m'as laissé partir chez Tessie quand j'avais dix-huit ans parce que Gina ne voulait vivre qu'avec sa famille à elle ?

— Il y avait d'autres choses en jeu, mais oui. On m'a un peu… forcé la main.

Un autre silence.

— Papa, tu penses quoi des femmes ?

— Comment ça ?

— Est-ce que tu les aimes ?

— Bien sûr ! Mon Dieu. Oui. Les femmes sont incroyables. Et j'ai eu la chance que deux femmes acceptent de partager leur vie avec moi. Enfin, regarde-moi, je ne suis pas vraiment un apollon. J'ai toujours été avec des femmes bien mieux que moi, j'ai eu beaucoup de chance.

La porte grince doucement. Owen se retourne. C'est Gina. Elle est vêtue d'un chemisier en satin noir avec un imprimé à fleurs et d'un jean bleu. Ses cheveux sont teints en acajou, noués en queue de cheval. Elle a presque soixante ans, mais paraît beaucoup plus jeune.

— Je pensais bien avoir entendu des voix. Ricky, qu'est-ce qu'il se passe ?

— Ils l'ont laissé sortir, Gina. Tout à l'heure. Ils ont abandonné toutes les charges. Il est libre.

Elle ne sait clairement pas quoi dire.

— C'est une bonne nouvelle, alors ?

— Bien sûr ! C'est magnifique !

— Et tout le reste ? demande-t-elle, toujours dans l'entrée. Les élèves du lycée ? Les pilules ?

— Gina…

— Ricky, c'est important. Je suis navrée, Owen, mais c'est très important. Je ne te connais pas très bien, et ça me désole. J'ai… On a eu beaucoup à faire avec Jackson, tu sais bien. Mais il n'y a pas de fumée sans feu, Owen. Tu n'as rien à voir avec la disparition de cette jeune fille, mais il reste encore un gros nuage de fumée autour de toi. Très gros.

Owen sent une colère familière monter en lui, mais il la maîtrise et inspire profondément. Il se retourne vers Gina, pour la regarder bien en face, et se met à lui parler comme jamais il n'a parlé à une femme, les yeux et le cœur grands ouverts.

— Tu as raison, Gina. Je comprends bien tes réticences. J'étais très loin d'être la meilleure version de moi-même depuis de nombreuses années, et je suis en partie responsable de la situation dans laquelle je me suis retrouvé. Mais ce que j'ai vécu, ça m'a changé. Je ne veux plus être cette personne. Je vais travailler sur moi.

Il voit une brèche s'ouvrir dans la carapace de Gina, qui incline légèrement la tête.

— C'est bien. Tu devrais probablement commencer par t'excuser auprès de ces élèves. Celles de la soirée de Noël.

— Oui, je vais m'occuper de tout ça. Je le jure.

Gina hoche le menton.

— C'est bien, mon garçon.

Puis un air effaré passe sur son visage.

— Mais, si ce n'est pas toi qui as enlevé cette pauvre fille, qui a fait le coup ?

Owen cligne des yeux. Il n'a pas pensé à demander. Il était tellement bouleversé par sa libération surprise qu'il a quitté le commissariat sans se poser la question.

56

— Mon père a reçu une carte de Saint-Valentin, ma sœur a ouvert l'enveloppe, mais ma mère la lui a prise des mains en protestant que c'était privé et qu'elle ne devait pas la lire. Ensuite, elles se sont disputées. Ma sœur a fini par dire que ma mère devrait savoir qui envoyait des cartes à son mari. Puis ma mère l'a rangée dans le tiroir. Quand elle ne regardait pas, je l'ai lue. Ça venait d'elle. Alicia.

— Qu'est-ce qu'elle avait écrit ? lui demande l'inspecteur.

— Des choses désespérées. Qu'elle avait besoin de lui, qu'elle ne pouvait pas vivre sans lui.

— Tu penses qu'il avait l'intention de quitter ta mère pour elle ?

— Peut-être, répond Josh en haussant les épaules. Et ça m'a mis tellement en colère quand j'ai lu ça, parce que ce qu'il faisait avec cette femme risquait de nous séparer. Alors j'ai décidé de lui parler.

— Quand ?

— Ce soir-là. Celui de la Saint-Valentin. Il est sorti courir, je l'ai rattrapé au coin de la rue. J'avais la carte dans la main. Je lui ai dit : « Qu'est-ce que tu fous ? Tu vas tuer maman si tu fais ça.

Tu vas la tuer. » Ensuite, il m'a dit qu'il était allé déjeuner avec Alicia le midi pour lui annoncer qu'il n'allait pas quitter maman. Que c'était fini entre eux. Alors on s'est pris dans les bras, et je me suis mis à pleurer, et il m'a dit qu'il était vraiment désolé. Je lui ai demandé ce qu'il comptait faire avec cette carte. Parce qu'on ne pouvait pas s'en débarrasser comme ça, maman l'avait vue. Si elle disparaissait, elle saurait qu'il y avait quelque chose de louche. Il m'a dit qu'il allait trouver une solution et s'en occuper. Ensuite, ils sont allés au restaurant avec maman. Georgia et moi, on était à la maison et, vers 23 heures, ça a sonné à la porte. J'ai cru que c'était les parents qui avaient oublié leurs clés, mais non, c'était elle. Elle était vraiment bourrée. Elle pleurait, elle disait qu'il fallait que je la laisse entrer, qu'elle voulait le voir, et elle criait. Je lui ai dit qu'il n'était pas là, qu'il était sorti avec ma mère, et qu'il fallait qu'elle nous foute la paix.

— Où était ta sœur pendant ce temps-là ?

— Dans sa chambre, à l'autre bout de l'appartement. Elle regardait un film avec ses écouteurs, je pense qu'elle n'a rien entendu.

L'inspectrice prend des notes puis invite Josh à poursuivre d'un geste de la tête.

— Après, j'ai appelé Saffyre pour lui raconter. Elle m'a dit qu'elle arrivait.

— Pourquoi est-ce qu'elle aurait fait ça ?

Josh hausse les épaules.

— Je vous ai dit, on essayait de veiller l'un sur l'autre. On était devenus amis. Je l'aidais, et elle m'aidait, continue-t-il en jouant avec le gobelet en carton devant lui. Elle est arrivée dans notre rue vers 23 h 15. Elle m'a écrit pour me dire qu'elle était là et qu'il n'y avait rien à signaler. Aucune trace d'Alicia. Elle a ajouté qu'elle allait rester un peu pour surveiller. Environ un quart d'heure plus tard, les parents sont rentrés, et je pensais que c'était fini. Qu'on serait tranquilles. Mais juste après, j'étais dans ma chambre et j'ai entendu des voix dehors. J'ai regardé par la fenêtre, et c'était papa dans le jardin devant la maison. Je l'ai vu tirer quelqu'un dans la rue. Elle était revenue. Je ne sais pas où était Saffyre à ce moment-là. J'ai pensé qu'elle était déjà rentrée chez elle. Et là j'ai vu Alicia courir dans la rue, elle avait l'air de pleurer. Et juste derrière elle, Saffyre. C'est la dernière fois que je l'ai vue, courant après Alicia.

Josh se racle la gorge et boit une gorgée d'eau.

— Tu sais où elles sont allées toutes les deux ?

— Aucune idée, répond-il en secouant la tête. Un peu après, Saffyre m'a appelé, il était à peu près 1 heure du matin. Elle m'a dit qu'elle ne pouvait pas me révéler où elle était, mais qu'elle avait fait un truc très grave, et qu'il fallait qu'elle se cache pendant quelque temps parce qu'elle avait peur. Elle m'a demandé de n'en parler à personne, ni à la police, ni même à son oncle. Et après elle a éteint son téléphone. Je ne pouvais plus la contacter. Mais…

Josh se tord les doigts, et Cate l'arrête en posant la main sur son bras.

— Saffyre traquait un mec qui lui avait fait du mal quand elle était petite. Elle avait trouvé son adresse et elle le suivait. Elle pensait, enfin moi aussi, que c'était lui qui agressait des femmes dans le quartier. Vous savez, depuis quelques semaines, les agressions…

L'inspectrice lance à Josh un regard très surpris.

— D'accord. Et tu sais de qui il s'agit ?

— Elle m'a dit de ne pas en parler. Jamais. Mais vraiment j'ai peur qu'il lui ait fait quelque chose. Parce que, sinon, elle aurait donné signe de vie. Si elle était en sécurité, elle serait revenue, non ?

— De qui s'agit-il, Joshua ? Selon Saffyre, qui était l'auteur de ces agressions ?

Josh soupire, et un silence lourd s'installe dans la pièce. Cate le dévisage.

— Un mec qui s'appelle Harrison John, avoue-t-il enfin. Il vit à Alfred Road, c'est au bout de Chalk Farm. Il a dix-huit ans, à peu près. Il a agressé Saffyre quand elle était enfant, et maintenant il s'en prend aux femmes du quartier.

Les deux policiers échangent un regard entendu. L'homme quitte la pièce, et l'inspectrice Currie se retourne vers Josh.

— Merci, Josh. Merci beaucoup. L'inspecteur Henry va s'occuper de ça, maintenant.

— Il y a autre chose, marmonne Josh, la tête entre les mains. Parce que… moi aussi, je le suivais.

Il regarde rapidement Cate, qui ouvre grand les yeux. Il ne lui en avait pas parlé ce matin.

— C'est aussi pour ça qu'elle m'a appelé ce soir-là vers 1 heure du matin. Elle m'a dit qu'elle ne pouvait pas revenir tant que la police ne l'aurait pas arrêté. Sinon, il allait la tuer. Elle m'a demandé de le pister jusqu'à ce que je le voie attaquer une femme, jusqu'à ce que j'aie une preuve qu'il était bien l'auteur des agressions. Alors, le soir, je le suis. J'attends qu'il passe à l'acte.

Cate déglutit. Elle est submergée d'émotions contradictoires : la fierté, l'inquiétude, l'horreur, l'amour. Elle a l'impression qu'elle va se noyer.

— La semaine dernière, je l'ai entendu dire à quelqu'un au téléphone qu'il avait rendez-vous avec une fille dimanche après-midi, qu'il l'emmenait au cinéma. J'y suis allé aussi, et pendant le film je l'observais, et il était super insistant avec la fille, ça se voyait qu'elle en avait marre de lui, elle le repoussait, et tout.

Quand ils sont sortis, je l'ai vu la tirer à l'arrière du cinéma, et il faisait comme s'ils se disputaient pour jouer, mais je voyais qu'elle n'était pas bien, alors je suis resté dans les parages. Trop proche. Il m'a repéré et m'a plaqué contre le mur, comme ça.

Josh montre un poing fermé contre sa gorge.

— Il m'a dit qu'il savait pas qui j'étais ni ce que je voulais, mais que s'il me voyait encore traîner dans le coin, il me planterait. Il m'a dit : « Je connais ta tête maintenant, sale pédé, t'es foutu. La prochaine fois que je te croise, t'es mort. »

Josh s'interrompt. Il humecte ses lèvres et se retourne vers sa mère.

— C'est là que je me suis pissé dessus.

Les yeux de Cate s'emplissent de larmes. Penser que son adorable garçon a été plaqué contre un mur, imaginer la chaleur du liquide coulant sur ses jambes instables et ses mains tremblantes fourrant les vêtements imprégnés d'urine dans un sac en plastique avant de le cacher au fond de son armoire.

— Je lui ai demandé ce qu'il avait fait à Saffyre. Il m'a dit : « Prononce pas le nom de cette salope devant moi. C'est une sale pute. » Je lui demandé où elle était, et il m'a répondu : « J'en sais rien, bordel. Elle a ce qu'elle mérite. Maintenant casse-toi, stalker de merde. »

Les épaules de son fils s'affaissent. Puis il lève les yeux vers l'inspectrice.

— Je ne l'ai jamais attrapé la main dans le sac, Harrison John. J'ai essayé, plein de fois. Mais vous, vous pouvez le coincer, non ? Le mettre en prison ? Pour que Saffyre revienne. S'il vous plaît.

57

Saffyre

Tous les muscles de mon corps se sont tendus, et chacun de mes poils s'est hérissé. Mon cœur, qui battait fort, s'est emballé. Je l'ai vu fondre sur Alicia, de plus en plus vite.

Je me suis dit : *Tu rêves, Harrison John, c'est hors de question.*

Je suis restée tapie dans l'ombre jusqu'à ce qu'il me dépasse, puis j'ai bondi. J'ai replié mon bras autour de son cou et je l'ai fait tomber à la renverse. J'ai entendu un craquement quand il a touché le trottoir, ça m'a donné du courage. Je l'ai maintenu au sol pendant un moment, face contre terre pour qu'il ne puisse pas me voir.

— Qu'est-ce que tu veux ? a-t-il grogné.

J'ai approché ma bouche de son oreille, assez près pour sentir son parfum mêlé à l'odeur du tabac froid.

— Tu veux voir quelque chose de magique, Harrison John ? lui ai-je murmuré dans le creux de l'oreille.

J'ai retiré mon bonnet et je le lui ai enfoncé dans la bouche pour étouffer ses cris, puis j'ai attrapé sa main.

Sa main droite.

Je l'ai posée à côté de son visage.

Et puis, très lentement, j'ai pris chacun des trois doigts qu'il avait enfoncés en moi quand j'avais dix ans et je les ai cassés l'un après l'autre.

Chaque fois, il a hurlé de douleur.

— T'inquiète pas, Harrison, ça fait mal que la première fois. Après, c'est magique.

Mais il a réussi à me maîtriser. Il m'a retournée et a plongé son regard dans le mien.

— Putain ! s'est-il exclamé en se tenant les doigts, les traits déformés par la douleur. Putain de merde !

Il a levé son bras valide et il s'apprêtait à me frapper quand j'ai vu ses yeux se fermer doucement, et il s'est écroulé sur moi avec un petit râle.

J'ai regardé au-dessus de moi, et j'ai vu un ange éclairé par le lampadaire, un halo de cheveux roux. Alicia.

— Ça va ? m'a-t-elle demandé.

Je voyais le début d'un hématome se former sur sa pommette, là où Roan l'avait frappée. J'ai repoussé Harrison, et il a commencé à remuer, tenant ses doigts brisés, gémissant.

— Et vous ?

Elle m'a regardée d'un air ahuri.

— Qui êtes-vous ?

— Il faut qu'on parte. Vous avez Uber ?

Elle a hoché la tête et sorti son téléphone de son sac. Ses mains tremblaient.

Harrison essayait de se relever. Il s'est avancé vers moi en titubant, alors j'ai attrapé la main d'Alicia, et on s'est mises à dévaler la colline en courant.

— Je vais te tuer, Saffyre Maddox ! l'ai-je entendu crier. La prochaine fois que je te vois, t'es morte ! Tu m'entends, sale pute ? T'es morte !

Le chauffeur Uber nous a emmenées chez Alicia. J'ai failli lui avouer que je savais où elle habitait, que son appartement était au quatrième. Mais, après réflexion, je me suis dit qu'on avait déjà vécu assez d'émotions fortes en une soirée.

C'était très joli chez elle. Il y avait un canapé et des fauteuils vert menthe avec des boutons sur l'assise et des petits pieds en bois, des tableaux colorés dans des cadres blancs, plein de plantes et de livres.

Elle a préparé du thé et a ouvert un paquet de biscuits. En attrapant ma tasse, j'ai remarqué que mes mains tremblaient. Je l'ai reposée et j'ai respiré bien fort. Dans ma tête, je me repassais le moment où les os de Harrison s'étaient brisés, ce drôle de bruit, un peu comme quand Angelo mange ses croquettes. Puis je l'ai imaginé se traîner jusqu'à son appartement d'Alfred Road à côté de la voie ferrée en se tenant pitoyablement les doigts. Je l'ai vu assis sur une chaise, aux urgences, puis en sortir avec un manchon en plastique autour de la main, une attelle, des pansements ou que sais-je encore pour maintenir les os en place. Je me suis demandé comment il allait expliquer ça aux gens. Est-ce qu'il allait porter plainte ? C'était assez drôle de l'imaginer en train de raconter à un jeune flic fraîchement sorti de l'école qu'une fille l'avait mis à terre et lui avait éclaté les doigts, en pleine nuit, sans raison. Personne ne le croirait.

— Tu vas me dire qui tu es ?

— Je m'appelle Saffyre Maddox.

— Une ancienne patiente de Roan.

Je hochais la tête. J'ai vu les connexions essayer de se faire dans l'esprit d'Alicia, son gros cerveau intelligent tentant de comprendre ce qu'il se passait, en vain.

— Et ce mec ?

— Je le connaissais d'avant. Il m'a agressée il y a des années. Maintenant, c'est mon tour.

— Il a dit qu'il allait te tuer s'il te revoyait.

— Ouais.

Et c'était bien ça le problème. C'était à cause de ces menaces que je tremblais. J'avais enfin purgé le traumatisme d'enfance qui m'avait détruite en infligeant une punition au coupable, mais en agissant ainsi j'avais ouvert la voie à encore plus de souffrance, de peur, de violence.

— Tu as un endroit où aller ?

Je regardais mes doigts.

— Je vis avec mon oncle.

— Et tu seras en sécurité là-bas ?

— Pas vraiment. C'est juste à côté de chez lui. Et mon lycée est à deux minutes de son appartement.

— Tu peux dormir ici ce soir, si tu veux.

Je l'ai regardée. Elle avait encore les yeux rougis d'avoir pleuré, et l'hématome sur sa joue était en train de gagner du terrain. Je me suis dit qu'on avait besoin l'une de l'autre.

— Merci, c'est très gentil.

Finalement, je suis restée chez elle quinze jours.

Ça a été très dur de ne pas appeler Aaron. Je ne sais pas comment j'ai pu lui faire ça, alors qu'il m'aimait et qu'il s'inquiétait pour moi. Je savais qu'il souffrait, mais tous les matins je me disais : *Pas encore, il peut tenir quelques heures de plus, je rentrerai bientôt.* Chaque jour, je pensais que c'était le dernier que je passais à me cacher. Chaque jour, je me disais que Josh allait réussir à mettre Harrison John hors d'état de nuire, que la police prendrait le relais et que je serais en sécurité.

Le temps passait, informe. La version de moi qui mettait du mascara et allait au lycée tous les jours s'était tout simplement volatilisée. J'évoluais dans un état de somnolence permanent. Mon horloge interne était déréglée. Alicia devait me rappeler de manger, et je me réveillais à 3 heures du matin en pensant qu'on était en plein jour, mais que j'étais devenue aveugle.

Les premiers jours, Alicia s'est mise en arrêt et elle a fait tout son possible pour me rassurer et me maintenir en bonne santé. Dans une sorte de flux de conscience confus, j'ai fini par tout lui raconter, tout ce que je n'avais jamais dit à Roan sur les véritables causes de mon automutilation.

Alicia avait douze ans de plus que moi, mais pendant le temps que nous avons passé ensemble, elle était plus une amie qu'une psy. Le genre d'amie que je ne m'étais jamais autorisée à avoir. Puis elle est retournée au travail, et je suis restée dans son appartement toute la journée, seule. Parfois, j'avais du mal à me souvenir de mon prénom. Des éclats de ma vie défilaient sous mes yeux comme un spectacle psychédélique. Je voyais le renard dans le coin du salon. J'entendais la voix de Josh qui sortait de la télé, ou le miaulement d'un chaton derrière la porte, ou le rire fou de Jasmin dans l'appartement du dessus. Dès que je fermais les yeux, je voyais Harrison John qui se jetait sur moi pour me tuer.

C'est en apercevant la une du journal qu'Alicia avait rapporté, avec la photo d'Owen Pick en pleine page, que je me suis réveillée de mon étrange inertie.

Oh non, oh non, ce n'est pas possible. Pas Clive.

Pas ce pauvre homme avec son piteux petit lit et son horrible propriétaire (qui était en fait sa tante, on avait plus en commun que ce que j'imaginais). Je me sentais terriblement coupable.

J'ai failli foncer au commissariat de Kentish Town le lendemain pour leur dire la vérité et le sortir de là. Mais quelque chose m'a retenue. Le même instinct qui m'empêchait de contacter Aaron. Il fallait que je laisse les événements se décanter tout seuls. Je sentais qu'il y avait une autre conclusion, que je ne pouvais pas la voir, mais que c'était la bonne.

Puis les jours suivants, on a révélé qu'Owen Pick était un incel, que la police avait trouvé du Rohypnol dans ses tiroirs, qu'il prévoyait de droguer et violer des femmes pour se venger du fait que personne ne voulait coucher avec lui, et je me suis dit que, finalement, ce n'était peut-être pas une injustice. Je pensais aux femmes qu'Owen Pick n'allait pas abuser, et j'ai songé que peut-être ma disparition n'était pas si grave si au moins cet homme ne pouvait plus faire de mal aux autres.

— Il a vraiment la tête de l'emploi, non ? m'avait demandé Alicia.

— T'as raison, j'avais répondu tout en essayant de ne pas penser à cette nuit-là, ses yeux qui louchaient un peu à cause du vin de la Saint-Valentin, le souvenir de ses épaules solides sous sa veste élégante quand il m'aidait à monter sur le toit, la façon dont il passait son temps à se dégager la frange des yeux pour voir ce qu'il faisait, son air innocent.

Et j'essayais de ne pas penser non plus au moment qu'on avait passé ensemble il y a bien longtemps, quand il était bourré et qu'on avait discuté gaiement, et que je lui avais dit que je m'appelais Jane et qu'il m'avait répondu : « Fais de beaux rêves, Jane » d'une voix adorable. J'essayais de faire abstraction de ça.

Le mardi, je me suis réveillée en sueur, j'avais fait un cauchemar. Les détails m'échappaient au fur et à mesure que je reprenais mes esprits, mais les éléments principaux étaient toujours là: Aaron était mort, mon chaton aussi.

J'étais certaine que c'était un message de mon subconscient. Il fallait que je mette un terme à tout ça. Je suis allée dans la chambre d'Alicia. Il était presque 7 heures, presque l'heure de se lever pour elle, alors je me suis assise au bout de son lit et je lui ai chatouillé les pieds. Elle s'est réveillée d'un coup.

— Est-ce que tu pourrais appeler la police aujourd'hui, pour leur dire que tu étais là et que tu m'as vue? Qu'Owen Pick ne m'a pas fait de mal, que tu m'as vue partir en courant? Tu n'es pas obligée de leur dire que je suis ici. Je ne veux pas t'attirer des problèmes. Mais, s'il te plaît, dis-leur que tu as vu ça. Et qu'Owen Pick ne m'a pas tuée.

Le lendemain, Alicia a rapporté un journal à la maison.

«LE SUSPECT DE L'ENLÈVEMENT DE SAFFYRE LIBÉRÉ»

Je l'ai posé sur la table basse et j'ai lu l'article super vite.

La police de Londres a libéré aujourd'hui le principal suspect dans l'enquête sur la disparition de Saffyre Maddox, une lycéenne de dix-sept ans. Owen Pick, un enseignant de trente-trois ans, a pu rentrer chez lui après que toutes les charges qui pesaient sur lui ont été abandonnées suite à la découverte de nouveaux éléments. Un nouveau témoin a déclaré avoir la preuve que Saffyre est saine et sauve. Les raisons de sa disparition n'ont pas encore été révélées. Suite à ces nouveaux éléments, un homme de dix-huit ans résidant

à Chalk Farm a été placé en garde à vue. Harrison John est soupçonné d'être l'auteur de plusieurs agressions sexuelles commises dans le nord de Londres ces dernières semaines. John, qui a déjà été condamné pour vol et coups et blessures, est actuellement interrogé par la police.

J'ai levé les yeux vers Alicia.

— Tu leur as parlé de Harrison John ?

— Non, ce n'est pas moi.

J'ai poussé un cri de joie.

— Josh !

Et j'ai explosé de rire.

Ce matin, Alicia m'a appelée du bureau.

— Ils ont arrêté Harrison John. C'est dans tous les journaux. Une jeune fille s'est manifestée pour dire qu'il l'avait agressée et qu'il avait ensuite menacé de la tuer et de tuer sa mère si elle parlait à la police. C'est fini, Saffyre.

Entre ses mots, j'entendais son sourire, un sourire si grand et si sincère qu'il m'a enveloppée.

— C'est fini, a-t-elle ajouté. Tu peux rentrer chez toi.

58

Aaron est dans la voiture, garé en face de chez Alicia. Je ne le repère pas tout de suite. Je pousse la porte de l'immeuble et je sors dans la rue, aveuglée par le soleil. Mais lui me voit et il ouvre la portière. Il court vers moi et manque de me renverser. Il me prend dans ses bras et enfouit son visage dans mes cheveux.

Je le serre de toutes mes forces, plus fort que jamais. Je sens qu'il m'aime, je sais que je suis aimée.

Il pleure, et je me rends compte que je pleure aussi.

Entre deux sanglots, alors que mes larmes gouttent sur mon manteau, je bredouille :

— Je suis désolée. Désolée pour tout. Pour le souci que je t'ai causé, pour les mensonges, pour le mal que je t'ai fait. Je suis tellement désolée.

— Tout va bien, ça va aller.

— Je voulais pas…

Ma phrase reste en suspens.

— Ça n'a pas d'importance. C'est fini maintenant. Terminé.

Il me regarde droit dans les yeux.

— Je le savais, déclare-t-il. Je savais que tu étais en sécurité. Je le sentais là, ajoute-t-il en se touchant la poitrine. Là-dedans.

J'ai un lien avec toi, avec ton âme. Tu es ma sœurette pour toujours, OK ?

J'ai essuyé mes larmes avec mes manches et j'ai regardé mon oncle, cet homme profondément bon, et je lui ai souri en hochant la tête.

— Je veux voir mon chaton.

— Il est devenu énorme depuis que t'es partie ! Il a presque sa taille adulte maintenant.

— Est-ce que je lui ai manqué ?

— Carrément. Tu nous as trop manqué !

On est montés dans sa bagnole pourrie, et j'ai mis ma ceinture.

— Je peux t'expliquer, Aaron ? Te dire vraiment tout ce qu'il s'est passé ?

— Prends ton temps. Y a pas le feu au lac. D'abord, on rentre à la maison, d'accord ?

— D'accord.

Maintenant

59

Owen quitte le bâtiment d'Hammersmith où il passe ses journées depuis quinze jours. C'est la fin du mois de mars. Il fait beau. Aujourd'hui, c'est son trente-quatrième anniversaire. Il se retourne pour saluer la femme derrière lui. Elle s'appelle Liz et suit le même cours que lui. « Programme de réadaptation professionnelle : agir sur les comportements sexistes et sexuels au travail ». Liz est directrice des ressources humaines pour les bibliothèques d'Ealing. Elle s'est occupée cette année d'une plainte pour harcèlement sexuel déposée par deux salariées qu'elle n'a pas du tout su gérer. Après deux semaines de débat, de jeux de rôles, de vidéos et de témoignages, ils connaissent presque tout les uns sur les autres. Mais, bien sûr, tout le monde avait reconnu Owen dès qu'il était entré dans la salle le premier matin. Une décharge électrique avait parcouru l'auditoire. On aurait presque pu entendre la stupéfaction générale. Lui, l'homme qu'on a arrêté pour le meurtre de cette fille. L'incel. Le pervers. Le malade. Le fou. Il avait vu plusieurs des femmes présentes avoir un mouvement de recul.

Oui, il avait été blanchi de tout soupçon, oui, la fille avait refait surface et retrouvé sa famille, mais cela n'avait rien changé.

Son sourire angélique en une des journaux n'avait pas effacé le visage grimaçant d'Owen. Son nom était désormais associé à quelque chose de si puissant dans l'imaginaire collectif qu'il faudrait des semaines, des mois, peut-être des années pour qu'on oublie qu'il avait été, pendant quelques jours, l'un des hommes les plus détestés du pays.

Les policiers avaient retrouvé Bryn. Ils l'avaient interpellé alors qu'il quittait son pub habituel en face de ce square de la banlieue londonienne, le jour où Owen avait été libéré. Il ne s'appelait pas vraiment Bryn, bien sûr, mais Jonathan. Ils avaient découvert d'autres types de pilules chez lui. Et d'innombrables publications misogynes. Des vidéos porno à caractère violent. Les brouillons de ses billets de blog dans son ordinateur. Ils avaient pris ses empreintes et les avaient comparées avec celles du flacon qu'il lui avait donné. Il était fiché S désormais, risque terroriste. Ces rebondissements avaient profondément réjoui Owen.

Liz lui sourit en le dépassant.

— Salut, Owen, c'était super de faire ta connaissance. Je te souhaite de très belles choses pour l'avenir. Et j'espère que tout ça restera derrière toi. Tu es quelqu'un de bien et tu mérites de reprendre le boulot.

Elle lui claque une bise sur la joue en lui serrant doucement le bras.

Il la regarde s'éloigner vers la rue et rejoindre quelqu'un qui l'attend dans une voiture. Elle lui fait un signe de main par la fenêtre.

Ce cours a été une véritable révélation. Certes, il a appris les comportements qu'il était acceptable d'avoir au travail, mais il a surtout appris quelle attitude adopter en toutes circonstances. Il a l'impression de mieux comprendre les femmes et le malaise qu'elles peuvent éprouver dans certaines situations. Il sait désormais comment faire en sorte qu'elles se sentent en sécurité. Il sait ce qui peut leur sembler dangereux. Il peut distinguer ce qu'elles trouvent amusant et ce qui leur paraît menaçant.

Cette semaine, une femme était venue leur raconter le harcèlement sexuel dont elle avait été victime au travail de la part d'un collègue qui était très gentil avec elle au début, jusqu'à ce qu'elle finisse par se rendre compte que, quoi qu'ils fassent et quels que soient leurs sujets de discussion, il voyait en elle une femme, pas un être humain. Cela avait beaucoup touché Owen. C'est ce qu'il avait fait toute sa vie. Il n'avait jamais, jamais eu une conversation, une rencontre, un échange de regards avec une femme sans qu'il se dise avant toute chose qu'il s'agissait d'une femme. Pas une seule fois.

Il avait levé la main pour lui demander comment on pouvait arrêter de voir les femmes de cette façon.

— Vous ne pouvez pas arrêter d'un coup. Si vous essayez consciemment, vous placerez toujours la rencontre d'abord sous le prisme du genre. La seule façon d'avancer là-dessus, c'est de prendre conscience de ce que vous êtes en train de faire pour vous *approprier* votre réaction. Là, le travail commence. Essayez de transformer votre regard. Dites-vous : « Je vois un être humain qui porte une veste rouge. » Ou : « J'entends un être humain avec un accent du nord. » Ou : « Voici un être humain avec un beau sourire. » Ou encore : « Voici un être humain confronté à un problème qui a besoin d'aide. » Maîtrisez vos réactions. Changez de perspective.

Elle lui avait répondu avec un sourire encourageant, et il avait tout de suite mis son conseil en pratique. Il avait transformé sa discussion avec une jeune femme séduisante en une conversation avec un être humain qui portait des chaussures marron. Et cela avait fonctionné. Le sort était brisé. Il lui avait souri aussi.

— Merci. Merci infiniment.

Si les formateurs estiment que sa participation a été une réussite, Owen pourra reprendre son poste au lycée. Il a écrit à Monique et Maisy pour leur donner quelques explications, sans espérer leur pardon ni leur indulgence. Il leur a dit que, quand il buvait même un petit peu, il souffrait de troubles de la mémoire immédiate et que ce dont il se souvient de cette soirée-là est très différent de leurs propres souvenirs, mais qu'il croit leur version des faits et qu'il l'accepte. Qu'il est absolument désolé et regrette de les avoir mises mal à l'aise et de ne pas avoir cru à leur témoignage, alors qu'elles avaient eu le courage de dire la vérité. C'était une lettre un peu émotive, mais cela venait du cœur, et il fallait qu'il soit sincère, s'était-il dit, pour qu'on ne puisse pas l'accuser de manœuvrer dans le seul but de récupérer son poste. Il veut pouvoir les avoir en classe la semaine prochaine en sachant qu'il y a entre eux un pont, pas un mur.

Owen ne vit plus avec Tessie. Pour l'instant, il loue un studio à West Hampstead. Il trouvera quelque chose de plus définitif bientôt. Mais, dans l'immédiat, il était crucial qu'il s'éloigne d'elle et du regard qu'elle porte sur lui, qui lui fait l'effet d'un miroir déformant. Elle a feint d'être triste quand il est parti. Mais Owen n'y a pas cru une seconde. Il a un canapé maintenant, pas un petit fauteuil, un lit double, pas simple, et quand il a froid, il se sent autorisé à allumer le chauffage.

Il marche jusqu'au métro. Il a rendez-vous à Covent Garden. Avant de grimper sur l'escalator, il sort son portable et écrit un message à Deanna.

Je prends le métro. J'arrive dans vingt minutes.

Il attend quelques secondes pour voir si elle lui répond.

Moi aussi, j'ai hâte de fêter ça !

Il éteint son téléphone, sourit et s'engouffre dans le tunnel, vers ce restaurant où il va passer sa soirée d'anniversaire avec sa petite amie.

60

Cate tourne la clé dans la serrure toute neuve de leur maison de Kilburn. Elle jette un coup d'œil derrière elle et regarde ses enfants. Georgia trépigne d'impatience.

— Allez ! Ouvre !

Elle pousse la porte, et voilà. Leur maison. C'est les vacances de Pâques, un beau matin d'avril. Les déménageurs sont en route depuis l'appartement de Hampstead. Quatre cent cinquante-six jours après l'arrivée des ouvriers, ils rentrent enfin chez eux. Le soleil se reflète sur les murs gris pastel immaculés et projette des flaques de lumière dorées sur leur parquet poncé et ciré. Tout est propre et net ; il n'y a pas l'ombre d'un grain de poussière ni d'une tache. C'est une toile vierge, splendide, parfaite pour un nouveau départ.

Georgia pousse un petit cri.

— C'est trop beau ! s'exclame-t-elle avant de monter l'escalier au pas de course jusqu'à sa chambre.

Cate va dans la cuisine et passe la main sur le bois clair du plan de travail, sur les portes des placards gris tourterelle, sur la hotte en céramique noire resplendissante. Elle n'arrive même plus à se souvenir à quoi ressemblait leur ancienne cuisine. Il s'est passé tant de choses entre-temps.

Elle a enfin quitté Roan. Quand Josh lui avait révélé ce matin de février que son mari avait une liaison, Cate avait bêtement songé qu'elle pouvait trouver un moyen de réparer leur couple. Elle l'avait déjà fait, s'était-elle dit, c'était possible de maintenir le mariage en vie artificiellement pendant quelques années supplémentaires, jusqu'au départ des enfants. Mais quand le drame autour de la disparition de Saffyre s'était estompé et que sa vie avait repris son cours, elle s'était réveillée un matin, avait regardé le visage de son mari, toujours si paisible quand il dormait, avec cette peau encore dépourvue de rides, une sorte de sourire satisfait au coin des lèvres, et elle s'était dit : *Ta vie entière est une illusion. Cela fait trente ans que tu me mens, et je ne pourrai plus jamais te faire confiance.*

Il avait pleuré quand elle lui avait annoncé qu'elle voulait qu'il parte, sangloté en disant qu'il ne pouvait pas vivre sans elle. Bien sûr. Toujours la même rengaine. Cette fois, elle avait profité du sentiment de pouvoir qui lui revenait à nouveau après tant de temps à avoir été considérée comme l'épouse hystérique. Il avait pris un congé sans solde pour se remettre du traumatisme de devoir enfin assumer les conséquences de ses actes. Il est retourné à Rye, dans la chambre d'amis de ses parents. Il l'appelle de temps en temps pour lui dire qu'il va changer. Mais Cate ne veut pas qu'il change. Tout ce qu'elle veut, c'est qu'il la laisse tranquille.

Qu'y aura-t-il dans le reste de la vie de Cate ? La semaine dernière, elle a payé le premier loyer d'une salle de consultation dans une clinique de Neasden, et dès que Georgia aura passé ses examens, elle va se remettre à exercer à plein-temps. Les enfants sont presque indépendants. Josh a beaucoup évolué depuis qu'il s'est lié d'amitié avec Saffyre, et Cate ne ressent plus le besoin d'être constamment là pour lui. Elle va hypothéquer la maison pour racheter à Roan sa part et devra travailler pour payer les mensualités. Elle a aussi besoin d'une existence en dehors de la cuisine, d'avoir des échanges stimulants avec des gens extérieurs à sa famille. Faire les courses ne peut plus être le seul but de ses journées.

Tant de choses sont rentrées dans l'ordre après la déclaration de Josh aux enquêteurs. Tout était lié, d'une certaine façon.

Tilly avait bien été agressée devant chez eux par Harrison John, le jeune homme que Saffyre et Josh traquaient. Sur le coup, Tilly l'avait reconnu, il avait été dans son collège pendant quelques années avant d'être exclu définitivement et transféré dans une classe relais. Tout le monde à l'école connaissait son nom, sa mauvaise réputation n'était plus à faire. Harrison avait compris qu'elle l'avait identifié. Il la connaissait aussi : il était ami avec quelqu'un qui vivait dans le même immeuble qu'elle, au même étage. Il lui avait attrapé les poignets, avait serré fort et lui avait glissé à l'oreille : « Je sais où t'habites, OK ? Je sais où t'habites » avant de lui dire son adresse et de disparaître dans la nuit.

Ils avaient aussi découvert quelque chose de particulièrement dérangeant lors de l'arrestation de Harrison John. Suite aux déclarations de Tilly, Roan s'était rendu compte qu'il l'avait également traité pendant plusieurs semaines, quand il avait onze ans. Parfois, le sort s'acharne. Harrison John était le petit garçon qui avait des fantasmes de viol ultraviolents dont Roan lui avait parlé quelques semaines plus tôt. Le lien entre toutes ces affaires était très perturbant.

Une fois que Harrison avait été arrêté pour l'agression de Tilly et mis en détention préventive, Saffyre était réapparue, comme Josh l'avait prédit. Elle n'avait jamais tout à fait expliqué où elle s'était cachée pendant tout ce temps. Elle avait dit aux enquêteurs qu'elle avait peur pour sa vie après les menaces proférées par Harrison John et qu'elle avait séjourné « chez une amie ». Le lendemain de l'entretien de Josh avec la police, Saffyre était rentrée dans son appartement au huitième étage sur Alfred Road, avec son oncle et son chaton. Une photo avait été faite, elle accompagnait tous les articles de presse : le grand sourire de Saffyre Maddox avec son chaton Angelo. Une fin heureuse.

Mais, bien sûr, la réalité est plus complexe.

Rien n'est parfait. Même cette maison, se dit-elle en détaillant les murs intacts, n'est pas parfaite. Même maintenant, elle voit dans cette pièce où le plâtre et la peinture viennent d'être refaits qu'il y a une fissure dans un angle. Pourtant, les ouvriers ont terminé les dernières finitions hier.

Il y a toujours des imperfections. Et ce n'est pas grave. Cate ne veut pas être parfaite. Elle veut seulement profiter du moment présent, ici, alors qu'ils entrent dans leur maison neuve, vide, qui sent la peinture, que l'été pointe le bout de son nez, que les meubles de jardin qu'elle a commandés chez Ikea sont encore dans leurs cartons, prêts à être assemblés, que le barbecue dont elle a rêvé pendant tous ces mois d'hiver se rapproche et qu'elle sent presque l'odeur du charbon de bois.

61

Saffyre

Les fins heureuses, ça n'existe pas. On le sait très bien.

Vous savez, je suis rentrée à la maison, avec Aaron, en sécurité. Je ne suis plus claustrophobe et je dors dans mon lit, sous ma couette, avec mon chaton. Quand je me réveille le matin, mon drap est encore accroché au matelas et pas entortillé autour de mes jambes. Je devrais réussir haut la main mes examens blancs malgré mes deux semaines d'absence en cours. Oh, et j'ai plus ou moins un mec. Quelqu'un qui est amoureux de moi depuis des années. Ce n'est pas vraiment l'amour fou de mon côté, mais c'est cool. Et ça me plaît d'en être arrivée à un point où je peux accepter l'idée que quelqu'un soit proche de moi.

Alicia a changé de clinique et, quand il lui arrive de penser à Roan, elle se demande ce qu'elle avait bien pu lui trouver. On est toujours copines, je vais la voir toutes les semaines pour boire le thé. On passe des heures à discuter toutes les deux.

Je suis restée en contact avec Josh, aussi. Il m'a dit que ses parents s'étaient séparés, ce qui ne me surprend pas beaucoup. Je suis contente pour sa mère, j'avais l'impression qu'elle avait construit toute sa vie autour d'un homme et qu'elle allait enfin pouvoir découvrir quelle forme avait sa propre existence. Roan a fait une sorte de dépression, il ne travaille plus et il est retourné vivre chez ses parents dans le Sussex, si j'ai bien compris.

Et Harrison John est en prison pour ce qu'il a fait subir à cette fille.

Et pour deux autres des agressions de la liste que j'avais dressée. Les victimes se sont manifestées quand elles ont vu sa photo dans le journal et elles ont témoigné. Les caméras de vidéosurveillance ont révélé qu'il était dans les environs au moment de l'une des attaques, et ses empreintes correspondent à celles qui avaient été prélevées sur le sac d'une autre victime. Alors voilà, j'ai eu ce que je voulais. La justice. Et cette ordure est derrière les barreaux au moment où le pays a découvert son vrai visage.

Et puis il y a Owen Pick. Bizarrement, je l'ai croisé l'autre jour. Il sortait du métro, j'y entrais. On s'est arrêtés, et j'ai eu l'occasion de m'excuser en bonne et due forme de ne pas être allée voir la police plus tôt pour leur dire qu'il n'avait aucun lien avec ma disparition.

— J'étais vraiment paumée. Je ne savais pas quoi faire.

— Oui, je comprends ce que tu veux dire. J'étais dans le même état que toi.

Il m'a dit qu'il avait pu réintégrer l'équipe enseignante du lycée. Il n'habite plus dans la maison à côté du terrain vague, il a son propre appartement maintenant, pour la première fois de sa vie. Et il a même une copine.

— C'est le début, mais pour l'instant tout se passe bien.

On s'est pris dans les bras pour se dire au revoir, et j'ai eu l'impression d'avoir posé la dernière pièce du puzzle. Je me suis éloignée en me disant : *Et voilà, c'est fini maintenant, tout est rentré dans l'ordre.*

Mais…

Un détail continue de me titiller. Un truc que j'ai vu le soir de la Saint-Valentin quand j'ai filmé Roan.

Le soir, quand on est arrivées chez Alicia, j'ai regardé la vidéo que j'avais prise depuis le toit du garage d'Owen. Je l'ai visionnée en boucle. J'ai zoomé pour voir l'expression de Roan quand sa main s'abattait sur la peau de porcelaine d'Alicia. Sa rage pure. Sa haine. Sa noirceur.

Je sais comment le monde fonctionne.

Les hommes frappent les femmes.

Les femmes frappent les hommes.

Les filles cassent les doigts des garçons pour se venger de leurs blessures d'enfance.

Mais il y avait quelque chose de terrifiant sur le visage de Roan quand il frappait Alicia, cet homme dont le travail est pourtant de soigner les autres. C'est exactement ce que Josh m'avait fait remarquer la première fois que je l'avais vu.

J'avais montré la vidéo à Alicia. Elle tenait un sachet de petits pois congelés contre sa joue meurtrie. Ça l'avait fait frissonner.

— Franchement, mais c'est quoi ce mec ? lui avais-je demandé.

— Je préfère ne pas y penser.

— Comment ça ?

Elle avait posé le sac gelé.

— Il vit sa vie en portant un masque. Ce soir, il l'a enlevé, et je n'ai pas aimé son vrai visage. Et ça me pousse à m'interroger sur d'autres aspects de sa personnalité.

— Du genre ?

— Des choses dont on pouvait discuter. Ou qu'il voulait faire au lit. Des choses qu'il me disait.

— Comme quoi ?

Elle avait reposé le sac sur sa joue et secoué la tête doucement.

— Un jour, je suis entrée dans son bureau, et… il se masturbait. J'ai fait une blague en lui demandant s'il pensait à moi. Il a ri et dit : « Oui, bien sûr. » Mais j'ai vu, du coin de l'œil, qu'il y avait un texte écrit par un de ses patients sur son bureau. Est-ce que c'était un fantasme de viol ?

Mes yeux s'étaient ouverts très grands.

— Écoute, il fait partie de ces hommes qui sont capables de tout, si tu prends le temps d'y penser. Si tu regardes sous le masque. Peut-être qu'il est mauvais, alors qu'il a l'air bon. Peut-être que ce n'est pas un sauveur, mais un prédateur.

Et, pendant un moment, j'avais oublié de respirer.

Je suis retournée rendre visite à mon petit coin de terre préféré en face de l'ancienne maison de Roan, l'autre jour, pour me rappeler des souvenirs. On dirait qu'ils vont enfin y construire un bâtiment. Les fondations sont coulées. Les poutres en treillis sont arrivées. Il y a des gens toute la journée, le portail reste ouvert, des véhicules vont et viennent.

Mon royaume a disparu, avec sa paix et son calme, et son petit renard.

Je m'assieds sur mon lit par cette belle soirée d'avril et je regarde l'abat-jour rose couvert de petits cœurs. J'ai enfin retrouvé la fillette de huit ans qui l'avait choisi, parce qu'en grandissant elle est devenue une badass qui casse des doigts et se venge de ceux qui lui font du mal. J'observe Angelo, qui n'est plus un bébé maintenant, mais un vrai petit chat, et j'ai ma part de vie sauvage à l'intérieur. Je devrais être heureuse, mais il subsiste un bourdonnement incessant dans ma tête. Malgré l'arrestation de Harrison pour trois des six attaques, il a des alibis pour les autres jours. Plusieurs prédateurs devaient sévir en même temps.

Je décroise les jambes et marche jusqu'à ma fenêtre pour regarder dehors. Puis je me souviens d'une de ces soirées, plus tôt cette année, quand avec Josh on traquait Harrison John.

Et la vérité m'atteint de plein fouet.

— Essaie de devenir invisible, lui avais-je dit.

La fois suivante, il était venu en tenue de sport en Lycra avec une veste à fermeture Éclair et un bonnet noir. Au début, je ne l'avais pas reconnu parce qu'il avait le visage couvert par une cagoule.

— Alors, t'en dis quoi ? Je suis assez invisible ?

J'avais rigolé et, en montrant la cagoule, je lui avais demandé :

— Où t'as trouvé cette horreur ?

Il avait haussé les épaules.

— Dans le tiroir de mon père.

Et en souriant il m'avait dit :

— Allez, que la chasse commence.

REMERCIEMENTS

En théorie, cette page a pour but de remercier celles et ceux qui ont participé à l'élaboration du livre que vous tenez entre les mains. Si c'est le cas, alors je devrais surtout tirer mon chapeau à… moi ! La majeure partie de l'année, j'écris dans mon coin, sans conseil, seule avec les (trois) doigts que j'utilise pour taper mon roman, plongée dans un étrange monde imaginaire. Je vais au bout de mon travail et j'y mets un point final sans assistance. Je ne fais pas de recherches, même quand il le faudrait, car cela brise mon élan (toutes mes excuses pour les bourdes) et je n'aime pas recevoir d'avis éditorial tant que je n'ai pas fini de tirer les choses au clair par moi-même.

Mais lorsque je tape le point final, une foule de personnes formidables apparaît à l'horizon et pénètre délicatement dans le monde que j'ai créé pour le peaufiner, pour lui donner plus d'attrait, pour concevoir une couverture, pour le présenter aux libraires, aux éditeurs étrangers qui le traduiront, pour qu'il se démarque dans les rayons des librairies et que les gens l'achètent, pour écrire de jolies choses à son propos et donner envie de le lire. Ces personnes m'emmènent dans des librairies, dans des bibliothèques, pour me permettre d'échanger avec mes lecteurs, elles en parlent à tous leurs amis et m'écrivent pour me dire ce qu'elles ont ressenti en le lisant.

Je ne m'attribue pas tous les lauriers du succès, loin de là. Sans l'aide précieuse de mes éditeurs, mon livre ne serait rien de plus qu'un document approximatif, parfois sans queue ni tête, bourré d'erreurs et de fautes de frappe, sommeillant dans la mémoire de mon ordinateur, et il ne serait jamais arrivé entre vos mains. Je veux donc dire un grand merci à tout le monde, du début à la fin. À Selina, mon éditrice britannique, à Lindsay, mon éditrice américaine, et à Jonny et Deborah, mes agents, pour les premières remarques. À Richenda Todd, pour ses habiles corrections, à Luke, Anna et l'équipe des droits audiovisuels de Curtis Brown qui en parlent aux producteurs de films et de séries, à Jody et l'équipe des droits étrangers qui le proposent aux éditeurs du monde entier. Aux équipes commerciales de tous les pays qui se démènent pour que mes livres soient disponibles en librairie, à Sarah et l'équipe marketing, à Laura et ses attachés de presse au Royaume-Uni, à Ariele et Meriah aux États-Unis qui mettent tout en œuvre pour faire connaître mes romans. Aux libraires, aux bibliothécaires, aux journalistes, aux lectrices, aux lecteurs.

Merci.

Achevé d'imprimer en octobre 2021
Par CPI Brodard & Taupin à La Flèche
N° d'impression : 3044568
Dépôt légal : novembre 2021
Imprimé en France
38122196-1